Anne Hahn
Dreizehn Sommer

Anne Hahn

Dreizehn Sommer

Roman

SchirmerGraf Verlag
München

ISBN 3-86555-016-9

Lektorat: Antje Steinhäuser
Gestaltung: Paul Barnes, London
Umschlagmotiv unter Verwendung des Spiels »Er liebt mich, er liebt mich nicht« aus: »Logo? Logo!« von Ivan Moscovich
Gesetzt aus der Berthold Caslon
Satz: Uwe Steffen, München
Druck und Bindung: Ebner & Spiegel, Ulm
Printed in Germany

www.schirmer-graf.de

Inhalt

Asphalt

Die glühende Sommerhitze des Jahres 1986 – In der größten Industriestadt der DDR schmilzt der Asphalt – Nina, Mo und Katrin lernen das Trinken, Arbeiten und Fürchten – Austausch von Erinnerungen und Küssen

Die Sonne brennt. Lachen geschmolzenen Asphalts wabern über die Straßen. Meine Sandale bleibt kleben. Ich ziehe den Schuh aus der glänzenden schwarzen Pfütze. Streife zähe Schmiere am Bordstein ab. Die Einkaufsstraße schmort unter der Hitze. Ein kleiner Trinkwasserspeier plätschert hell. Ich trinke, mein Rucksack hängt schwer auf der linken Schulter. Mo und Katrin winken noch einmal, bevor sie zwischen zwei Häuserblöcken verschwinden.

Der Kieferngeruch klebt noch in meiner Nase, vermischt mit dem Staub sandiger Waldwege. Dem Ruß der Lagerfeuer.

Die Stadt riecht nach Asphalt. Gasen. Gummi.

Springbrunnen und Blumenrabatten säumen den Weg zu meinem Hausaufgang. Es ist früher Nachmittag. Nichts los. Nur ein Rentner führt seinen Spitz aus. Der Hund keucht und bleibt alle drei Meter stehen.

Ich drücke die Glastür auf und betrete den Hausflur. Alles wie immer. Der Gang zum Kellergeschoß empfängt mich mit angenehmer Kühle, der Fahrstuhl zukkelt nach oben. Siebenter Stock. Das Gepäck werfe ich in den Flur und gehe in die Küche. Wasser trinken.

Lili stürzt herbei, drückt mich an sich. »Nina, Mäuslein, hättest du doch was gesagt, ich hätte dich doch abgeholt … du hast mir so gefehlt!«

Ich schiebe meine Mutter von mir fort und schaue

aus dem Fenster auf die gegenüberliegenden Häuser. Der Sandkasten liegt verwaist. In der Ferne glänzen die Gleise des Hauptbahnhofs.

Das Wasser aus der Leitung kühlt das Glas in meiner Hand. Angenehm. Ich trinke. Schlucke. Tränen steigen mir in die Augen.

Es hat sich nichts getan. Meine Mutter trägt ihre geblümte Schürze. Ihre Hände streicheln die Küchenarbeitsplatte. Alles ist sauber. Wie geleckt. Sie sieht lächelnd zu mir auf. »Liebes, ich habe dir also auch gefehlt?«

Ich drehe mich um, gehe durch den dunklen Flur ins Kinderzimmer.

Es ist Sommer in Magdeburg.

Im Zimmer ist es ruhig und stickig. Die Liegen ducken sich in zwei Schrankwandhälften. Links die Brecht-Plakate über meinem Bett, rechts die Burgen von Sascha. *Mosaik*-Hefte geordnet auf dem Schreibtisch des Bruders, die Kakteen meines Vaters akkurat auf dem Fensterbrett in Reihe gebracht. In der geknüpften Hängeampel pendelt die Passionsblume und verbreitet süßlichen Geruch. Ich seufze. Setze mich auf meine Liege und packe aus.

Sand rieselt aus einer Tasche, das Skatspiel fällt aus dem Rucksack. Skat spielen war gut. Um Geld, ein halber Pfennig Einsatz. Ich habe ein paarmal gewonnen. Mit dem Biertrinken, das klappte nicht so gut. Konnte nicht mithalten. Zwei Züge für ein Halbliterglas. Die Gittermaschen des kleinen Zauns an der Bierterrasse des Zeltplatzes stehen noch vor meinen Augen. Ich kralle die Finger hinein, während mein Körper würgt.

Und würgt. Ekelhaft. Ich habe noch Mos Kichern im Ohr, die ihre Cola mit dem Strohhalm trinkt und zu mir hinübersieht. Mit den nackten Füßen wippt.

Abendbrot. Mein Vater kommt gegen halb sechs. Der Fahrstuhl hält auf unserer Etage. Schränke werden flink zugestoßen, Schubladen geschlossen, ich rücke ein Buch gerade. Meine Mutter trägt das Tablett mit dem Abendbrot ins Wohnzimmer. Sascha wirft den Tennisschläger in seinen Schrank, zieht einen frischen Pulli über. Grinst mich verschwörerisch an. Nichts werde ich dir erzählen, kleines Stinktier!

Gottlieb lächelt mir knapp zu, setzt sich an den Tisch. Beim Essen wird wenig geredet. Ich sitze neben meinem Vater, mit Blick auf die Bücherwand. Die Eßecke ist von der Fernsehecke durch einen Raumteiler getrennt. Er ist aus hellem, massivem Eichenholz gefertigt, das mein Vater selbst ausgesucht hat.

Gottlieb ist Ingenieur. Die Bücherschränke läßt er nach seinen eigenen Zeichnungen tischlern. In den hellen Schränken der Zimmerlängsseite stehen Bücher. Zweireihig. Im Raumteiler über dem eingelassenen Fernseher ebenfalls in zwei Reihen Bücher. Die älteren, zerlesenen Reclam-Hefte sind in der zweiten Reihe versteckt. Davor stehen die Werkausgaben von Thomas Mann, Goethe, Aitmatow. Russen, Franzosen, Amerikaner. Gegenüber dem Eßtisch salutieren historische Romane und zur Zeit jüngere amerikanische Autoren. Für ein paar Monate.

Vor dem Fenster sind sehr eng beieinander die Couch, auf der meine Eltern nachts schlafen, und zwei viel zu große Sessel um ein Tischchen gruppiert. Blickrichtung Fernseher. Hier verbringt meine Mutter ihre

Abende, wenn sie nicht gerade bügelt, Wäsche wäscht oder an Versammlungen teilnimmt.

Ein Zimmer in unserer Dreiraumwohnung gehört Vater, das Arbeitszimmer. Auf einer hellen, flauschigen Auslegware stehen eine weiße Ausziehcouch, ein Schreibtisch, dunkle Möbel. In einem offenem Fach der dunklen Schrankwand ist zwischen Vasen und Nippes ein gerahmtes kleines Foto von meinem Großvater aufgestellt. Er wanderte einst mit seinen vier Kindern durch die Wälder des Erzgebirges und lehrte sie, Vogelstimmen zu erkennen. Als wir noch ganz klein waren, führte uns Gottlieb schon auf den Kamm, der Sachsen von Böhmen trennt, und wies über ein Feld. Dort drüben stand mein Vaterhaus, und da drüben, mit der Hand beschattete er seine Augen, und wir schauten in die gewiesene Richtung, und dort am Waldrand spielte ich immer.

Da ist Gottlieb also mit Stöckchen über Feld und Wiese gerannt. Da hat er auf die fremden Flugzeuge gezielt und deng deng deng gemacht, als noch Krieg war. Er war fünf, als sein Vater fiel. Und das Ende des Krieges brachte nicht nur den Totenschein ins Haus, das Haus wurde niedergerissen, die Familie weggespült von Feld und Waldsaum.

Über dem Foto stehen die »verbotenen Bücher«. Da für uns Kinder ohnehin jeder Schrank tabu ist in diesem Zimmer, fiel mir dieser lange gar nicht auf. Aber einige unserer Besucher wurden von meinem Vater, der dann eine sehr geheimnisvolle Miene aufsetzte, vor diesen Schrank geführt. Das war das letzte, was ich noch beobachten konnte, bevor ich rausgeworfen wurde. Nachmittags, wenn ich allein in der Wohnung war, erforschte ich diesen Schrank. Dort standen Bücher. Wenige, sehr alte. »Volk ohne Raum«, »Deutsche Rassenkunde« buchstabierte ich. Es war ein seltsames Kreuz darauf. Mit abgewinkelten Enden, die einen Kreis aus sich haschenden Haken bildeten. Ich wagte nie, eines dieser Bücher herauszunehmen. Mein Vater hätte es sofort gemerkt. Woran, blieb mir immer verborgen.

Wie jetzt, wir sitzen beim Abendbrot, und mein Vater kaut sorgfältig auf, bevor er sich mit einer Serviette den Mund abtupft, zu mir herübersieht und fragt: »Hast du den Baldwin herausgenommen?«

Wie hat er das gesehen? Ich habe das Buch doch mit der Handkante millimetergenau an seinen Nachbarn ausgerichtet. Ich nicke und versuche, den aufkommenden Hitzeschwall zu unterdrücken. James Baldwins andere Welt habe ich vor etwa drei Jahren entdeckt. Seitdem lockt mich das Buch immer wieder. Vor allem die Szene im Fahrstuhl, wo der schwarze Mann seinen Samen haßerfüllt in die weiße Frau spritzt. Sein Glied in sie hineinstößt und an die vielen schokoladenbraunen Kinder denkt, die er zeugen könnte.

Ich stehe auf, verberge meine heißen Wangen unter den Haaren. Schleiche um den Eßtisch und weiche dem verärgerten Blick meiner Mutter aus. Sascha kichert. Mit dem Fuß schließe ich die Tür mit den Milchglasscheiben. Das Telefon steht im Flur, ich muß flüstern.

»Mo, kannst du noch mal raus?«

Ich laufe aus dem Haus. In der Passage zur Fußgängerzone riecht es übel. Urinlachen fangen das gedämpfte Licht. Ich halte die Luft an, eile weiter, über die Gleise der Straßenbahn hinweg, die mitten durch die Fußgängerzone rattert, am Haus der Lehrer vorbei. Es sind Ferien. Ein Portier gähnt hinter dem großen Holztresen. Die Glasscheiben sind geputzt und spiegeln die Vorübergehenden. Ich sehe mich, ein schlankes junges Mädchen mit langen Haaren. Ich recke den Kopf, mein rundes Gesicht. Und immer noch Jungfrau, kichere ich meinem Spiegelbild stolz zu. Nach zwei Wochen Zelten.

Links liegt der Konsum Ratswaage, wo ich das Klauen trainiere, seit ich mit zehn das erste Brausepulvertütchen unter einem Brot herausgeschmuggelt habe. Dann folgt das Erich-Weinert-Denkmal.

Der schmale Durchgang zum Alten Markt ist menschenleer. Erst neben dem Lichtspielhaus Theater des Friedens stehen zwei alte Männer. Unbeweglich, grau. Sie warten darauf, daß der Spätverkauf seine Klappe öffnet. Sonst ist der Marktplatz verwaist. Kaiser Otto zu Pferd mit den flankierenden Maiden wacht über die Pflastersteine. Schräg gegenüber grinst Eulenspiegel von seinem Brunnen. Das Pflaster dampft den Tag aus. In der Hartstraße Nummer 3 klingle ich bei Schneider.

Mo kommt angehüpft. Wir gehen schweigend am Rathaus vorbei, über die große Straße zur Ruine der Johanniskirche. Schwarzbraun steht das bröselnde Turmpaar im goldenen Licht des Frühabends. Milde streichelt ein Luftzug Gräser und Haar. Wie der zerbrochene Rumpf eines Raumschiffs ragen die Kirchenwände aus dem Hügel. Hier suchten die Menschen Schutz vor den Bomben. Die Wiesenflächen dörren unter der Sommerhitze. Über der Asche der Verbrannten. Das Luther-Denkmal neben der Ruine glänzt, als sei es eingeölt.

Erst an der Elbuferpromenade sehen wir uns an. Die Elbe glitzert. Mo blinzelt. »Ob er mir schreibt?«

Ich grinse. »Und dann, willst du nach Erfurt fahren?«

»Ich weiß nicht, ich fand ihn süß.«

»Klar, süß ist er, aber … Gehen wir Sonnabend ins Kika?«

»Hmm.«

Wir sitzen an der Anlegestelle der Weißen Flotte. Einige Schlepper mit tschechischen oder polnischen Fähnchen tuckern vorbei. Wir sehen lange still auf den Fluß.

»Was ist deine erste Erinnerung, Mo, ich meine, wenn du an früher denkst?«

Mo spielt mit einem Grashalm. »Ich weiß nicht … Ich sehe nur endlos lange Nachmittage, Schlafen im Kindergarten, die lange Reihe unserer Liegen … ja, jetzt fällt es mir ein, ich weiß noch genau, wie du mir in den Daumen gebissen hast, da waren wir fünf oder sechs Jahre alt.«

Mo grinst über ihre verschränkten Arme hinweg. Klar erinnere ich mich. Es war ein Tag im Spätherbst, dunkel und grau. Unsere Gruppe von vielleicht zwanzig Kindern war vollzählig im Gruppenraum, als sich plötzlich der Himmel aufklärte und ein weißer Flokkenwirbel vor den Fenstern tanzte. Der erste Schnee!

Wir saßen gerade im Kreis auf dem Boden. Ich behexte einige Jungen. Es war ein Spiel, ich beobachtete, welche Erzieherin den Raum verließ, um dann unvermutet auszurufen: »Ich kann hellsehen, ich weiß, wer gleich die Tür aufmacht!« Es funktionierte gut, die verblüfften Gesichter der anderen Kinder feuerten mich an. Sie hockten im Kreis um mich und warteten gebannt darauf, daß sich die Tür öffnete. Und dann das. Mo rief: »Es schneit!« und war die erste am Fenster. Alle Kinder stürzten ihr nach. Verärgert stand ich auf, kein Mensch interessierte sich für mich. Alle sahen auf die dicken weißen Flocken. Ich steuerte direkt auf Mo zu und biß ihr kräftig in den abgewinkelten Daumen der rechten Hand. Mo schrie auf und hielt sich den blutenden Daumen. Die Kinder starrten mich an, ich lehnte gelassen über der Heizung und betrachtete den Flockenwirbel.

Die Tür ging auf, und Frau Plischka, deren Kommen ich vorausgesagt hatte, betrat den Raum. Sie teilte meinen Triumph nicht. Mo wurde auf eine Trage gebettet und ihr Daumen verbunden, ich verbrachte den Rest des Tages unter einem Tisch. Ein Pflaster klebte mir quer über dem Mund. Als meine Mutter mich abholen kam, sagte Frau Plischka: »Hier, nehmen Sie Ihren Hund mit nach Hause.«

Mo grinst immer noch.

»Ja, ja, ich weiß, aber noch früher, an was kannst du dich sonst noch erinnern?« lenke ich verärgert ab.

Mo schaut sinnend auf die Elbe. »Und du?«

Ich vergrabe meinen Kopf in den Armen. Aus den Sandalen ragen meine komischen Zehen hervor. Der zweite und dritte jeden Fußes sind zusammengewachsen, wie siamesische Zwillinge, Zwergenpaare. Wann habe ich das erstemal meine Zehen betrachtet, befingert? Ich glaube, ich habe nichts untersucht, ich habe nur gelauscht. All diesen wunderbaren Tönen, die keinen Anfang und kein Ende hatten. Keine Quelle.

»An die Vögel, an ein lautes Vogelzwitschern vor

den Fenstern meiner Großeltern. Ich muß zwei oder drei Jahre alt gewesen sein, und es war ganz anders als in der Stadt. Sie wohnten in einem kleinen Häuschen auf dem Dorf, und ich hörte morgens …«

»… das Glockenspiel«, unterbricht mich Mo, »jetzt fällt es mir wieder ein, ich habe immer das Glockenspiel vom Rathaus gehört, die vielen kleinen Glöckchen, die erst leise und dann immer lauter spielten … Sie machten mir angst.«

»Warum denn?«

Auf Mos Stirn bilden sich feine Falten. Sie schüttelt den Kopf, bedeckt die Augen mit ihren zarten Händen. Fasziniert betrachte ich diese Hände, die aussehen wie Kinderhände, glatt und winzig. Endlich hebt Mo den Blick, wendet das Gesicht zu mir, und ich sehe den Tränenspiegel in ihren Augen.

»Ich hab vor so vielen Dingen Angst, Nina, das ging damals schon los, ich habe Angst vor Melodien, die mich forttragen könnten, Angst vor Lichtern, die über mein Bett huschen, vor den endlos langen Nachmittagen, der Zeit, die nicht vergeht …«

Ich lege meine Hand auf Mos Schulter und sehe auf den Fluß. Den Schiffen hinterher.

Als es dämmert, kneife ich die Augen zusammen. Die aufflammenden Lichter der Straßenlaternen auf dem gegenüberliegendem Werder senden Lichtstreifen. Auf der Elbe tanzen die Streifen. Werden immer breiter, leuchtender, je stärker ich die Augen zusammenkneife. Der Strom gluckst und stinkt.

Als ich nach Hause komme, wartet Ottfried auf mich. Gegenüber meiner Haustür. Er sieht mich zuerst, schlendert über die Straße. Ich sehe, wie aufgeregt er ist. Ganz langsam setzt er einen Fuß vor den anderen, als fürchte er, vom Weg abzukommen. Ich stehe nur da.

»Zu mir hoch können wir nicht.«

»Dann gehen wir eben ein Stück.«

Ich möchte weglaufen. Ist das peinlich! Dieser rothaarige Depp, wieso taucht der hier auf? Wenn bloß meine Mutter jetzt nicht aus dem Fenster schaut. Schlimm genug, daß sie überraschend zum Zeltplatz kam. Wieso hab ich ihr auch meine Adresse geschrieben. Klar, weil ich Geld brauchte. Daß sie gleich selbst angefahren kommt, damit war nicht zu rechnen. Mit zwei Freundinnen.

Gerade hatte ich mit aufgestützten Ellenbogen auf einer Luftmatratze im Waldsee gelegen, Ottfried mir gegenüber. Wir hatten uns geküßt. Mit geschlossenen Augen. Ich hatte seine Sommersprossen nicht gesehen.

Es schmeckte gut, es roch gut, unter mir stand ruhiges, kaltes Wasser. Unsere Körper tanzten leicht, die Lippen trafen sich, verloren sich.

»Niiinaaaaa!« Ihr Schrei gellte durch den Wald. Vögel flogen kreischend auf. Ich glitt ins Wasser, kam wieder hoch. Meine Mutter ruderte aufgebracht mit den Armen. Klein war sie, wie sie da unter den Kiefern stand. Am Trichterrand des Sees. Mein Name hallte vielfach wider. Neben Lili standen Barbara, die Psychologin, und Irmela, ihre Busenfreundin. Sie arbeiten zusammen in der Neurologischen Klinik.

Ich laufe einen größeren Bogen, damit Ottfried nicht sofort bemerkt, daß ich ihn zum Bahnhof führe. Gehe mit gesenktem Kopf. Meine Arme schlenkern, bis ich sie vor den Brüsten verschränke. Und wieder an Lili denken muß.

Es war vor wenigen Jahren, als mir die Brustwarzen zu kleinen Kugeln schwollen, die ich entsetzt mit nach innen gekehrten Schulterblättern und weiten Pullovern zu kaschieren versuchte. Als ich zu dieser Zeit meine Mutter in der Klinik besuchte, begegnete ich Barbara und Irmela auf dem Flur. Sie sahen mich aufmerksam an und werteten, kaum daß ich Lilis Zimmer wieder verlassen hatte, mein Erscheinungsbild mit ihr aus. Beim Abendbrot, vor Bruder und Vater, berichtete Lili mir die kollektive Diagnose. Du läßt nicht zu, daß dir Brüste wachsen, das ist doch unnormal, Kopf hoch, Mädchen, sei stolz. Du wirst eine Frau!

Sascha prustete los. Mir schossen die Tränen in die Augen. Bevor mein Vater geräuschvoll sein Teeglas auf den Untersetzer gestellt und sich mit einer Serviette den Mund abgetupft hatte, war ich bereits ins Bad geflohen.

Ottfrieds Gesicht ist rot bis zu den Haaren. Wie mir das passieren konnte. Aber in der Nacht, in der er sich herangeschlichen hatte an meine Luftmatratze, unser Lagerfeuer, sah er so gut aus. Im Sonnenlicht des nächsten Tages war ich bestürzt. Sein ganzes Gesicht schien aus nichts anderem als Sommersprossen zu bestehen. Und sein Haar: feuerrot! Rote Hände und verbrannte Schultern, Beine, Arme. Seine Stimme blieb schön. Das Spiel seiner Hände auch. Nachts war es egal.

Aber das reicht nicht. Er summt »Ich möchte ein Eisbär sein, am kalten Polar« und sucht meine Hand. Das haben wir zusammen gehört. Wenn schon. Ich winde mich, verschränke die Arme fester. Mist, er hat sich wirklich verliebt.

Wir haben den Bahnhof erreicht. Ottfrieds trauriges Gesicht am Fenster gleitet davon. Der Zug verschwindet im Dunkel der Neustadt.

Die Stadt ist wie ausgefegt. Leer. Endlich weht ein kühles Windchen durch die Straßen. Vom Bahnhof schlendere ich zum Krankenhaus Altstadt zurück. Wie eine dunkle Bastion thront es in der Stadt. Schmiegt sich an die Reste der mittelalterlichen Stadtmauer. Hier haben wir als Kinder gespielt.

Hinter dem Krankenhaus ragen die Neungeschosser der Karl-Marx-Straße auf. In den sechziger Jahren wurden sie auf die Trümmer der zerbombten Barockstraße gebaut. Schöne, komfortable Neubauten mit Aufzügen und Müllschluckern auf jeder Etage. Mein Zuhause. Eines meiner Lieblingsfotos zeigt meine Mutter mit Minirock und karierter Ballonmütze. Strahlend, den Kinderwagen lässig mit einer Hand haltend, die andere in die Hüfte gestützt. Hinter ihr wachsen die Neubauten und das Haus der Lehrer in die Höhe.

Sascha zuckt im Schlaf. Ich lege mich auf mein Bett und schaue auf die steifen weißen Tüllgardinen.

Dahinter gibt es kein Gegenüber. Aus dem siebenten Stock sieht man am Tage über andere Häuserblöcke hinweg nach Westen, über das Bahnhofsgelände und das Viertel Stadtfeld, bei gutem Wetter bis zu den sanften Hügeln der Börde hinter der Stadt.

Noch drei Wochen Sommerferien.

Mo holt ihr Fahrrad aus dem Keller, trägt es die sechs Stufen in den Hausflur hinauf. Mos heller Schatten gleitet über die Wände. Hitze schlägt ihr entgegen, als sie die schwere Holztür aufstößt. Von ihrer Haustür aus führt eine Wiese bis zur Elbe hinunter. Nur die Jakobstraße zerschneidet das Grün, fächert sich zu Stadt und Brücke auf. Asphaltierte Radwege säumen in eleganten Bögen die Straßenkanten. Die Strombrücke protzt mit ihrer Breite, den hohen Eisenstrebwerken.

Der Fluß liegt träge und braun, Wasserstand ein Meter achtzig. Bis oben auf die Brücke kann Mo die Digitalanzeige sehen. Auf der Uferpromenade ist wenig los. Mo radelt bis zur Mitte der Brücke, läßt sich ein ganzes Stück rollen, dann bremst sie holpernd auf dem Kopfsteinpflaster der alten Zollbrücke ab.

Der Werder liegt als schmaler Landstreifen zwischen der mächtigen Stromelbe und der Alten Elbe. Auf der einen Seite ist das Inselchen mit ein paar Straßenzügen bebaut, auf der anderen Seite verrosten Kähne im alten Winterhafen. Dahinter bläht sich der Kulturpark Rotehorn auf. Dieser Park ist fast so groß wie das alte Stadtzentrum Magdeburgs. Auf seinen Wiesen, Wegen, Kanälen und am kleinen See mit der Ausflugsterrasse verbringen viele Magdeburger ihre Nachmittage und Wochenenden. Von den Tanzlokalen, die es hier früher gegeben haben soll, ist nach dem Krieg wenig übriggeblieben. Voll war es damals. Wie heute im Lindenhof am südlichen Stadtrand. Oder im Kika, das tagsüber als Schulspeiselokal Café Märchenland heißt und abends Mos Lieblingsdisko ist.

Mo radelt über die schattigen Parkwege bis zum Wasserfall, der sich über die Alte Elbe hinzieht. Unter den Bäumen ist es etwas kühler. Sie stellt das Rad an ein kleines Eisengeländer und setzt sich auf die gemauerte Böschung.

Kanuten üben die Wasserfallabfahrt. Zweifellos Anfänger. Der Wasserfall verkommt im Sommer zu einem braunen Bach, allenfalls fünf Meter breit und kaum einen halben Meter tief, dann fällt er mannshoch ab. Mit Nina ist Mo schon einmal rübergelaufen, durch die ölige Bronze balancierend. Auf das Ausflugslokal zu, das drüben Bockwurst und Brause verkauft.

Mo zieht die Luft tief ein. Sie mag den abgestandenen Geruch des Wassers und des erhitzten Gummis, der über den Bootshäusern liegt. Das Lachen und Rufen der Kanuten und eines Trainers schallt zu ihr herüber. Plumps, einer der gummibekleideten Jungen ist ins Wasser gekippt. Fluchend kommt er auf der anderen Seite wieder hoch, trudelt mit dem Kanu ein Stück flußabwärts. Mo fängt einen wütenden Blick auf.

Sie steht auf, streicht den Rock glatt und steigt auf ihr Rad. Noch ein Stück in den Park hinein. Dann nimmt sie den kleinen Pfad, der zu ihrem Lieblingsbaum führt. Die Vögel schweigen. Es ist zu heiß. Der Baum steht inmitten einer riesigen Wiese. Mo legt das Fahrrad ins Gras. Holt das Miniradio aus ihrer Umhängetasche und klettert auf die breiten, ausladenden Äste. In der Krone angelangt, nach allen Seiten versteckt, lehnt sie sich an den Stamm der Buche und macht das Radio an. Sehr leise.

Aus der Ferne sind die energischen Plop-plop-Geräusche abgeschlagener Tennisbälle zu hören. Nina und ihr kleiner Bruder trainieren dort im Tennisverein. Na ja, man sagt so trainieren. Nina ist zu alt für die Mannschaften. Sascha fährt immer mit zu den Wettkämpfen. Sie ist nur geduldet, weil ihre Mutter mal mit dem Chef des Vereins zusammengearbeitet hat. Wie eitel Nina ist. Sie will immer im Mittelpunkt stehen. Bildet sich ein, daß die Tennisspieler sich die Köpfe nach ihr verrenken, wenn sie an der Holzwand den Aufschlag übt. Dabei ist sie so schön und lustig. Aber sie braucht immerzu Bestätigung. Mo seufzt.

Wenn dieser rothaarige Dorfjunge nicht gewesen wäre, hätte sie mir Lutz bestimmt abspenstig gemacht. Lutz ist viel hübscher. Blondes volles Haar, schlank, sonnengebräunt. Und dieses verschmitzte Lächeln.

Katrin hatte keinen Freund. Auch wenn sie die Schönste von uns dreien ist. Mit diesem Augenaufschlag. Und die Jungs stehen mehr auf blonde Haare. Ein Wunder, daß Lutz sich für mich interessiert hat. Ein dürres Mädchen mit schwarzen Haaren. Thermometer, wenn man dich gegen's Licht hält, sieht man das Blut hochsteigen.

Mo schließt lächelnd die Augen. Warm und hart stützt der Baumstamm ihren Rücken. Die Musik dudelt leise. Mo träumt. Ab und an dringt ein plop, plop, plop von den Tennisplätzen an ihre Ohren.

Katrin lehnt sich vorsichtig aus dem Fenster. Schimpfen und das Kreischen hoher Kinderstimmen dringen zu ihr hinauf. Weit unter sich sieht sie ein paar Frauen ihren Nachwuchs die Einkaufsstraße entlangzerren. Die Läden schließen. Katrin blickt auf das Dach des Schuhladens, auf dem ausgediente Tennisbälle, zerknautschte Milchtüten und farblose Wischlappen vergammeln. Müll, der nicht einmal die Möwen interessiert, die wachsam spähend durch die Neubautenschlucht gleiten.

Katrin lehnt sich zurück. Sie nimmt ihr Buch und liest noch ein paar Seiten. Ein leichter Wind pustet ihr immer wieder Haare vor die Augen. Lächelnd läßt sie das Buch sinken, bindet den Pferdeschwanz neu.

Die Sonne ist hinter den Häusern verschwunden. Ein orangeroter Schimmer legt sich auf die Fensterscheiben ringsum. Die Straßenbahnen scheinen leiser zu rollen. Längst haben die Mütter das Abendbrot gerichtet. Die Möwen sind zur Elbe abgeschwenkt. Männer mit Aktentaschen eilen lautlos in die Passagen, die zu den Rückseiten der Häuser mit den Aufgängen und Fahrstühlen führen. Schwalben segeln mit kurzen Kick-kick-Rufen über die Stromführung der Straßenbahn. Im Haus der Lehrer flammt ein Licht auf. Da und da, als folge es einem geheimen Rhythmus, flakkert das Licht hin und her. Auch in der Wohnung von Ninas Eltern gehen die Lichter an.

Die neungeschossigen Häuserblocks sehen sich zum Verwechseln ähnlich. Noch glänzt die Außenhaut aus weißen Kacheln. Es gibt keine Balkone. Keinen Schmuck. Auf der Seite der Einkaufsstraße beherbergt jeder Block zwei bis drei Geschäfte in einer Flachstrecke. Sie springen weit aus den Blocks nach vorn, um den Läden Tiefe und Raum zu geben. Katrin mag die funktionalen Gebäudefluchten der Karl-Marx-Straße. Die Stadt atmet, lebt in Sichtweite.

In Kiew, wo sie studiert, sind alle Straßen zu breit, die Plätze riesig. Die Ampeln größer, die Menschen schneller, die U-Bahn schluckt die halbe Stadt in ihren Bauch. Überall Rolltreppen, Gesurre, Gerenne. Dagegen wirkt Magdeburg kleinstädtisch. Und hier kennt sie verschwiegene Winkel, menschenleere Stellen, die sie in Kiew nicht gefunden hat. Noch nicht.

Katrin geht in die Küche hinüber, holt sich einen Becher Kaltschale. Aus dem Küchenfenster sieht sie ihre alte Schule, die auf Gräbern der ehemaligen Katharinengemeinde steht. Unter dem Pflaster des Schulhofs liegt der alte Friedhof. Und unter dem Sportplatz. Selbst beim Umgraben der Schulbeete haben die Kinder ein paar Knochen gefunden. Katrin freute das.

Sie wäre der Stadt am liebsten ins Gedärm gekrochen. Sie stiftete Nina und Mo zu unterirdischen Expeditionen an. In den mittelalterlichen Röhrengängen Magdeburgs tropfte und knisterte es. Der Atem bildete auch im Sommer feine Wölkchen. Aufregend waren vor allem die Gangsysteme im Stadtzentrum.

Am Wallonerberg zum Beispiel hatte die berüchtigte Fischerbande ihre Verstecke. Einige Zeit lang machte eine Handvoll Jugendlicher die Polizei mit unerklärlichen Einbruchsserien nervös. Es dauerte lange, bis alle Mitglieder, und noch länger, bis ihr Diebesgut gefunden wurde. Die Gänge beginnen tief unter der Petrikirche und der Magdalenenkapelle und münden zum Teil noch heute in die Elbe. Die zwei Kirchen schmiegen sich an den Wiesenhang, dessen Innereien noch Scherben des zerbombten Fischerviertels bergen. Knattergebirge hieß es einst, erfahren kichernde Kinder im Heimatkundeunterricht.

Katrin achtete sehr darauf, von niemandem gesehen zu werden. Sie wendet den Blick vom Schulhof.

Nina faßte das Ganze damals viel zu sehr als Abenteuer auf. Erzählte Schauergeschichten, unterm Wallonerberg würden Kinder gegrillt oder in Verliese gesperrt. Die Bandenmitglieder hatten wohl einmal im Winter ein Feuer in einem der Gänge gelegt und Nina belauschte ihre düsteren Phantasien. Atemlos an eine Mauer gepreßt, den Kopf immer näher an den flakkernd beleuchteten Eingang geschoben. Während Katrin und Mo oben auf einer Bank warteten, zitternd.

Katrin war für saubere Aktionen. Ging mit Taschenlampe und Wanderschuhen gezielt in die Schächte der alten Festungsanlagen und verschütteten Kellereingänge. Manchmal direkt im Herzen der Stadt. Am Domplatz in einer Ruine gab es ein Kellerloch mit anschließendem Gangsystem. Die Polizei streifte allerdings auch häufig in der Gegend herum, deshalb gaben sie diese Stelle bald auf.

Katrin setzt sich wieder und öffnet ihren Pferdeschwanz. Ihre goldgelben Haare wehen in der Brise. Sie lächelt. Die zwei Wochen Zelten waren schön. Ob es dabei bleibt, daß wir drei nächsten Sommer wieder zusammen Zelten fahren?

Ich habe Sehnsucht nach Kiew. Weiß nichts mit mir anzufangen in Magdeburg. Wenn ich wenigstens einen Freund hätte. Selbst Mo hatte einen, der sie küßte. Ich bin viel zu verkrampft. Denke immer gleich an die Zukunft. Das muß doch nicht das Ende sein. Aber die Angst wird immer größer. Warum haben sie uns auch zum Frauenarzt beordert, nach dem Reaktorunfall? Angeblich ist Kiew doch weit genug entfernt gewesen. Und wenn ich niemals Kinder bekommen kann?

Katrin fröstelt plötzlich, sie verschränkt die Arme um ihren Oberkörper. Sie geht zur Garderobe im Flur, nimmt eine leichte Strickjacke und streift sie über.

Ich werde zu Mo gehen, beschließt sie. Einfach die Karl-Marx-Straße runterschlendern. In die Marietta-Bar gehen. Eis essen. Noch zwei Wochen Semesterferien.

Das Gebäude der medizinischen Fachschule am Rande des Akademiegeländes ist neu und hell. Geräumige Klassenzimmer, breite Flure, kein direktes Sonnenlicht. Noch wärmt der September die Stadt. Sonnengebräunte, kichernde Mädchen drängen sich zum ML-Unterricht in die Bänke. Marxismus-Leninismus, wie langweilig.

Ich schaue auf die Baubrache vor den Fenstern. Lege mein Buch auf den Knien zurecht. Das Kichern verebbt, Herr Breitmeyer erklärt mal wieder die Wirkungsweise des demokratischen Zentralismus.

Ich höre nicht zu. Das werde ich nie begreifen, wie ein Staat demokratisch sein kann, wenn er von einer Diktatur des Proletariats gelenkt wird. Ewiger Zündstoff zwischen Breitmeyer und mir. Inzwischen läßt er mich in seinen Stunden die *nl-konkret*-Hefte unter der Bank lesen, ohne sich zu beschweren. Da wird der junge DDR-Bürger aufgeklärt. Über Punks und RAF, Terroristen und Anarchisten. Im Westen. Nachahmung verboten.

Breitmeyer fragt nicht mehr nach dem Unterrichtsstoff. Bei den Arbeiten schreiben wir sowieso alle ab. Er ist schon froh, wenn nicht zu laut gekichert und geschwatzt wird. Und keine schläft oder gleich in den Frauenruheraum will. Immerhin haben wir gelernt, einen epileptischen Anfall oder akute Atemnot zu simulieren.

Der Stundenplan einer angehenden Krankenschwester ist abwechslungsreich. Sechs Wochen arbeiten wir im Krankenhaus, dann folgen sechs Wochen Unterricht. Neben den zwei Stunden ML pro Woche haben wir die Fächer Sport, Gynäkologie, Dermatologie, Kinderheilkunde und Physiologie. Die eine Stunde Wehrerziehung pro Woche ist vollkommen überflüssig. Anatomie finde ich spannend, den menschlichen Körper zu erforschen macht Spaß. Es gibt einige Mädchen, die sich ekeln vor den Präparaten und den Fotos. In der Pathologie sind gleich zwei rausgerannt, und eine mußte sich übergeben, als ich mir die Gallensteine der Toten in die bloße Hand geben ließ. Es waren schöne kleine Steine, hell und ein wenig durchscheinend wie Bernstein. Ich durfte sie nicht behalten.

Russisch ist mir zu einfach. Ich lerne die Sprache seit sieben Jahren. Seit ich denken kann, gehören russisch sprechende Menschen zu mir. Zu Magdeburg. Die dicken Frauen mit grell geschminkten Mündern und Augen schieben sich in die Erinnerungen an frühe Kaufhausexpeditionen mit meiner Mutter. Süßlicher Geruch stieg aus ihren Kleidern auf, wenn sie uns mit lockerem Hüftschwung vom Warentisch wegschubsten. Ihre Sprache rollte und zwitscherte.

Ich war fünf, als ich mit Kindern aus der Nachbarschaft zu den immer irgendwo in der Stadt herumstehenden Lastwagen lief, die Wörter *snatschok boschaluista* wie eine Beschwörungsformel skandierend. Die Russen lachten, manchmal hoben sie uns in die Wagen, spielten an unseren Zöpfen und kniffen uns in die Wangen, und wenn sie uns wieder herunterließen, hatten wir Schätze in den Händen. Ein klebriges Bonbon oder eines der begehrten Abzeichen. Einen kleinen Lenin-Kopf oder einen Sputnik.

Ich kann heute noch das russische Alphabet singen, obwohl ich mir doch grundsätzlich keine Melodien merke. Aber A, B, W, G, D, Eeeee … kann ich singen. Bis Wordisnak, Jeruüi, Mjachtgisnak.

In Sprachkabinetten sitzen wir Fachschulstudenten und hören über Kopfhörer die vorbereiteten Russisch-Tonbänder. Die Kabinette sind Sperrholzverschläge für jeweils eine Person. Durch Plexiglasscheiben können wir einander beobachten. Wie Übersetzer bei einer internationalen Konferenz sehen wir aus. Das ist lustig.

Falko zwinkert mir zu, Samstag Lindenhof, formt er mit den Lippen. Ob Mo mitkommt? Sie ist so komisch in den letzten Wochen. Lutz hat sich nicht gemeldet. Ob sie wirklich verliebt ist?

Ich stelle auf dem FDJ-Nachmittag mein Kulturprogramm vor. Die Seminargruppe soll Ausflüge unternehmen, Exkursionen, Museumsbesuche. Buh, machen einige. Diskobesuche mit der gesamten Gruppe in den Lindenhof, am südlichen Stadtrand. Ja, jetzt hellen sich die Gesichter auf.

»Kriegste da Karten?« ruft eine.

»Ich mach das schon«, sage ich.

Es ist warm. Ich stehe im gleißenden Licht, mitten in der Stadt. Die Straße ist belebt, mir kommen Menschen entgegen. Plötzlich merke ich, daß mich die Leute seltsam ansehen. Von oben nach unten, in Höhe meiner Scham bleiben die Blicke hängen.

Mir bricht der Schweiß aus. Ich sehe ganz langsam an mir herunter. Ich sehe meine Füße, die bloßen Zehen. Nackte Beine, hervorstehende weiße Knie. Ich fühle mit den Händen nach meinen Brüsten, sie sind bedeckt. Ich trage ein helles Unterhemd. Ich beuge mich ein wenig nach vorn, meine kupferroten Schamhaare stehen als zerknautschtes Büschel ab. Ich bin entsetzt, verberge mein Geschlecht mit einer Hand, zupfe mit der anderen angestrengt am Unterhemd. Es gibt nicht nach, mein Hintern liegt bloß. Mein Herz rast. Ich stolpere von der Straße, dränge mich durch gaffende Menschen. Bloß weg!

Ich haste um die nächste Ecke, kaure mich in einen kühlen Winkel und zerre das Hemd über die Knie. Mir ist elend zumute. Was ist nur los? Wieso habe ich fast nichts an?

Viel Zeit vergeht, bis mein Atem ruhiger geht. Ich hole tief Luft, bezwinge das letzte Zittern in meinem Leib und erhebe mich langsam. Sehr langsam.

Ich bin nicht nackt. Sage ich mir halblaut und halte dabei für einen Moment die Augen geschlossen. Dann öffne ich meine Augen. Sehe an mir herunter.

Es hat geklappt. Ich trage eine leichte Stoffhose, eine Bluse über dem Unterhemd. Die Füße sind noch immer nackt. Ich laufe los. Bleibe stehen. Unter meinen Füßen liegen warme, aufgeheizte Steine. Wo bin ich?

Offensichtlich ist das nicht meine Stadt, nicht Magdeburg. Ich stehe auf mittelalterlichem Kopfsteinpflaster. Katzenköpfe, das Wort schießt mir durch den Kopf, ich kann nichts anderes denken. Katzenköpfe. Katzenköpfe.

Ein Burghof öffnet sich vor mir, auch er ist gepflastert. Eine ausgefahrene zweigleisige Spur führt geradewegs zu einem Tor aus schwerem, dunklem Holz. Quer über den Hof, leicht ansteigend. Ich zögere, sind das Spuren von Wagenrädern? Ich wende mich um, hinter mir liegt der erste Eingang, ein hölzernes Tor mit riesigen Flügeln. Bin ich durch dieses Tor hindurchgekommen? Wie bin ich überhaupt hier gelandet?

Die dunklen steinernen Mauern der Burg haben schmale Schlitze, für die Bogenschützen vielleicht. Ich gehe langsam weiter, die Füße schmiegen sich an die warmen Steine. Zwischen ihnen wächst Gras. Es ist kein Laut zu hören. Gespenstische Stille liegt über allem. Die Tür zum inneren Burghof ist leicht geöffnet, im Näherkommen sehe ich den Spalt. Dahinter wieder Stein. Der Himmel ist blau und klar, kein Vogel schwingt sich auf, keine Wolke zieht.

Ich wundere mich nicht mehr. Gehe langsam über die Katzenköpfe. An der Tür angekommen, strecke ich die linke Hand aus. Behutsam will ich den Türflügel aufdrücken, da zucke ich zurück.

Aus den Augenwinkeln habe ich meine linke Handinnenfläche gesehen. Darin war ein dunkler großer Fleck. Jetzt spüre ich auch das Drücken und Bohren in meiner Hand. Ich schaue auf die Handfläche. Im Zentrum des Handtellers, wo die Lebenslinie und die mittlere Handquerfalte sonst ein spitzes Dreieck bilden, ist ein Loch. Ein tiefer Krater, der vom Rand aus bis in die Mitte hinein aus Schaben besteht. Fingernagellangen Schaben mit geschupptem Rücken, die sich in meine Hand gefressen haben, zur Mitte des Kraters hin immer tiefer. Sie sitzen ganz fest in der Haut, ihre Körper bewegen sich kaum. Doch sie müssen sich weiterfressen, das Loch wird beständig tiefer. Ich streiche entgeistert mit dem Zeigefinger der rechten Hand über die Buckel der Schabenrücken. Leise knisternd geben die Körperchen nach. Bewegen sich etwas, drücken sich noch fester in meine Hand. Es tut nicht sonderlich weh, aber es ziept und drückt unangenehm. Das Drükken wird heftiger, ich drehe die Hand um und sehe ein Beinchen mitten aus meinem Handrücken ragen. Ein zweites.

Endlich kann ich schreien, die Verblüffung läßt nach. Ich schreie und schlage meine Linke mit der Rechten an die Holztür. Immer wieder, in der Hoffnung, die Hand falle endlich ab.

»Das muß flotter gehen!« Die Stationsschwester stemmt die Arme in die Hüften und beobachtet mißbilligend, wie ich ungeschickt mit dem Wischlappen hantiere. »So, und jetzt noch die Bettkanten, aber flink, wir wollen heute noch fertig werden!«

Schwester Karin rauscht aus dem Patientenzimmer, nicht ohne den Herren Schmitt und Grünzahn ein siegessicheres Lächeln zugeworfen zu haben. Ich stöhne und wische die metallenen Kanten der Betten feucht ab. Als ich die Räder unter dem Bett von Herrn Grünzahn zu erreichen versuche, stoße ich mit dem Kopf an den Nachttisch. Eine Flasche kommt gefährlich ins Wanken.

»Mist.« Ich fühle mich an das verfluchte Häubchen mit den drei roten Streifen erinnert, das mit Haarnadeln am Kopf befestigt ist. Ich reibe mir den Kopf und sehe zu Herrn Grünzahn auf. Kaure vor seinem Bett, der Lappen hinterläßt einen großen nassen Fleck auf meinem rosa Kittel.

»Mädel, macht dich nicht fertig, du kriegst das schon noch hin!«

Ich grinse. »Ich versteh bloß nicht, wozu man hier jeden Tag alles unter Wasser setzen muß!«

Die Männer lachen.

»Desinfektion, mein Fräulein, Desinfektion ist das A und O!« ruft Herr Schmitt mir hinterher, als ich endlich mit dem roten Eimerchen das Zimmer verlasse.

Die Zeit bis zur Mittagspause zieht sich endlos. Bloß gut, daß ich beim Mittagessenausgeben nicht dabei zu sein brauche. Ich muß Herrn Meyer im Rollstuhl von der Röntgenabteilung, Herrn Grünzahn vom Zahnarzt und Herrn Wichert von der Physiotherapie abholen. So bleibt mir wenigstens heute der Anblick der Kakerlaken erspart, die in den großen Kartoffelbreikübeln mit ausgestreckten Beinen verenden.

Ich bin verkatert. Um fünf aufstehen, das ist einfach zu früh. Wenn Vater mich weckt, schmecke ich oft noch den letzten Cocktail, den ich mit Mo im Kika getrunken habe. Dieser verdammte Kopfschmerz. Ich halte das gestärkte Häubchen fest, damit ich die Durchgangshöhe der niedrigen Kellerflure besser abschätzen kann. Der Rollstuhl kracht an die linke Wand.

»Aua.« Herr Meyer flucht und versucht, sich zu mir umzudrehen. »Was ist denn los, Schwesterchen, ist der Flur nicht breit genuch?«

»Tschuldigung«, murmle ich und schiebe nunmehr mit beiden Händen. Die Linke schmerzt, als hätte ich mich irgendwo gestoßen. Mir ist nicht wohl. Schon gar nicht hier unten.

Es raschelt. Ich schiebe schneller. Mit Entsetzen denke ich an die Ratten. Meine Mutter hat so oft von ihnen erzählt, daß ich beinahe glaube, sie riechen zu können. Im Zweiten Weltkrieg wurde in Notsälen tief unter der Erde operiert. Das ganze Krankenhaus Altstadt ist mehrfach unterkellert. Es sollen noch alte Kasematten der Befestigungsanlagen dazugehört haben, keiner weiß, wie viele Stockwerke es nach unten geht. Und nach dem Krieg wurden die Säle weitergenutzt. Lili hat hier Ratten gesehen, hasengroße Ratten, die morgens in den Waschbecken hockten.

Ich rase beinahe auf den Fahrstuhl zu, der uns in die helle, warme chirurgische Station bringt.

Herr Meyer wackelt mit dem Kopf.

An einem der letzten warmen Sonnabende stehen wir, fünfzehn junge Mädchen und der einzige Mann der Seminargruppe, vor dem Lindenhof. Es riecht aufdringlich nach billigem Haarspray, es glitzert und funkelt auf Lippen und Wangen. Eine Menge von vielleicht sechzig, siebzig Menschen sammelt sich an. Der Türsteher ist König. Minimale Handbewegungen gestatten Eintritt. Endlich drin. Die Diskokugel wirft schon rotierende Farbkleckse ins Rund, schwarze Polsterhocker laden auf die Beobachtungsposten ein.

Der Spiegel hinter der Bar verdoppelt den Raum. An der Decke jagen sich multiplizierte Sterne. Die weißen Streifen meines knappen Pullis reflektieren das UV-Licht.

Meine Jeans ist erst zwei Tage alt. Wir waren mit der ganzen Familie in einem Wohnheim am südlichen Stadtrand. Dort leben die Vietnamesen, die nach ihrer Schicht in den städtischen Fabriken in Schwarzarbeit Hosen nähen. Sie nehmen Maß und stellen Unikate her, man kann sich die Marke selbst aussuchen, Mustang, Levis oder Wrangler. Die Aufnäher liegen stapelweise in kleinen Fächern. Meine Jeans sitzt wie eine zweite Haut, und die Nähte funkeln im Dunkeln.

Ich halte Ausschau. Nach dem dritten Kiwi kommt Mo. Sie sieht traurig aus, in sich verkrochen.

»Was'n los, Mo?« Sie zuckt die Schultern, schaut sich gequält um. Nach einigen Wodka-Colas streckt sie sich. Erzählt. Aus ihrer Seminargruppe wurden einige zukünftige Laborassistentinnen exmatrikuliert. Sie waren in einer größeren Gruppe an Leukämiekindern aus der Sowjetunion vorbeigegangen, auf dem Hof des Krankenhauses. »Sie sollen aus der Gegend um Tschernobyl stammen. Sie hatten alle eine Glatze. Kleine Kinder.« Mo zuckt wieder die Schultern.

»Ja und?« frage ich ungeduldig.

»Sie haben gelacht.« Mo hebt Blick und Stimme. »Sie haben die Kinder ausgelacht. Und dann wurden sie alle geext.«

Ich lege einen Arm um Mos Schulter.

»Als meine Mutter Krankenschwester gelernt hat, wurden welche exmatrikuliert, weil sie aus der Pathologie menschliche Fingerknöchelchen geklaut hatten und sie als Kettenanhänger um den Hals trugen!«

Mo schaut mich angewidert an. Doch ich lache. »He, hab dich nicht so, laß uns tanzen!«

Später, Mo ist längst gegangen, sitze ich mit drei russischen Offizieren und ihrem Fahrer an einem Tisch, habe eine Uniformmütze auf und trinke die obligatorischen *schto gramm.* Zwei Mädels aus meiner Seminargruppe sind dabei, betrunken wird unser Russisch immer besser.

Ich werde übermütig. »Wie war denn das mit Tschernobyl, habt ihr davon was mitbekommen?«

Ein scharfer, mißtrauischer Blick des Ranghöchsten streift mich. Er macht eine wegwerfende Handbewegung und holt die Wodkaflasche unter dem Tisch hervor. *»Sat knis! Dawai, dewotschka –!«*

Vor dem Restaurant »Stadt Prag«, im Zentrum der Stadt, schreie ich: »Stop, stop!« Der Lkw bremst quietschend auf der menschenleeren Wilhelm-Pieck-Allee. Es ist kurz vor Mitternacht. Die Russen müssen über die Elbe, in die Kaserne. Ich ziehe ein Mädel aus den Armen ihres neuen Freundes, die andere ist schon draußen und winkt lachend in die Fahrerkabine. Der betrunkene Fahrer hebt zum Abschied zwei Finger an die Stirn. Wir lachen und lassen uns auf das nächste Stück Wiese fallen. Der Lkw bremst schon wieder. »Unsere Mützen«, ruft ein ernüchterter Russe, rennt rüber und reißt uns die Uniformmützen von den Köpfen.

Wir rappeln uns gackernd auf. Die beiden anderen richten ihre Kleider und Haare. Schlendern davon.

Mir ist kalt und schwindelig. Ich vergrabe die Hände in den engen Taschen meiner Jeans und trabe auch los.

Es klingelt. Ich renne zur Tür, drücke auf die Wechselsprechanlage.

»Mo hier, rat mal, mit wem!«

»Mo, ich, nee echt? Lutz?«

»Wir kommen!«

Ich reiße die Tür auf, erwarte den Fahrstuhl, zappelnd vor Ungeduld. Endlich scheppern die Türen auf. Eine feenhafte Mo schwebt heraus, den hübschen Jungen hinter sich her ziehend. Ich haue ihm auf die Schulter: »Kommt rein, Leute, is schon voll.«

Lutz grinst schelmisch und drückt sich an Mo vorbei in die Wohnung.

»Hast du Katrin erreicht?«

»Nee, die is auf dem Rückweg nach Kiew, das neue Studienjahr fängt jetzt an.«

Mo zuckt die Achseln, lächelt mich selig an und eilt Lutz hinterher. Er strahlt ihr blöde entgegen.

Auf die drei Zimmer unserer Wohnung haben sich etwa zwanzig junge Leute verteilt. Einige spielen auf dem Wohnzimmertisch Skat, die Tischdecke liegt zerknüllt am Boden. Die Lampe schwankt über den Köpfen der aufgeregten Spieler. Als ich ins Zimmer komme, legt einer seine Hand auf einen frischen Brandfleck im Holz. »Nee, he, Scheiße, das könnt ihr nicht machen. Es gibt doch genug Ascher.«

Auf der Couchgarnitur vor dem Fernseher führt ein Junge aerobische Übungen vor. »Also, die Hüften gerade nach oben stemmen, mit den Füßen wippen.« Drei Mädchen sitzen vor ihm und kichern.

»Und dann …«, macht es ding dong klirr. Die drei kleinen Lampen des Beleuchtungsensembles sind in elegantem Schwung aneinandergestoßen, eine Glasschale splittert auf Sofa und Boden. Ich halte erschrokken eine Hand vor den Mund, dann stimme ich in das Lachen ein. »Was soll's«, höre ich mich rufen, »meine Eltern sind ja zwei Wochen weg, bis dahin hab ich alles repariert!«

Mir ist mulmig zumute. Ich gehe in die Küche. In dem schmalen Flur, der zur Küche führt, fehlen die drei handbemalten Teller mit den orangefarbenen und gelben Blumen darauf. Als ich in die Küchenzeile einbiege, ist Pit gerade dabei, die Scherben aufzufegen. Er schaut mich bittend an: »Sei nicht sauer, ich mußte jemandem ausweichen, die hängen aber auch genau auf Schulterhöhe.«

Ich schüttele den Kopf. Das darf alles nicht passieren. Ich habe zum ersten Mal sturmfreie Bude. Die Party war als harmloses kleines Treffen geplant. Vielleicht hätte ich nicht allen Bekannten im Kika Bescheid sagen sollen. Außer Mo kenne ich eigentlich niemanden richtig. Und jetzt ist die Lawine nicht mehr aufzuhalten.

Ich beschließe, mich zu betrinken. Schnaps ist genug da, die Flaschen türmen sich in allen Farben auf dem Küchentisch. Darin schimmert es weiß, grün, braun, gelb, hellrot. Ich mische mir etwas Buntes und trinke auf Ex.

Pit stellt sich dicht neben mich. »Geil, daß du mich eingeladen hast. Ich hab dich schon öfter beobachtet im Kika, du gefällst mir.«

Ich werde rot, laufe aus der Küche. Drehe mich noch einmal um und grinse Pit an. Er gefällt mir auch. Sehr gut sogar. Pit ist ein Jahr älter als ich und geht oft ins Kika. Er ist schlank, dunkelhaarig, sofern man das bei dem geschorenen Kopf überhaupt sagen kann, liest viel und hört harte Musik. Der Kassettenrecorder, den er im Kinderzimmer aufgestellt hat, gehört ihm. Und all die merkwürdigen Kassetten. Einstürzende Neubauten, Nina Hagen. Das ist mir alles neu, ich kenne nur die Musik, die ich in der Disko höre. Bei uns zu Hause läuft nur Radio. Deutschlandfunk. Tanzen habe ich mir vor dem Spiegel beigebracht, *Moon light Sha-*

dow im Ohr oder die Neue Deutsche Welle. Was wir auf dem Zeltplatz so hörten.

Pit ist süß. Er sieht so anders aus, mit dem riesigen Ohrring auf einer Seite, den rot- oder blaugefärbten Arbeitshosen. Wir könnten zusammen passen.

Ich will mit Mo sprechen. Aber Mo und Lutz haben sich im Arbeitszimmer eingeschlossen. Beängstigend ruhig ist es hinter der Tür. Vor dem mannshohen Schwarzweißfoto einer Pappel bleibe ich stehen und lausche. »Mo!« Ich rüttele an der Klinke.

»Nina, wir kommen gleich …« Mo kichert.

Im Kinderzimmer haben einige Gäste eine Rutschbahn gebaut, indem sie eine aufgeblasene Luftmatratze gegen Saschas Bett gelehnt haben. Der Kassettenrecorder kreischt: »Schlag mich, immer wieder, dumm, dumm …«

Es wird getobt und gehüpft. Ein Typ in Lederkluft will gerade das Fenster öffnen. Die Kakteen klatschen runter. Ich verliere den Überblick.

Mit einem Markus, den ich noch nie vorher gesehen habe, stehe ich im Flur. Es riecht brenzlig. Wir spielen ein Tonband über die Wechselsprechanlage ab. Darauf sind laute Kotzgeräusche, eine Klospülung zu hören. Es klopft an die Tür.

Markus dreht auf. Die Kassette übertönt alle anderen Geräusche. »Uaaaarhhhschlschllll…«

Die Nachbarn hämmern an die Tür. Ich höre ein immer lauter werdendes Stimmengewirr. Kurz wird mir heiß, dann trinke ich das gelbgrüne Getränk, oder war es orange, das Markus oder Ulf mir hinhält.

Es rummst an die Tür. Wir kreischen und hopsen herum, jetzt macht mir die Party richtig Spaß.

Es riecht brenzlig. Irgendwo brennt was. Ein Pullover auf der Flurgarderobe hat sich an der Glühbirne erhitzt und Feuer gefangen.

Mit großem Gejohle löscht jemand. Der Aerobic-Man. Zwei Mädchen schwirren ab. Aus der Küche qualmt es auch. Dort brutzelt etwas in der Pfanne. Butter und Eier fallen herunter. Es klirrt. Mo und Lutz verschwinden bedenklich hastig. Das freigewordene Arbeitszimmer dient jetzt anderen als Knutschecke.

Ein Udo hockt unter dem Schreibtisch meines Bruders und weint. Jemand hat sich im Bad eingeschlossen. Das Wasser läuft.

Irgendwann wird es ruhig. Ich krabbele auf allen vieren durch den Flur, Pit hinter mir her. Immer, wenn er mich einholt, macht er mir einen Knutschfleck. Es kribbelt und jauchzt in meinem Bauch.

Pit bleibt.

Der Sommer geht zu Ende.

Meer

Neuer Sommer – Mo hat beinahe einen Freund – Nina baut neue Betten aus alten Planken, versaut sich fast ihr Abi und hört Punk – Katrin profiliert sich als Langweilerin – Baden gehen – Noch mehr trinken – Vorübergehende Hoffnung, daß alles gut wird

Auf dem Rügendamm stauen sich die Trabants, Wartburgs und Škodas, manchmal ist auch ein alter Wolga dabei. Die Insassen haben ihre Fenster heruntergekurbelt, lachen, rufen oder schauen einfach nur raus.

Urlaubszeit. Es geht nach Rügen, in die Betriebsferien- oder FDGB-Heime, auf die Zeltplätze oder zu privaten Vermietern. Für zwei Monate ist die Insel Rügen ein menschenüberfülltes Badeparadies. Anstehen inklusive.

Mos Finger spielen auf Jürgens rechtem Arm, den er ausgestreckt am Lenkrad hält. Er sieht herüber, lächelt sie an. Mos Herz macht einen Hüpfer, sie strahlt. So verliebt, daß sie so verliebt sein könnte, wer hätte das geglaubt. Sie haben drei Tage, dann muß Jürgen zurück in die SU, zu seiner Brigade.

BAM, Baikal-Amur-Magistrale – welch abenteuerliche Bezeichnung! Schade, daß sie sich erst in seinen letzten Urlaubstagen kennengelernt haben.

Jürgen nimmt nun doch den rechten Arm vom Steuer, die Schlange bewegt sich keinen Millimeter.

Er beugt sich herüber. Nimmt Mos Kinn in die Hand und sieht sie aufmerksam an. Ihre großen blauen Augen haben grüne und gelbe Einsprengsel.

»Wie wunderschön du bist«, sagt er, beinahe zweifelnd. Mo glüht. Abwehrend hält sie die Hände vor ihr Gesicht, muß lachen.

»Hat dir das noch kein Mann gesagt?« Jürgen schaut sie freundlich an.

So war noch keiner. Mos Herz poltert unter dem dünnen Batikkleid. Die Hitze staut sich in dem kleinen Auto. Jürgen holt eine pißwarme Cola aus dem Kofferraum. Sie trinken und warten.

Stralsund dampft im Sonnenlicht. Die alten Speicherhäuser winken den Reisenden seit Jahrhunderten mit ihren Kranarmen hinterher. Ein Fährschiff legt nach Hiddensee ab, tutet zweimal. Möwen antworten kreischend und schließen sich der Gischt an.

Binz. Ein Vormittag Anfang Juli. Mo holt den transparenten roten Sonnenschutz aus ihrer Badetasche und setzt ihn auf. Welch angenehmes Licht. Eine Handvoll Maler hat sich bereits eingefunden, um ihre Fünfminutenporträts unter die Urlauber zu bringen.

Mo geht die Promenade entlang, die auf der Dünenkuppe den Strand von der Stadt trennt. Erste Kindergruppen stürmen an den Strand. Bademeister lassen sich im Beobachtungsturm nieder, Strandkörbe werden verrückt und gedreht.

Obwohl immer mehr Menschen aus den weißen Holzvillen auf die Promenade strömen, hat Mo keine Angst. Sonst ist ihr unwohl, wenn sie sich unter Menschen bewegt. Blicke sie streifen, ein Mann sie ansieht. Aber seit Jürgen sie an der Marietta-Bar angesprochen hat, ist alles so einfach. Sie brauchte gar nichts zu tun. Nur zu lächeln. Er ist so stark, so männlich!

Mo seufzt und schaut einer Frau ins Gesicht, die gerade mit einer großen Badetasche und zwei Kindern an den Händen vorbeiläuft. Aus einer Bar fegt ein Kellner die Reste der letzten Nacht vor die Tür. Er hält inne, als Mo vorübergeht. Sie mustert ihn. Seine Nase hat geblähte Flügel, wie bei einem Fuchs.

Jürgen kommt angelaufen, ruft schon von weitem: »Es tut mir so leid, Simone!« Mo erstarrt. »Ich muß heut nachmittag noch abfahren. Es gab einen Zwischenfall, heut nacht geht mein Flugzeug.«

Er greift Mos Hände, will sie an sich ziehen. Mo dreht sich um und läuft weg. Lautlos, wie ein Windstoß. Jürgen blinzelt gegen das Sonnenlicht und schaut ihrem bunten Kleid nach, das sich wehend entfernt. Auch der Kellner ist ein Stück auf die Promenade hinausgetreten, um Mo nachzusehen. Jürgen zuckt die Schultern, zwinkert dem Kellner zu und läuft Mo nach.

Sie sitzen am Strand nahe des Zauns, der das Armeegebiet vom Binzer Urlaubsgetümmel trennt. Mo erstickt in Traurigkeit. Ihre Hände umfangen Jürgens Handgelenke. Sie starrt auf die blaugrünen Wellen, den weiten Horizont. Sie bemerkt die Menschen nicht, die in einiger Entfernung an ihnen vorbeischlendern.

Jürgen befreit sich aus Mos Umklammerung und spielt mit kleinen Muscheln in der Brandung. Sammelt ein paar auf. Erst im Flugzeug nach Omsk fühlt Jürgen in der Tiefe seiner Hosentasche nach einem Krümel Ostseesand. Die einzige Erinnerung an Mo.

Ich schwitze. Der Balken drückt schwer auf die Hüfte.

»Los, das letzte Stück schaffen wir auch noch!«

Max keucht am hinteren Ende. Wir zerren das schwere Stück Holz die gewundene Treppe in den ersten Stock des Hinterhauses hoch. An der Tür der Außentoilette klemmt der Balken fest. »Mist!«

Wir lassen ihn los. Lehnen uns an die abgeblätterte Wand.

»Ja, Kinderchen, was macht ihr denn da unten?« Die alte Frau Eberlein schaut die dämmrige Stiege hinunter.

»Wir bauen ein Hochbett! Morgen können Sie zum Probeliegen kommen!«

»Kinder, Kinder, macht mir nicht das Haus kaputt. Ich wohne dreiundvierzig Jahre hier, aber so gewackelt hat's seit dem Krieg nicht mehr!«

Wir lachen. »Wir haben doch nur ein paar Löcher in die Wand gestemmt, Frau Eberlein, das Haus übersteht das schon!«

Gleichzeitig heben wir den Balken wieder an, wuchten ihn in die Wohnung. Durch das Wohnzimmer mit dem selbstgebauten Bücherregal, die kleine Küche bis in das hintere Zimmer. Zwei Balken sind schon quer in die Wände eingelassen. Das letzte Stück Arbeit steht bevor. Wir balancieren den dritten Balken vorsichtig in die großen Löcher, stöhnen.

Endlich. Das Gerüst steht. Nun müssen wir nur noch die Türen aus dem Abrißhaus holen und drüberlegen, dann ist mein Hochbett fertig. Morgen fangen wir bei Max an.

Am Abend heben wir die Matratzen auf das neue Gestell und legen uns mit einer Flasche Wein auf das Bett. Ein Stuhl und eine Kommode dienen als Leiter.

Draußen wiegt die Kastanie ihr dichtes Laub im Sommerwind. Im Stall unter den Fenstern quieken Siggis Karnickel. Aus der Ferne hört man die Züge nach Braunschweig und Hannover vorbeirattern. Vom

Werksgelände tutet die Feierabendhupe herüber. Siggi wirft die Kreissäge an.

»Was er wohl jetzt wieder bastelt?«

Ich proste Max zu.

»Hauptsache, er will nicht wieder mit uns saufen, das letzte Mal hat er fast gegen den Ofen gepinkelt.«

Ich trinke den ersten warmen Schluck Rotwein und schließe die Augen. Es prickelt ein wenig durch meine Arme und zieht leicht und angenehm in den Fingerspitzen.

Siggi sägt. Siggi hat sich die feuchte Wohnung im Parterre des Hofes zu einer Tischlerwerkstatt ausgebaut. Das ist in Ordnung, auch die Kaninchenzucht auf dem Hinterhof ist kein Problem. Aber ausmisten müßte er mal. Die Urin- und Kotlachen sickern schon durch die gekalkten Schuppenwände.

Und daß er so viel Bier trinkt, während er mit der Kreissäge hantiert, ist auch bedenklich. Dabei hat er sich vor ein paar Wochen beinahe den rechten Daumen abgesäbelt. Ich habe selbst an einem Regal gezimmert und bemerkte nur das abrupte Verstummen der Säge. Dann hörte ich sein Rufen: »Niiiinaaaa!!«

Ich sprang zum Fenster und sah Siggi auf dem Kaninchenschuppen stehen, seinen bis zum Gelenk gespaltenen blutenden Daumen zu mir hochhaltend. Er war betrunken und fühlte kaum Schmerz. Ich setzte mich mit ihm auf seine Schwalbe und knatterte zur Notaufnahme. Er klammerte sich mit einem Arm grinsend an mich, den Daumen wie eine Trophäe in der Luft fixiert. Nach der Notbehandlung sah der Daumen aus wie ein schneeweißer faustgroßer Ballon. Nun sägt er wieder.

Max grinst und fragt dann: »Haste eigentlich schon Mathe gemacht?«

»Nee, Mist, da schreiben wir Montag die Arbeit, stimmt's?«

»Mhm, wollen wir schwänzen?«

»Nicht schon wieder, ich hab schon mehr als genug Fehlstunden.«

Ich drehe mich auf den Bauch, sehe in Max' verschmitztes Gesicht. Langsam streiche ich mit dem Zeigefinger über seinen Oberschenkel in der straffen Lederhose. »Sag mal, kommst du nun mit an die Ostsee?«

Max rekelt sich auf dem Lager. »Ich weiß nicht, der Pit muß doch mal mißtrauisch werden …«

Ich krabbele mit den Fingern seine Beine hinauf. Ganz behutsam. »Nein, der denkt sich nie was Böses. Außerdem ist er Tag und Nacht an der Hochschule. Siehst ja … Bitte komm mit, ich halt das mit Pit allein nicht aus.

Max nimmt eine meiner dicken Haarsträhnen und wickelt sie sich langsam um die Hand.

Der Abend ist lau und mild. Max und ich quälen uns im zweiten Stock des Schulgebäudes mit der Mathearbeit. Wir sitzen nebeneinander. Ich beuge mich unauffällig nach vorn, Claudia ist schon zwei Aufgaben weiter, aber die Zahlenkette ihrer Lösung kann ich nicht erkennen. Ich feixe Max an. Das wird wieder nichts. Wir stehen auf. Herr Braun zieht erstaunt die Augenbrauen hoch. »Oho, meine besten Schüler haben ihre Aufgaben vorzeitig gelöst?«

Max sieht Herrn Braun verlegen an, schaukelt auf

seinen Cowboystiefeln von der Spitze zum Absatz. »Nee, wir … uns fällt nichts mehr ein.«

»Ach so, auch darin sind Sie sich einig, nicht wahr? Ich weiß nicht, wie Sie beide das Abitur im Abendstudium mit einer solchen Einstellung erlangen wollen, Fräulein Adler, Herr Wulff? Haben Sie darauf eine Antwort?«

»Wir denken drüber nach, Herr Braun, bestimmt!«

Ich lege mein schleimigstes Lächeln auf und ziehe Max zur Tür hinaus. Wir laufen die Treppe der Schule hinunter, hinaus und um die Ecke, zum Haus der Lehrer. Zwischen den Neubauten führt ein Durchgang direkt zum gläsernen Eingangsgeschoß. Der Portier kennt uns schon, er winkt uns mit einem gutmütigen Grinsen durch. Wir rennen an den Spiegeln vorbei. Im Fahrstuhl prusten wir los.

»Mit dieser Einstellung, also wirklich, Herr Wulff, was soll aus Ihnen mal werden?«

Der Fahrstuhl gleitet nach oben. Wie ein leises Rauschen. Zwölfter Stock. Die Kabine hält. Max grinst mich an. Ich schneide meinem Spiegelbild eine Grimasse. Die Flure sind mit Teppichen ausgelegt, hier ist es still. Und leer. In der Kantine bestellen wir Wermut. Wir sind die einzigen Gäste. Der Kellner hat Ringe unter den Augen und unternimmt nicht den geringsten Versuch, freundlich zu wirken.

Ich setze mich an die riesige Fensterfront, kann auf der anderen Straßenseite Licht in der Wohnung meiner Eltern sehen. Die Gardinen sind zugezogen. Einige Wolken rammen fast unser Haus. Ein Sommergewitter? Max läßt sich mir gegenüber in einen Sessel fallen.

»Gleich ist Deutsch.«

»Wir trinken nur aus.«

Ich drehe das geschliffene Glas in den Händen.

»Max? Was denkst du eigentlich? Wieso glaubt mein Vater mir nicht, was Solschenizyn über die Morde in den stalinistischen Lagern schreibt?«

Max wendet mir bedächtig seinen Kopf zu. Er schweigt. Zuckt die Achseln.

Erst vor zwei Wochen waren wir im Club der Intelligenz. Viel Überzeugungsarbeit war nicht nötig gewesen, um unsere Deutschlehrerin rumzukriegen, die Stunde an der Abendschule durch den Besuch einer Lesung zu ersetzen.

Frau Siebert hatte ihre Handtasche ergriffen und munter gerufen: »Wir folgen Fräulein Adler!« Und so zogen wir los. Zehn Abendschülerinnen und eine ausgelassene Lehrerin. Gleich hinter dem Dom gibt es ein paar von den Bomben verschonte Gründerzeitgebäude. In ihnen sitzen die Musikschule, die Gesellschaft der Deutsch-Sowjetischen Freundschaft und der Club der Intelligenz. Hier sollte die Lesung von Jürgen Kuczynski aus seinem *Dialog mit meinem Urenkel* über die Bühne gehen.

Ich hatte viel über dieses Buch gehört und wollte es unbedingt lesen. Ich dachte, daß der berühmte alte Mann bei der Präsentation etwas zu den kritischen Fragen sagen würde, die mich bewegten.

Mit Max kann man am besten darüber reden. Mit ihm führe ich keine Grundsatzdiskussionen, wir lassen unseren Gedanken freien Lauf. Wir sitzen zusammen in der Kantine oder auf unseren Hochbetten und grübeln, was aus uns wohl werden soll. Max will Meisterkoch werden. Oder Bankräuber. Dafür braucht er eigentlich gar kein Abitur. Aber vielleicht wird er doch noch Auslandskader. Dann kann er mich als Beraterin mitnehmen, und wir fahren zusammen um die Welt …

Im hohen holzgetäfelten Saal des Clubs waren Sitzreihen aus Polsterstühlen aufgestellt. Wir plazierten uns im Hintergrund an der Bar. Max, Frau Siebert und ich erklommen Barhocker. Hielten bald schwere Kelche in den Händen. Die Mädchen, die fast alle später Medizin studieren möchten, gruppierten sich um einen großen Holztisch. Tranken Wasser und Cola. Die Stühle waren bald besetzt.

Der alte Mann las mit zittriger Stimme, die nur ab und an zu starkem Baß aufflackerte. Wir hörten gebannt zu. Waren bald enttäuscht. Es waren harmlose Fragen, die sich der Greis gestellt hatte und mit Platitüden beantwortete. Stalin wurde so gut wie nicht kritisiert, die Probleme der sozialistischen Demokratie heruntergespielt.

Max trommelte mit den Fingern auf die Bar.

Nach der Lesung stand ein dunkelhäutiger Student auf, der sich als Kubaner vorstellte. Er fragte wütend, wann denn die wirklichen Fragen gestellt würden. Warum Kuczynski nicht auf die Toten des Stalin-Regimes eingegangen sei, wenn er schon über den Zweiten Weltkrieg schreibe? Ob er Solschenizyn nicht gelesen habe?

Ein kleiner Tumult brach los, der Student wurde unterbrochen, seine Stimme von Wortgeschwadern übertönt. Einzelne applaudierten. Kuczynski begann von seinem hervorragenden Kontakt zu Erich Honekker zu schwafeln und wie man sich freundschaftlich über aktuelle Fragen austausche. Lautes Lachen antwortete ihm, einige Bürger empörten sich.

Ich war aufgeregt. Endlich gab es mal Reibung. Max blickte gleichmütig grinsend auf die erregten Menschen. Unsere Mädchen rührten erschrocken mit ihren Strohhalmen in den Gläsern. Der Autor kam nicht mehr zu Wort und schlich bald von der Bühne.

Frau Siebert hatte hochrote Wangen und lauschte ins Getümmel. Wir diskutierten auf dem ganzen Weg zurück zur Abendschule.

Als ich meinem Vater ein paar Tage später davon berichtete, schüttelte er verständnislos den Kopf. Es war nach der Abendschule. Ich hatte noch Licht bei ihnen gesehen. Lili kochte Marmelade ein. Sascha war schon im Bett, und Gottlieb streichelte gerade ein Buch aus dem amerikanischen Regal, als ich hereinstürmte und lossprudelte.

Ich wurde immer lauter. »Aber du kannst doch den *Archipel Gulag* selbst lesen. Ich kann ihn dir borgen, er kursiert gerade in meinem Freundeskreis! Lies doch mal, wie viele Tote Stalin auf dem Gewissen hat. Und wie viele SPD-Leute in den Konzentrationslagern saßen, nach 45, willst du das nicht wahrhaben?«

Gottlieb war statt einer Antwort wutschnaubend aus dem Wohnzimmer geeilt und ließ mich vor den amerikanischen Autoren stehen. Ich hörte, wie er in den Flur bog, Richtung Arbeitszimmer.

Na klar, immer dasselbe. Wenn er keine Antwort hat, geht er in sein Zimmer. Knallt die Tür zu und ist nicht mehr zu erreichen. Ich brüllte ihm hinterher: »Und warum bist du in der DDR geblieben? Wenn dich das alles nicht interessiert? Du hättest doch noch weggekonnt. Warum müssen wir hier aufwachsen?« Ich holte kurz Luft und brüllte in den Flur: »Warum antwortest du nicht auf meine Fragen?«

Da hörte ich auch schon seine Tür ins Schloß krachen und stürmte an meiner erschrockenen Mutter vorbei in Richtung Wohnungstür. Ich knallte lauter.

Es kracht. Ich öffne die Augen und sehe schwere Tropfen auf das Fensterglas schlagen. Auf die metallene Brüstung draußen trommeln. Blitze durchschießen die tiefschwarze Nacht. Wie spät mag es sein?

Der Kellner ist gegangen, die Barhocker sind hochgestellt, die Tür zum Flur ist angelehnt. Eine leere Flasche Wermut steht auf unserem Tischchen. Max sieht mich an, sein Kopf stützt sich schwer auf eine Hand, und er nuschelt etwas mit schwerer Zunge. »Unsre Klamotten!«

Wir stürmen zum Fahrstuhl, rennen in das Schulgebäude hinüber und erwischen gerade noch den Hausmeister. Alle Türen sind bereits verschlossen, die Schule liegt dunkel. Er guckt finster. »Klar, ihr wieder!«

Wir holen unsere Schultaschen und hüpfen in die verregnete Sommernacht.

»Ins Weinstudio?«

Katrin geht wie immer etwas schneller, ein Stück voraus. Mo versucht, Schritt zu halten. Katrin hat sich in ihren weißblonden Pferdeschwanz eine weiße Schleife eingebunden, wie sie die russischen Schulmädchen an ihren Zöpfen tragen. Sie trägt einen kurzen blauen Rock und eine weiße Bluse. Sie sieht wirklich wie ein Schulmädchen aus, denkt Mo. Mo hat ihr buntes Batikkleid mit den grünen und roten Kreisen an. Ihr dikkes schwarzes Haar glänzt in der Sonne.

Die Straßenbahn fährt bis an den nördlichen Stadtrand. Von der Endhaltestelle führt ein kleiner Fußmarsch zum See. Unter der Autobahn hindurch. In der Ferne ist das Schiffshebewerk des Mittellandkanals zu erkennen. Da werden ganze Kähne und Schlepper über etliche Meter gehoben und gesenkt.

Mo schnuppert. Der vertraute Sommergeruch von erhitztem Gummi dringt in ihre Nase. Das Lachen der badenden Kinder schallt bis auf den Sandweg zu ihnen herüber. Die Sandalen knirschen auf den Steinchen. Spatzen baden mit plusterndem Gefieder in kleinen Sandkuhlen. Katrin hält Mo zurück, als diese dem FKK-Strand zusteuert. »Nein, du, ich möchte doch lieber …« Sie weist zum Textilstrand, der links hinter den künstlichen Dünen liegt.

Als sie vom Schwimmen zurückkommen und sich auf die großen Badetücher legen, fragt Katrin: »Und, was gab's Neues im letzten Jahr?«

Mo überlegt. Zögert. Was ist in ihrem Leben passiert seit den letzten Sommerferien? Soll sie von Jürgen erzählen, von dem sie nichts mehr gehört hat? Von den langen, einsamen Abenden? Nein, Katrin braucht das nicht zu wissen.

Mo erzählt vom Labor, von den jungen Ärzten, die sie in ihre Forschungsarbeit mit einbeziehen. Von den Kolleginnen. Den kleinen Messungsfehlern, die vertuscht werden. Den Partei- und Gewerkschaftsversammlungen, an denen sie teilnehmen müssen.

»Stop, stop«, hakt Katrin ein, »das wird dich doch hoffentlich interessieren, das ist immerhin deine einzige Möglichkeit, aktiv an der Veränderung der Produktionsverhältnisse mitzuwirken!«

»Mensch, Katrin, wie du redest. Da kann man ja Angst kriegen. Ich produziere doch nichts, und ich bin heilfroh, daß die Fachschulzeit vorbei ist und ich nicht mehr das dämliche Gequatsche über so was hören muß!«

Katrin richtet sich drohend auf. »Simone, so etwas möchte ich nicht gehört haben und nie wieder hören! Ich bin erst kürzlich in die Partei der Arbeiterklasse aufgenommen worden. Ich mußte hart darum kämpfen, weil ich mit meinem Studium als Intellektuelle gelte. Aber es ist mir gelungen, und ich nehme meine Verantwortung wahr. Bitte denk über deine schädlichen Worte nach und geh in dich. Wenn du Selbstkritik geübt hast, können wir weiter darüber reden!« Katrin sitzt mit verschränkten Armen und bitterbösem Gesicht auf ihrem Handtuch.

Die Sonne knallt, ein Radio dudelt, Lachen und Plantschen ist rings um sie. Mo kichert, hält sich den Mund zu, um nicht herauszuplatzen. »Katrin, du bist echt komisch geworden in Rußland.«

»Es heißt Sowjetunion!« Katrin legt sich wieder hin.

Mo schüttelt lächelnd den Kopf und kuschelt sich auf ihr Handtuch. Sie knabbert an einem Zipfel ihres nassen Bikinioberteils und vergleicht ihre blasse Haut mit der braunen Katrins.

Katrin schirmt die Augen mit der Hand ab und blinzelt in den Baum, unter dem sie liegen. »Und Nina?«

»Ach ja, Nina. Seit sie umgezogen ist, haben wir kaum Kontakt. Sie hat ja in Buckau kein Telefon … Ich hab sie noch ein paarmal besucht, sie hat da zwischen dem Bahnhofsgelände und dem Werk 'ne Wohnung besetzt mit ihrem Freund.«

Mo hat sich jetzt auch auf den Rücken gelegt und spricht mit langsamer, müder Stimme. Sie genießt das Wechselbad des Lichts mit geschlossenen Lidern.

»Besetzt?«

»Ja, du kennst ja Nina, die macht einfach, was sie will. Die haben da Löcher in die Wände gestemmt und Hochbetten eingebaut. Miete zahlt sie inzwischen auch, hat keiner was dagegen. Das ist so ein Haus, da will keiner mehr einziehen.«

Katrin hebt den Kopf und guckt verunsichert zu Mo herüber. »Wieso will da keiner mehr einziehen?«

»Ich weiß nicht, das ist eben das letzte Haus in der Straße, feucht und kaputt, da stehen ganz viele Wohnungen leer, im Vorderhaus lebt nur noch so ein Asozialer mit seiner Frau, Siggi und Margot. Stell dir mal vor, der kann nicht lesen und nicht schreiben!«

Katrin blinzelt ungläubig. »Ach komm, so was gibt es doch gar nicht mehr.« Mo liegt noch immer mit geschlossenen Augen auf ihrem Handtuch. Schmal und flach, ganz weiß ist sie. Wie ein Kind, denkt Katrin und mustert zärtlich den Körper der Freundin.

»Doch, Nina hat ihn getroffen, als er vor einem Klingelbrett am Nachbarhaus stand und meinte, da wohnen zwei Familien, aber ich sehe immer nur eine Frau. Und dann hat Nina geguckt, wo er drauf zeigte, da stand untereinander ›Müller zweimal klingeln‹.«

»Wovon lebt denn der?«

Mo öffnet langsam die Augen, und Katrin beobachtet fasziniert, wie die großen schwarzen Pupillen sich zusammenziehen und dem dunklen Blau Platz machen.

Bis nur noch winzige Pünktchen schwarz übrigbleiben. Mo beschattet ihr Gesicht nicht. »Nina meint, der sammelt auf Müllhalden Kühlschränke ein und verkauft die an die SERO-Stellen … Und der Siggi beschützt Nina auch vor dem ABV, mit dem ist er gut Freund, weil er mal 'ne neue Waschmaschine geschenkt bekommen hat von Siggi.«

»Na, das sind mir ja Räuberpistolen!« Katrin schaut nachdenklich auf den See. Die Sonne hat den Zenit überschritten. Am Strandimbiß werden Bockwürste verkauft, eine lange Schlange hat sich gebildet.

»Und du, geht's dir gut in Kiew?« Mo wendet sich zu Katrin und sieht bewundernd auf deren weiche, schwere Brüste.

»Klar, man kann nichts falsch machen, wenn man sich an die Pläne hält. Alles ist geplant, der Tagesablauf, die turnusmäßigen Arztuntersuchungen, Museumsbesuche, Theater …«

Mo schielt auf Katrins Gesicht. War da etwa Ironie zu hören?

Aber Katrin spricht schon weiter. »Abends gehe ich manchmal allein spazieren, nur um mal ohne die anderen zu sein. Da geh ich zu dem großen Springbrunnen, der Fontäne, an der sich die Jugendlichen immer treffen … Für die bleibe ich eine Fremde.«

Die Blätter im Baum über ihnen rauschen plötzlich stärker, ein leichter Windhauch spielt an den Handtüchern und Haaren der beiden Frauen.

Katrin seufzt, springt dann auf. »Wir fahren zurück«, befiehlt sie, und Mo zieht sich schmollend an.

Auf dem Weg zur Straßenbahn sehen sie dunkle Wolken über der Stadt aufziehen. Ein Sommergewitter.

Die breiten Tatrawagen schaukeln etliche Zeit durch Industriegebiete, bevor sie die Ausläufer des Zentrums erreichen. Mo träumt. Es wird immer dunkler, bedrohlich. Wind fegt über die Straßen, treibt Staub und Papier auf.

»Der Max wollte sich umbringen«, sagt Mo plötzlich, »da war Nina ziemlich fertig drüber.«

»Wer ist Max, Ninas Freund?« fragt Katrin erschrokken.

»Ja, nein, das ist ihr bester Freund, mit dem sie das Abi nachmacht. Der wohnt auch in dem Haus in Buckau, hat die Wohnung gegenüber besetzt. Ihr Freund heißt Pit.«

Katrin sieht wieder aus dem Fenster, erste dicke Tropfen schlagen auf den Asphalt. »Hast du einen Freund?«

Kopfschütteln.

»Ich auch nicht.«

Die ersten bunten Blätter segeln durch den Altweibersommer. Der Himmel ist leicht bewölkt, das Abendrot verwandelt sich in Dunkelheit.

Ich stehe vor dem Studentenklub der Technischen Hochschule. Mein erstes Konzert! Ich bin aufgeregt, hoffentlich geht alles glatt. Mehr als fünfzig Leute drängeln um Einlaß, die meisten von ihnen Studenten mit langen Haaren, Parkas oder Strickpullis. Von der Straßenbahnhaltestelle strömen noch mehr Leute zur Baracke. Von links hinter dem Flachbau ist ein Klirren zu hören, eine Bierflasche kullert um die Ecke. Da ist der erste Bunthaarschopf. Sie sind da. Ich gebe dem Türsteher das Zeichen.

Die Punks sehen mich, kommen näher. »Heho, tach, schöne Lady!« ruft E. T., ein bulliger Typ mit Bomberjacke und Springerstiefeln. Den Kopf geschoren bis auf einen türkisen Haarstreifen, der seitlich herunterbaumelt. Die Studenten murmeln unruhig. Felge stehen die Haare in gestärkten Spitzen nach allen Seiten ab. Er zieht Katja hinter sich her, einen schwarzen Wuselkopf mit lustigen Augen und hoher Fiepsstimme.

Auf Jacken und Hosen stecken Buttons, Nadeln, No-Future-Zeichen. Katja schimpft zwitschernd. Hinter ihr kommen Bert, Erik, Rico, Eberhardt und Tim, alle schwarz gekleidet. Tim trägt dicke Reiterlederhosen, hohe Schaftstiefel und ein spitzes Kinnbärtchen. Sie nicken mir zu. Ich winke sie durch, eine Gasse entsteht zwischen den rasch zur Seite weichenden wartenden Studenten.

»Das ist ja unfair«, ruft einer von ihnen.

»Schacht zu, Parkasuppe!« röhrt E. T., der bereits an der Kasse um den Eintrittspreis verhandelt.

Ein Mädchen schreit: »Was wollen die denn hier, sind das überhaupt Studenten?«

Johlen und Pfeifen antworten ihr. E. T. schwingt aus der Tür die Faust hinüber: »Schlüpper her, du alte Fotze!«

»Es reicht.« Mein scharfer Blick treibt E. T. in die Innereien der Baracke. Den Studenten rufe ich zu: »Das sind die Fans der Band, okay, wenn's euch nicht paßt, kommt morgen zur Disko wieder, hier ist heute ein Konzert!«

Ich stehe an der Bar im hinteren Teil des langgestreckten Raums. Trinke einen Schnaps. Die verantwortlichen Klubmitglieder sind nervös.

»Wenn hier irgendwas passiert, bist du dran.« Der schlaksige Student im Wollpullover droht mir. »Wir wollen hier keine Punks, du hast uns ja prima reingelegt mit deiner blöden Beispielveranstaltung.«

Ich bleibe ruhig. »Paß mal auf, Punk gehört zur Jugendkultur. Wir haben in der Stadt vielleicht fünfzig davon, okay? Die sind geächtet, wo auch immer sie auftauchen. Dabei wollen die nur ihre Musik hören. Solange die Band spielt, passiert hier gar nichts.«

Nicht im mindesten beruhigt, rennt der Student an die Kasse, kommt bald zurück. »Da wollen Hahnenkämme rein, sie berufen sich auf dich!«

Ich schlendere zur Kasse, sehe draußen fremde Punks, wahrscheinlich aus einer anderen Stadt angereist. Die »Kompanie« hat ihren Ruf. Der Anführer sieht gewaltig aus, ein blutroter Iro steht fast zwanzig Zentimeter hoch auf dem geschorenen Schädel, die Arme stecken in einer Lederjackenübergröße. Ich zögere.

Der Student und Klubleiter raunt mir ins Ohr: »Hier kommt keiner mit stehendem Hahnenkamm rein, sonst blase ich die Sache ab!«

Was soll ich tun? Entschlossen winke ich den Hünen heran. Der Klubleiter versteckt sich hinter mir. Als er vorbeischlüpft, ziehe ich aus seiner Hosentasche einen Taschenkamm. Reiche ihn dem Punk und sage freundlich, aber bestimmt: »Runterkämmen, sonst spielt die Kompanie nicht! Alle!«

Der Hüne dreht sich um und winkt seine Truppe von vielleicht zehn Punks heran. Sie gehen wortlos aufs Klo und erscheinen Minuten später wieder vor mir. Die bunten Haare hängen demonstrativ gescheitelt herunter.

»Alles klar.«

Die Studenten drücken sich ängstlich an den Wänden der Baracke entlang. Hier hat es noch nie ein Punkkonzert gegeben, die Punks dürfen sonst gar nicht rein in den Klub. Selbstredend trägt kein Student der Technischen Hochschule Magdeburgs einen Iro.

Das Konzert beginnt, die langhaarigen Studenten stehen im Hintergrund. Abwartend. Meine Leute tummeln sich vor der kleinen Tanzfläche, johlen, als die Bandmitglieder auf die Bühne treten. Anuschka, die feurige rothaarige Sängerin, hebt ihre Gitarre. Der Typ, der sonst die Lichteffekte zaubert, verschränkt die Arme hinter dem Pult und zieht einen Flunsch. Macht nichts, die Stimmung ist toll. Anuschka wirft in einer wundervollen Bewegung ihre dicken roten Haare nach hinten und greift in die Saiten. Erste Riffe durchpeitschen den Raum. Dann singt sie, ihre Stimme haucht. Leise schwellen die Worte an, ich halte die Luft an.

»Geboren als Sänger, noch ein tiefer Kerker war diese Erde, eine Reise zur Front.« Die schwarzbunten Gestalten wiegen sich im Takt, einer schwingt die Fäuste. Die Band legt los. Anuschkas Stimme hebt sich. »Von dem die Front das Beste war, von dem die Front das Beste war. Da bin ich nun, entfernt dieser Tage, da stehe ich mit euch, am wüsten O-o-o-ort.«

Die Punks hüpfen und pfeifen, nach dem zweiten Song werfen sie sich auf den Scheiterhaufen. Klasse, das gefällt mir! Tim nickt mir zu und grinst, mir hüpft das Herz. Der Takt wird immer schneller, die Pogosprünge der Punks immer höher. Auch ich bin ganz zappelig, aber ich muß aufpassen, daß alles gutgeht.

Laufe um die Tänzer herum, beobachte die Studenten und Klubleiter.

E. T., Felge, Katja und die anderen sind zufrieden, die meisten hüpfen oder wackeln im Takt. Anuschka singt mit gedrückter, vibrierender Stimme. »Fundevogel, küsse mich / Eis zerschnitt mein Herz.« Klingggg, zerpeitscht ein Riff die Luft. Ich starre auf die Bühne, die Musiker, bin vollkommen gefangen. Die Sängerin im Samtkleid hat das Mikro geschnappt und hält es mit beiden Händen umklammert, die Beine gespreizt, sie schaut ins Publikum und läßt ganz langsam ihr Bekken kreisen. »Es ist ein Ros entsprungen, aus Blutstein roooot … / die ganze Nacht versungen, im Tal kein Schmerz / ach Fundevogel, scherz mit mir, tief hier drin / ach Fundevogel, sing mir meinen Tod …«

Immer mehr Typen kommen auf die Bühne. Ich stutze. Das war nicht abgemacht. Ein strähnenhaariger älterer Typ in engen schwarzen Lederklamotten ergreift das Mikro: »He, Leute, Überraschung! Heute abend dürft ihr dabei sein, es spielt für euch in Magdeburg – Auslauf!«

Die Punkgemeinde johlt und pfeift, der Sänger winkt seinen Fans zu, ich werde am Arm herumgerissen. Drei aufgebrachte Studenten fauchen mich an: »Was ist hier los, wo kommen die her, und da hinten sind Hahnekämmers!«

Ich sehe eine kleine Truppe neuer Punks zur Tanzfläche stürmen, Pogo tanzen. Ich eile zu Tim und Eberhardt. »Helft mir, die brechen gleich ab, dann geht hier das Chaos los! Alle Iros runter!«

Zu dritt reden wir mit den wilden Tänzern, ich bekomme einen Tritt in die Nieren, strauchele. Der

Sänger von Auslauf springt von der Bühne: »Was'n los?«

Mühsam halte ich mich gerade, eine Hand in die schmerzende Niere gestützt. »Ich find es etwas überraschend, das ihr euch hier reinhängt, ich weiß nicht, wie du die anderen Punks reinbekommen hast, aber sorg jetzt dafür, daß die Iros runterkommen!«

»Okydoky«, sagt der teuflisch grinsende Sänger und ruft per Mikro zu artigem Verhalten auf.

Alles geht gut. Beim Pogen fallen die Iros von ganz alleine um. Die bunten Fans spenden etwas widerwillig nach jedem Song Applaus.

Irgendwann ist es vorbei. Als die letzten Gäste gegangen sind, wirken die Klubleute sehr erleichtert.

»Ein Paar Gläser und das Klofenster, na gut. Aber das war dein letztes Konzert bei uns, klar?«

Ich nicke.

In der Straßenbahn nach Buckau wird mir schlecht. Zu viele Schnäpse. Zuviel Streß. Ich stehe auf. Mein Magen drückt nach oben. Ich schaffe es gerade noch, das Schiebefenster zu öffnen, breche einen großen Schwall Wermut, Schnaps und Bratkartoffeln hinaus. Es klekkert auf dem schmutzigen Gelb des Tatrawagens nach unten. Ich wische mir mit dem Ärmel meines dünnen schwarzen Mantels den Mund ab, lasse mich auf einen Sitz fallen. Tim grinst. Eberhardt sieht peinlich berührt aus dem Fenster.

Ich bin überglücklich, es hat geklappt! Meine erste Beispielveranstaltung, mein erstes Konzert ist gut gelaufen! Für den kommenden Herbst habe ich noch fünf Konzerte geplant, das Geld des Kulturkabinetts dürfte gerade reichen. Unglaublich, dieser Etat. Verblüfft hatte ich bei Antritt meiner neuen Arbeitsstelle die Geschäftsbücher studiert. Wir haben eine Etage einer kleinen Villa für uns, sitzen inmitten von Neubauten. Das ganze Viertel ist erst in den siebziger Jahren hochgezogen worden, alles gleicht einander aufs Haar. Manchmal verschiebt sich die Perspektive ganz gefährlich, man kommt von der Kaufhalle und geht gedankenversunken eine Straße entlang – und dann ist sie plötzlich zu Ende. Und alle Häuser sehen gleich aus. Wo ist man nur gelandet? Überall die gleichen Gaststätten, Apotheken, Einkaufsläden, Klubs. Und die gleichen Gesichter, alle müde, farblos. Nur vor den Kaufhallen zuckt Farbe auf. Da stehen die Wohngebietspunks gleich neben den Pennern herum und nuckeln oder ziehen, je nach Alter, an ihren Bierflaschen.

Die Bahn schaukelt gemächlich durch die Stadt. Tim ist eingenickt, die Bahn rüttelt ihn sanft gegen die Plastikverkleidung. Rico, Felge und E.T. sitzen ein wenig weiter hinten und werden von einem ängstlichen älteren Ehepaar beobachtet.

»Und die Jahre ziehen ins Land, und wir trinken immer noch ohne Verstaaand«, singen sie halblaut, Felge grinst mir zu. Ich sehe die schlafenden Straßen vorüberziehen, mein Magen gluckert und brummt im Takt der Schienenstöße.

Das Auto war schneller, wir finden den Drummer im Hof und die anderen Musiker in Siggis Werkstatt. Die bunten Köpfe passen gut zu Siggis Sammelsurium von ausgedienten Sesseln, Lampen, einer ölverschmierten Couch und den maunzenden, ewig hungrigen Katzen, die uns umlagern. Siggi hat seinen Spaß, aber kein Bier. Es dauert ein wenig, ihn abzuschütteln, irgend jemand pißt gegen den Kaninchenstall, dann habe ich die lärmende Schar endlich in meine Wohnung bugsiert.

Wir sitzen mit der Kompanie unter dem Hochbett, trinken Rotwein. Anuschka hat grobe Wolle und Stricknadeln aus ihrem Gepäck geholt. Die Stimmung ist ausgelassen, wir reden über Punk, Kirchentage und Sommerreisen in begrenzten Bahnen, über den Radiosender DT 64. Da wird unsere Musik gespielt, *Parocktikum* ist doch die einzig hörbare Sendung im Radio der DDR.

Ich sauge alles auf, was gesagt wird, Berlin ist uns um Längen voraus! Wie frei die Punks sich dort bewegen dürfen, wie mutig die Pfarrer sind, die immer wieder Konzerte in oder vor ihren Kirchen veranstalten. Jemand dreht eine Zigarette, die seltsam riecht. Ich ziehe daran, da alle anderen es auch tun, es muß irgendein Brauch bei denen sein.

Wir sitzen und erzählen, und mich überkommt ein heißes Glücksgefühl, eine unbändige Lust zu lachen. Rico kuschelt sich in meinen Schoß, ich streichele ihm über das blonde Haar. Schade, daß Max bei der Fahne ist. Ihm hätte das alles gefallen. Er fehlt mir, anderthalb Jahre sind eine Ewigkeit!

Pit ist voll daneben. Für ihn sind Punks Abschaum, Feinde der Gesellschaft. Und sie stehlen ihm die Zeit, die er mit mir verbringen will. Er war nicht mit beim Konzert und hat sich jetzt demonstrativ ein Nachtlager im vorderen Zimmer gebaut. Auf dem Weg zum Klo müssen alle an ihm vorbei.

Natürlich schläft er nicht. Mitten in der Nacht,

einige sind schon hoch ins Riesenbett gekrabbelt, steht Pit plötzlich im Zimmer. In Unterhose, vor Wut schnaubend. »So, ich dreh jetzt die Sicherungen raus, ich muß morgen zur Hochschule!«

Ich lache ihn aus, zünde noch mehr Kerzen an.

Streit

Nichts wird gut – Kopfschmerz, Liebeskummer, Randale und Gruppensex – Nina gelingt die Bewältigung des realsozialistischen Alltags immer schlechter – Auch Mo hat Probleme, aber ihre wachsen innen – Katrin plappert munter Parolen – Mißtrauen, Mißverständnisse – Die Landschaften sind schön

Ich wache auf. Kopfschmerz hämmert. Die Sonne hat den Rand des Matratzenlagers erreicht.

Ich erhebe mich ein Stück, Rico schläft zusammengerollt wie ein Kind. Daneben Tim, schnarchend. Mein Kopf pocht. Ich erhebe mich mühsam.

Im Zimmer nebenan steht das Schachbrett auf dem Tisch, der schwarze König liegt noch da, wo Tim ihn gestern abend fluchend hingeschmissen hat. Der Tisch ist schmutzig, Asche, Kippen, Brotreste. Wein- und Bierlachen trocknen. Es stinkt. Auf der Matratze vor dem Ofen liegt eine zusammengeknüllte Decke, E. T. ist also doch arbeiten gegangen.

Ich koche Kaffee. Mein Blick fällt auf die Wandzeitung an der Küchenwand. Die ausgeschnittenen Artikel der *Volksstimme* und des *Neuen Deutschland* bewegen sich leicht im warmen Wind, der jetzt zum Küchenfenster hineinzieht. Ich nehme die Tasse und stelle mich vor die lose Sammlung. Muß kichern.

»In der BRD müssen Kinder barfuß zur Schule gehen, nicht einmal für ein Pausenbrot reicht das Geld der arbeitslosen Eltern!«

Mein Gott, wo leben diese Schmierfinken nur. Die haben bestimmt noch nicht die Verfilmung von Günter Wallraffs *Ganz unten* gesehen. Da stand Wallraff in einer sonnigen Dreiraumwohnung im Ruhrpott, wies mit tränenerstickter Stimme auf eine etwas schmuddelige Badewanne und meinte: »So müssen hier die Arbeiter leben!« Im Kino ging ein Pfeifkonzert los. Einige Leute fluchten, andere lachten, viele gingen auf der Stelle.

Ich nehme den leeren Eimer und gehe ein Stockwerk nach unten, Wasser holen. In dem kleinen Waschbecken des dämmrigen Flurs glänzt es gelblich. Der Gestank verfliegt langsam. Etliche Liter müssen darüber laufen, bevor ich den Eimer hineinstelle. Da hat wieder jemand reingepißt. Ich werfe einen wütenden Blick auf die Tür der Hinterhaussäufer. Schleppe den Eimer nach oben, wasche mich mit zwei Schüsseln im Waschtisch. Tim kommt in die Küche. Zerknittert. »Hi, ich geh ma pissen.«

»Paß auf, seit E. T. hier pennt, hängt die Decke noch mehr durch!«

»Ich weiß.«

Zum Frühstück röste ich Salamischeiben auf dem kleinen elektrischen Kocher, Toast und Käse stehen bereit.

»Nähen wir heute? Ich hab kein Geld mehr. Wir müssen wieder was verkaufen!«

Tim streckt sich gähnend. »Nee, ich geh erst mal ins Volksbad, dann hab ich noch was vor.«

»Also Café Liliput?«

»Gegen drei«, sagt Tim und läuft die Treppe hinab.

»Wann kaufen wir Laken?« schreie ich hinterher.

»Später«, tönt es aus dem Hof zu mir herauf.

Ich gehe ins Zimmer, die alten Sessel und das kaputte Sofa sehen im Sonnenlicht sehr heruntergekommen aus. Die Fehlfarben-Kassette knirscht in dem kleinen Recorder bei jeder Umdrehung: »Was ich haben will, das krieg ich nicht, und was ich haben kann, das gefällt mir nicht.«

Als ich an der elektrischen Nähmaschine sitze, kommt Rico aus dem hinteren Zimmer und streckt sich. Seine nackte Brust ist unbehaart. Der ganze Körper so jungenhaft. Ich muß lächeln. Seine Haare stehen nach allen Seiten ab, er streicht sie, meinem Blick folgend, mit beiden Händen glatt an den Kopf.

»Rico, ich brauche Geld, wir müssen Essen und Stoff einkaufen. Gehst du mal wieder Bücher vertikken? Diesmal vielleicht das Antiquariat in der Karl-Marx-Straße, ja?«

Rico gähnt und nickt, sieht auf die Maschine.

»Kinderklamotten?«

»Nee, heut mal 'ne Hose für mich.«

Ich führe zwei zurechtgeschnittene Lagen breit gestreiften Stoffs unter die Nadel. Rot und lila.

»Heiße Farben«, sagt Rico und läßt sich aufs Sofa fallen. Eine große Staubwolke steigt auf.

»Das erste Licht fällt auf dein Haar«, tönt es zart aus dem Recorder.

Rico mustert das Schachbrett, schnipst den König mit den Fingern weg. Er kullert zum Tischrand. Stürzt ab. Neben dem Sofa liegt ein Buch auf dem Boden. *Papillon*, heute abend muß es ausgelesen sein und weitergegeben, erinnert sich Rico. Er blättert darin. »Wie findst'n eigentlich Heinrich Mann?« Rico sieht mit einem leichten Silberblick schräg zu mir herüber.

»Gut, mir gefällt er besser als sein Bruder. Er hat das auch gelebt, worüber er schreibt.«

Die blonden Haare auf Ricos Armen stehen wie goldene Stacheln im Mittagslicht. Sein Gesicht mit den geblähten Nasenflügeln liegt im Schatten. Ich halte im Nähen inne.

»Aber du liest doch immerzu Klaus Mann, und dann sagste noch, der hätte nicht sorgfältig gearbeitet.«

Natürlich liebe ich Klaus Mann. Viel gibt es nicht zu lesen, den *Wendepunkt* habe ich schon mehrfach verschlungen, mir vorgestellt, mit Klaus auf der Terrasse des Café du Dôme in Paris zu sitzen, ich bin mit ihm auf einem Ozeandampfer nach New York gereist, habe mit ihm Haschisch in nordafrikanischen Hotelzimmern gegessen … Aber diese Wiederholungen, die immergleiche niedrige Stirn und der umwölkte Blick seines Protagonisten, die verzeihe ich meinem Meister nicht. »Rico, jemanden lieben heißt auch, ihn zu kritisieren, verstehste?«

Rico sieht aus dem Fenster. »Und kritisierst du auch Hans, weil er nicht mehr an dich denkt, seit er im Westen ist?«

Wütend trete ich das Pedal der Maschine, rattere und schiebe. Warum durfte Hans sofort ausreisen? Ein halbes Jahr Wartezeit war ein Fingerschnipsen. Wie viele Leute schon mehr als drei oder vier Jahre auf ihre Ausreise warten.

Es war furchtbar. Ich war doch gerade ein paar Wochen von Pit getrennt und fühlte mich endlich erkannt und geliebt.

Wir schwebten durch die Stadt. Hans schrieb mir nachts, wenn wir nach stundenlangen Spaziergängen nach Hause fanden, Gedichte auf meiner Erika. Wunderschöne Liebesgedichte. Er war mein Gott. Diesen Gott brachte ich nach Berlin, zum Tränenpalast. In der S-Bahn von Schöneweide kommend, sahen wir West-

Berlin im Sonnenlicht liegen, weiße Gebäude, strahlend schöne Neubauten. Ich klammerte mich an Hans, er streichelte meine Hände und lächelte. Ich haßte ihn dafür. Ich hätte ihn lieber als Toten beweint, als ihn ausreisen zu sehen. Unsere Liebe war nicht zu Ende gebracht, nicht ausgelebt, nicht müde geworden.

Ich will ein Zeichen von ihm, warte auf eine Karte.

Und warte nicht. Jedes Zeichen würde alles wieder aufreißen. Was soll das. Ich würde am liebsten sofort hinterher, fliegen, beamen, irgendwie hinterherreisen.

Aber es geht nicht.

Ich hab schon wieder diesen Kloß im Hals. Am schlimmsten ist es, hier zu wohnen, in seinen Räumen, seiner Wohnung, auf dem Matratzenlager zu schlafen, auf dem wir uns geliebt haben. Aberwitzig, mein Freund reist aus, und ich ziehe in seine Wohnung. Krieche zwischen seine Staubkörner, seine fallengelassenen Krümel, lese an den Wänden seine Blicke ab, sein Lachen. Warum mußte Rico davon anfangen?

Ich stehe auf und probiere die neue hautenge Hose an. Paßt klasse zu den hohen schwarzen Stiefeln. Ich betrachte mich in dem kleinen Spiegel über dem Waschtisch in der Küche. Dazu bin ich auf den Hokker gestiegen. Drehe die Hüften und lächele zufrieden. Aus dem Zimmer dringen die Gitarrensongs von Billy Bragg herüber. Im Spiegel sehe ich, wie Rico beginnt, Luftgitarre zu spielen.

Da klopft es energisch.

»Ja? Is offen.«

Ein Mann in einem hellen Lodenmantel steckt vorsichtig den Kopf zur Tür herein. »Fräulein Adler?«

Ich springe vom Hocker, stelle mich an den Türrahmen. »Sie sind bestimmt falsch hier!«

Im dunklen Hausflur steht noch ein Mann, beide haben glatte, rasierte Gesichter, Gangstermäntel. Sie sprechen sehr leise. »Guten Tag, wir sind von der Humboldt-Universität, wollen uns mit Ihnen über den Verlust Ihres Studienplatzes unterhalten.«

Ich muß lachen, sage nur: »Ach nee« und will schon wieder die Tür schließen, als der Blonde seinen Fuß in den Rahmen stellt. »Fräulein Adler, überlegen Sie sich bitte sehr gut, was Sie jetzt tun, es wäre besser, wenn Sie mit uns reden würden.«

»Probleme, Nina? Wer issen da?« Rico kommt in die Küche. Der Mann zieht sofort seinen Fuß zurück, zischt: »Heute, 16 Uhr, Zimmer 332, Damaschkeplatz 1!«

Weg sind sie.

Ich bin verblüfft.

»Jetzt wolln die mich.«

»Wer, was erzählst du denn?« Rico sieht mich fragend an.

»Na, die Stasi«, stoße ich hervor.

Ich schwanke leicht. Halte mich am Rahmen der Toilettentür fest und spähe durch den schmalen Spalt der angelehnten Tür in das Hinterzimmer der Kneipe. Aus dem Schankraum grölen meine Freunde Fußball- und Punklieder herüber. Ich stoße mit dem Fuß den Spalt weiter auf.

»Oho, wen haben wir denn da?«

Habe ich doch richtig gesehen, auch wenn mein Blickfeld heute abend schon etwas verwackelt ist. Da hocken doch wirklich ein paar Leute aus meiner alten Klasse zusammen, Mo, Katrin, Lars, Maren und noch ein paar, die ich erst gar nicht erkenne. Lars, mit dem ich mich in der vierten Klasse mal geküßt habe, ist aufgestanden und kommt mir entgegen. Strahlt, reicht mir seine Hände. Ich greife sie und sehe an mir hinunter, mein weiter Pullover ist bekleckert, die Schuhe schmutzig. Meine Haare sind schwarz gefärbt. Der Pony ist kurz geschnitten, er steht struppig über meiner Stirn.

Es ist dunkel im Hinterzimmer. Und still. Der Raum ist nur von Kerzen beleuchtet, zwei Handvoll Menschen sitzen um einen langen Tisch und starren mich an. Bierflaschen und Weinkelche in den Händen. Einige Stühle sind frei geblieben. Ich schwanke etwas.

Lars führt mich an der Hand zu einem der freien Stühle. Ich sehe in die Runde. »Hi!«

Lars ist wohl der einzige, der sich über mein Erscheinen freut. Er zieht sich einen Stuhl heran.

»Wir wollten 'n Klassentreffen machen, haben aber nicht alle erreicht. Na, nu sinn ja schon vier Jahre vorbei, seit wir aus de Penne sinn. Dein Alter wor schlecht jelaunt, er hat jesacht, er weiß nich, wo de momenton wohnst!«

»Was?« Ich lache böse auf. »Das sagt er, weil er sich weigert, mich in meiner jetzigen Wohnung zu besuchen.«

Lars lächelt beschwichtigend. »Siehste, nu biste ja hier, die Welt is eben ein Dorf und Machdeborch ooch. Guck mal, Mo und Katrin sind ooch da.« Er weist auf die beiden jungen Frauen, die mich seit meinem Eintreten nicht aus den Augen gelassen haben.

»Wir sehen uns ja noch!« Leichtfüßig erhebt sich Lars und trabt auf die andere Seite der Tafel, wo die Jungs der Klasse sitzen. Lars. Er trägt einen albernen Oberlippenbart. Aber seine Augen funkeln lustig.

Mein Kopf wackelt ein bißchen, als ich Lars hinterhergrinse. Vorsichtshalber halte ich mich an der Tischkante fest. Grinsend sitze ich da und klappere mit den Fingern einen schnellen Takt auf den Holztisch. Mo stößt Katrin unter dem Tisch an. Katrin erhebt sich, streicht ihren Rock glatt, nimmt eine Flasche Stierblut vom Tisch und kommt zu mir herüber.

Mir ist schlecht. Ich müßte sofort aufstehen und zu meinen Freunden zurückgehen. Das hier ist viel zu anstrengend. Katrin habe ich seit dem Zelten nicht mehr gesehen, Lars und die anderen seit der Abschlußparty. Aber sie sehen alle unverändert aus. Artig. Angepaßt.

Katrin setzt sich neben mich, schenkt mir ein Glas ein. Ihr strohblonder Pferdeschwanz wippt hin und her. »Hallo.«

Ich ziehe die Augenbrauen zusammen. »Wo bist'n du jetzt? Wieder hier?«

»Ja, nein, ich mache nur ein Praktikum. Den Sommer über. Arbeite in einem Büro für Stadtplanung in Sudenburg.«

»Stadtplanung!« Ich schnaube verächtlich. »Was plant ihr denn da Schönes? Kindergärten für die Entwicklung sozialistischer Persönlichkeiten? Parteischulen? Gefängnisse? Davon haben wir noch nicht genug.«

Katrin zuckt zurück. Sie sieht den Haß in meinen Augen. »Aber Nina, was ist denn mit dir los? Mo hatte wahrscheinlich doch recht!«

»Womit? Ach so, man ist sich schon schwesterlich einig geworden. Ihr wollt mich doch gar nicht dabeihaben hier, ich bin für euch doch das perfekte Feindbild.«

Mo ist aufgesprungen, hinter meinen Stuhl getreten. Sie ist viel schöner geworden. Ihr Bubikopf liegt wie eine schwarze Kappe über ihrem zierlichen Gesicht. Ihre Figur ist weiblicher, geschmeidiger.

Ich drehe mich um und umschließe Mos Finger mit meiner Hand. »He, hältst du mich für verrückt?«

»Quatsch.« Mo setzt sich auf die andere Seite.

»Du bist nur so weit weg, du warst mal so ... so heiter, so fröhlich ...«, sagt sie mit warmer Stimme.

Ich beruhige mich. Augenblicklich. Trinke das Glas in einem Zug aus. »Ja, fröhlicher war ich wirklich. Ich lache heut auch noch viel. Aber es klingt nicht fröhlich.« Meine Stimme wird schneidend. Die Jungs sehen aus den Augenwinkeln zu uns dreien herüber. »Ich habe meine Arbeit verloren, meinen Studienplatz in Berlin, es gibt hier nichts mehr zu wollen für mich.« Ich sehe Mo und Katrin an, genieße das Erschrecken der beiden.

»Aber wieso denn nur, um Himmels willen!« Mo hebt die Hände, berührt meinen Pulli, will mir die Hand auf die Schulter legen. Mein Blick hält sie davon ab.

»Na los«, sagt Katrin, »erzähl!«

»Da gibt es nicht viel zu erzählen; wie ihr vielleicht wißt, hab ich Punkkonzerte organisiert. Das gehört sich nicht für einen Mitarbeiter des Staatsapparats! Die haben mich mit großem Brimborium gefeuert, ich kann jetzt nicht mal mehr als Putzfrau arbeiten! Reicht das in Kurzform?«

Mo und Katrin sehen sich an.

»Aber du warst doch Krankenschwester, wieso…«

»Ach, Katrin, du hast ja lange nix von mir gehört. Ich hab doch gleich ein halbes Jahr nach dem Studium aufgehört. Hatte diese komische Allergie gegen Lösungsmittel, und dann konnte ich im Kulturkabinett anfangen, Mann, war ich stolz damals!« Ich grinse dämlich und merke, wie weit ich schon von allem entfernt bin. Von diesen beiden, meinem früheren Leben. Als wir zusammen Zelten waren, gab es scheinbar keine Unterschiede zwischen uns. Alles war möglich. Jetzt weiß ich nicht mal, wie ich mit ihnen reden soll. Sie verstehen mich ja doch nicht.

»Aber man feuert doch niemanden einfach so, du mußt doch etwas Schlimmes angestellt haben!« entrüstet sich Katrin.

»Wie ich schon sagte, ich habe mich für die falschen Leute eingesetzt. Hab eben ein paar Punkkonzerte gemacht, anstatt artige Kuschelrocker einzuladen oder ein nettes Kabarett zu organisieren.« Ich winke ab. Klar hätte ich was anderes machen können. Der Job war das reinste Ruhekissen. Warten auf den Studienplatz und ab und zu eine kleine, feine Veranstaltung organisieren. Aber dann lernte ich die Punks kennen, die Leute von der Theatergruppe. Wir hingen immer zusammen rum. Die meisten waren aus der Schule, aus dem Studium oder Job geflogen, wegen der Iros, des Suffs und ihrer sogenannten Verweigerungshaltung. Erik hatte sogar im Knast gesessen, mit sechzehn. Weil er mit Kreide »Tod den Bonzen« an eine Wand geschrieben hatte. Sein Pech war, daß in derselben Nacht Leonid Breschnew starb. Erik büßte ein halbes Jahr für dieses delphische Zusammentreffen und für die Dummheit, sein Orakel an die Wand seines Elternhauses gemalt zu haben. Der wachsame Hausmeister zeigte ihn an.

Wir waren alle gezeichnet, ausgestoßen. Das machte uns stark in unserer Hilflosigkeit. Alles wurde umgekrempelt in meinem Leben. Als ich mich von Pit getrennt hatte, fing meine zweite, wilde Kindheit an.

»Aber da hätte man doch reden, diskutieren können. Und was hattest du für einen Studienplatz?«

Katrins Frage holt mich zurück an den Tisch im Hinterzimmer einer Kneipe. Was mache ich hier? Mo sitzt jetzt auf der anderen Seite neben mir und sieht mich besorgt und ungläubig an.

»Äh«, ich stoße geräuschvoll auf, »Kulturwissenschaften, ich wollte doch mal ein Kulturhaus leiten. Hatte dafür schon so viele Ideen ...«

Ich bin erschöpft, habe keine Lust, alles zu erklären. Sie würden doch nicht begreifen, daß hier für mich alle Messen gesungen waren. Wenn ich nur an diese Verhandlung denke. Die Mitarbeiter des Rates der Stadt, der Parteisekretär, der FDGB-Vorsitzende, alle im Rund. Versammelt, um mich wieder auf den rechten Weg zu bringen. »Fräulein Adler, Sie sind sich hoffentlich der Tatsache bewußt, daß Sie vom Westen gesteuert werden?«

Es war vorbei, ich sah meinen Studienplatz davonflattern wie ein aufgescheuchtes Vögelchen.

Und das alles, weil ich eines Nachmittags im Café Liliput gesessen hatte. Zugegeben, während der Arbeitszeit. Wir waren fünf oder sechs, es kamen ständig welche dazu. Die Rutschbänke um den kleinen Ecktisch füllten sich schnell. Ein Punk, den ich bis dahin gar nicht kannte, hatte seine Heule dabei und hörte eine Punkkassette. Die Verkäuferinnen, sonst damit beschäftigt, am Kaffeetresen zu dösen, kamen aufgeregt zu uns. »Das ist ein Lokal, Sie können hier keine Musik abspielen!« Wir lachten, Katja holte ihre weiße Ratte aus der Jacke und wedelte vor den aufgebrachten Frauen damit herum. Wir bestellten bei der Gelegenheit gleich Wermut bei ihnen.

Dann standen plötzlich sechs Polizisten vor uns. Die Uniformen waren nicht ganz vollständig, hier und da fehlte ein Schulterstück oder ein Spiegel. Deutliches Zeichen für eine Stasi-Maskerade. Ich saß ganz außen auf der Bank und prustete meinen Wermut heraus. Vor die Füße der Schergen. Sagte noch: »Jungs, könnt ihr euch nicht mal anständig kostümieren, wenn ihr uns besuchen kommt?«

Wir grölten, die Polizeidarsteller hatten wutrote Gesichter. Sie kassierten unsere Ausweise und beratschlagten. Notierten die Arbeitsstellen, Statist beim Fernsehen der DDR, Hausfrau, Heizer, Zugbegleiter und Mitarbeiter des Rates der Stadt. Das war ich. Noch. Sie verwarnten uns und verwiesen uns des Cafés. Da sie unbedingt warten wollten, bis wir ausgetrunken hatten, dauerte der Spaß etwas länger. Draußen sah ich die auf den Bordstein hochgefahrenen Wartburgs des Einsatzkommandos und bekam den nächsten Lachanfall. »Wir sind doch hier nicht in Chicago!« brüllte ich den vermeintlichen Polizisten hinterher, untergehakt mit Katja, die ihre Ratte herumschwenkte.

Am nächsten Tag erwartete mich die ganze Riege im Sitzungssaal beim Rat der Stadt. Ich sollte erklären, daß ich diese kriminellen Subjekte gar nicht kennen würde, ein Disziplinarverfahren war bereits eingeleitet, die Delegierung zum Studienplatz nach Berlin fragwürdig geworden. Ich bekam einen Tag Bedenkzeit.

Am folgenden Vormittag erklärte ich dann der erneut versammelten Truppe, daß ich meine Freunde nicht verleugne, mich eher für sie und ihre Integration in den realsozialistischen Alltag einsetzen wolle, als mich von ihnen zu distanzieren. Das Herz klopfte mir bis zum Hals. Ich schaffte es irgendwie, Haltung zu wahren und nicht mit den Lippen zu zucken.

Das hatten sie nicht erwartet. Der Stadtrat fragte noch, ob mir klar sei, daß ich jetzt das Lager wechseln würde.

Wir vergöttern Laibach, die jugoslawische Band mit den herrlich einfachen Botschaften. So zitierte ich im Hinausgehen die Liedzeile »Das Schwarz und Weiß ist kein Beweis« und ging meine Entlassungspapiere holen. Meine Kollegen saßen an ihren Schreibtischen und sahen angestrengt in ihre Papiere oder aus dem Fenster. Ich hastete ins Klo und heulte.

Ich hebe langsam den Blick. Mo zuckt die Schultern, sieht konzentriert auf den Boden. Scharrt mit den Spitzen ihrer hellen Schuhe. Aber Katrin gibt nicht auf. »Ja was hast du denn dann gemacht, hast du dich beschwert, hast du mit der Gewerkschaft, der Parteileitung gesprochen? Du hättest aber auch Reue zeigen können, dann wärst du doch bestimmt nicht rausgeflogen, oder?«

Ich winke ab, schenke mir nach und trinke den Wein in einem Zug aus. »Kinder, mir reicht's, feiert man schön weiter! Ich verschwinde wieder.«

Ich stehe auf, schwanke.

Katrin hält meine Hand fest. »Nina, hör doch mal, was willst du denn jetzt machen?«

»Pinkeln, wollt' ich die ganze Zeit schon. Ahoi, Brüder«, rufe ich den erstaunten Zechern auf der anderen Seite zu. »Und du bau mal eine schöne, realsozialistische Stadt, Schätzchen!« sage ich spöttisch zu Katrin, winke Mo kurz zu und bin raus.

Katrin ist empört. »Wußtest du das?«

Mo windet sich. »Meine Mutter hat Nina öfter mal gesehen. Nachmittags am Alten Markt. Da hängen die Punks immer an der Marietta-Bar rum, pöbeln die Leute an. Na ja, da sitzt Nina wohl auch oft mit rum.«

»Mein Gott«, stöhnt Katrin, »wer hätte das gedacht, unser Streberchen, Nina vom Russischzirkel ...«

»Laß doch, sie hat doch auch recht«, flüstert Mo.

»Wie bitte?«

»Na, mit den Parteischulen, mein ich ... Um die Menschen geht es hier doch schon lange nicht mehr.«

»Aber Simone, träumst du? Das Ziel ist doch dasselbe geblieben, nur die Menschen haben sich verändert. Sie haben gewachsene Ansprüche an die Gesellschaft. Die Arbeiterklasse muß sehr gut acht geben, welchen Wünschen sie nachgibt, darf sich nicht von den Verführungen des Kapitalismus verblenden lassen. Du weißt doch, Freiheit ist Einsicht in die Notwendigkeit!«

»Amen«, kommt es von der anderen Tischseite. Lars ist aufgestanden und hält sein Bier hoch. »Danke, daß du Nina vertrieben hast mit deinen miesen Predigten! Wärste mal bei de Russen jeblieben!«

Mo hat ihre Tasche geschultert und schlendert die Einkaufsstraße entlang. Sie ist sehr elegant gekleidet in ihrer gestreiften Bluse und den weiten Leinenhosen. Es ist ein heißer Junitag. Vor der Marietta-Bar sitzen wieder die Punks. Sie lachen und grölen, einer springt über die Brüstung, die das Café vom Boulevard abtrennt, und rennt auf einen Mann zu, der gerade ein Foto gemacht hat. »Alta, fünf Mark, wir lassen uns doch nicht umsonst fotografieren. Zackig, sonst jibst was auf de Tastenleiste!«

Der Mann erbleicht und sucht hastig nach seinem Portemonnaie.

Mo beschleunigt ihren Schritt. Aus dem Antiquariat ein paar Geschäfte weiter sieht Mo einen blonden jungen Mann treten. Er kommt ihr irgendwie bekannt vor. Er trägt einen leeren Rucksack über der Schulter und bummelt Richtung Marietta-Bar davon.

Mo schaut sich im Buchladen um, ein Verkäufer räumt gerade einen Stapel Bücher in die Belletristikregale. Brecht, Adolf Muschg, Erich Kästner, Günter Wallraff. Mo nimmt eines der Bücher heraus. Bulgakow, *Aufzeichnungen eines jungen Arztes.* Mo blättert. Das gefällt ihr, es hat mit dem Krankenhaus zu tun. Sie kauft das Buch.

Sie hat den ganzen Nachmittag frei.

Vor dem Centrum-Warenhaus hat sich eine riesige Schlange gebildet. Irgendeine Mangelware ist geliefert worden. Schwitzende Frauen keifen und schubsen. Mo hat keine Lust, nachzuschauen, was es gibt. Sie läuft über den Alten Markt, am Haus vorbei, in dem ihre Eltern noch wohnen. Selten geht sie hoch zu ihnen. Die ewige Fragerei ist nicht auszuhalten.

Das Leben ist so langweilig, denkt Mo. Alles eintönig. Da ist niemand, der sich auf mich freut oder mich braucht. Ich brauche auch keinen. Es wird immer schlimmer. Mo streicht mit den Fingern der rechten Hand sanft über eine große Schaufensterscheibe. Dahinter stehen Puppen mit blondem oder braunem Kunsthaar. Sie haben eingefrorene Gesichtszüge. Ein verzerrtes Grinsen. Sie tragen alle Brautkleider, weiß, cremefarben. Sie kommen ihr wie Relikte einer anderen Welt vor. Daß es so schwer ist, einen Freund zu finden, hätte sie nie für möglich gehalten. Magdeburg hat fast dreihunderttausend Einwohner, da muß es doch den richtigen Deckel für ihren Topf geben, wie die Mutter früher gescherzt hatte. Aber sie sucht ja nicht mehr. Verkrampft sich nur immer mehr.

Eine Straßenbahn nach Stadtfeld kommt angebraust. Mo steigt ein. Lehnt sich tief in die Plastikschale. Resigniert. Nicht mal an ihrem freien Nachmittag fällt ihr etwas ein.

Die Bahn fährt quietschend über den Damaschkeplatz. Unter den Gleisen des Hauptbahnhofs hindurch in Richtung Stadtfeld. Mo schaut auf die grauen Häuser, die Stadt zerfällt seit Jahrzehnten.

Links liegt die Landesfrauenklinik, ein Bau aus der Vorkriegszeit. Hier kam Mo zur Welt. Ihre Mutter war so stolz auf das hübsche kleine Mädchen mit den schwarzen Haaren. Mo kneift die Brauen zusammen. Sie will nicht an ihre Mutter denken. Dieser ratlose Blick, wenn sie Mos Traurigkeit bemerkt. Ihre Lustlosigkeit bemängelt. Aber Kind, du mußt doch ausgehen, geh tanzen, lerne Männer kennen.

Wozu? Es bleibt ja doch keiner bei mir. Irgendwann

merken sie alle, wie langweilig ich bin. Daß mir nichts Spaß macht, mir nie etwas einfällt. Aber ich weiß doch wirklich nicht, was ich anfangen soll. Es kostet schon so viel Kraft, jeden Tag in die Klinik zur Arbeit zu fahren. Die anderen Menschen zu ertragen. Die Stadt ist voller Menschen. Sie schauen mich an, sehen an mir herunter. Taxieren meine Kleider, meine mageren Hüften. Ich hab das alles satt.

Mo schleicht von der Haltestelle mit gesenktem Blick auf ihr Haus zu. Die Sonne knallt erbarmungslos. Ihr kurzer Schatten flieht vor Mo über die holprigen Steinplatten. Sie preßt ihre Tasche fester an sich und lehnt sich mit der Schulter an die Holztür. Hofft, daß sie niemandem im Hausflur begegnet. Hastet die zwei Treppen nach oben. Geschafft.

In der Wohnung fühlt sie sich sicher. Keine Angst mehr, keine Angst. Der Flur, die Küche und das Zimmer sind weiß gestrichen. Alles ist sauber und ordentlich. Auf ihr Bad ist Mo stolz, auch wenn sie keinen Besuch empfängt, der ihre Innentoilette und die Badewanne bewundern könnte.

Über dem blanken Küchentisch hängt eine Reproduktion von Modiglianis *Marie.* Das melancholische Gesicht des jungen Mädchens ist leicht nach links geneigt, ein überlanger, zerbrechlicher Hals scheint nur durch den schwarzen Schal gestützt zu werden, der ihn einhüllt. Im Zopf trägt sie eine weiße Schleife. Kurze Fransen schwarzen Haares hängen ihr in die Stirn. Die Brauen, Augen und Ohren sind asymmetrisch. Die linke Gesichtshälfte wirkt gestreckt, länger. Der Mund ist kirschrot, klein, trotzig. Am befremdlichsten an diesem kindlichen, zugleich abweisenden Gesicht sind die

Augen. Die großen veilchenblauen Augen sind blind. Die gesamte Fläche der Augen ist mit der zarten Blumenfarbe ausgemalt. Modigliani setzte stets ein genau gezeichnetes Auge dahinter, bevor er die Pupillen wäßrig blau ausmalte, hat Mo in einer Zeitschrift gelesen. Da hat sie das Bild ausgeschnitten und an die Wand geklebt.

Mo stellt ihre Tasche vor die kleine *Marie* und gießt ein paar Tropfen Wasser auf ihren Kaktus im Fensterbrett. Das Geschirr ist gespült, kein Krümel liegt auf Herd und Arbeitsplatte. Die Teppichböden schlucken die Schritte. Mo geht ins Zimmer, das mit Sessel, Bücherregal und Plattenspieler spartanisch eingerichtet ist. Eine Stehlampe ist nah an den Sessel gerückt, ein flaches, weißes Tischchen steht daneben. Mo wirft die verschwitzte Bluse und ihre helle Schlaghose auf eine weißbezogene Liege unter den Fenstern, nimmt ihren seidenen Bademantel und geht duschen.

Später öffnet sie sich eine Flasche Weißwein und legt eine Schallplatte auf, Keith Jarrett. Sie setzt sich in den großen Sessel und schaut auf ihre weißen Wände. Außer der kleinen *Marie* gibt es in der ganzen Wohnung keine Bilder.

Schatten kriechen über die Wände, Lachen und Tellergeklirr dringen gedämpft vom Hof herein. Mo fällt das Buch ein. Sie holt es aus der Küche, beginnt zu lesen. Nach einigen Seiten ist sie völlig gefangen. Dreht an einer Strähne schwarzen, kurzen Haars und knabbert an den Fingernägeln. Da rutscht ihr das Buch herunter. Ein Zettel gleitet zwischen den hinteren Seiten hervor. In einer kleinen Handschrift ist das Stückchen Papier voll beschrieben, hastig, nach rechts geneigt.

»Liebes Mäuslein, ich war heute hier, wollte dich besuchen. Ich habe dich ja auch besucht, ich sitze gerade in deiner Küche. Daß deine Tür immer offensteht, finde ich nicht gut. Liebes, was tust du dir an? Kind, ich bin so traurig. Wie das bei dir aussieht, die Töpfe, das Geschirr, du mußt seit Tagen nicht abgewaschen haben! Ach Mäuslein, was haben wir nur falsch gemacht? Du liegst da hinten im Bett mit – ich weiß nicht, wer hier alles wohnt, aber es ist furchtbar für mich, dich so zu sehen. Kind, bitte geh in dich, du kannst bei uns Wäsche waschen und dich duschen, was essen, ich bin immer für dich da. Ich lege diesen Brief hinten in dein Buch, wenn du ihn findest, sei nicht traurig, ich habe dich sehr sehr lieb. Deine Mutti«

Mo wendet den Zettel unschlüssig in der Hand. Dann legt sie ihn wieder in die hinteren Seiten und liest weiter. Der junge Arzt operiert eine Augengeschwulst beunruhigenden Ausmaßes.

Ich schultere den Campingbeutel und nehme die Treppe zum Bahnsteig Berlin-Schöneweide mit großen Sprüngen. Der letzte Zug nach Magdeburg rollt ein. Das Quietschen der Bremsen ist unerträglich, ich halte mir die Ohren zu. Der Zug ist fast leer, wer will schon abends nach Magdeburg fahren. Ich setze mich allein in ein Abteil, die Lederbänke sind angenehm kühl. Es riecht nach Rauch, Öl und Kohlsuppe. Ich ziehe noch einmal tief die Luft Berlins ein, bevor der Zug aus dem Bahnhof fährt. Im großen Bogen umfahren wir Westberlin, für einhundertvierzig Kilometer brauchen wir zweieinhalb Stunden.

Ich hab es so satt. Zwei, drei Kilometer, die mich jetzt von Hans trennen. Zum Telefonieren nach Berlin fahren. Das kann man doch keinem erklären. Warum muß ich diesen Menschen so lieben? Bist du hier? hat er mich gefragt. Klar, ich bin hier in Ost-Berlin, und du bist hier in West-Berlin. So klein ist die Distanz, jeder hat einen Hörer in der Hand, in derselben Stadt. Ich am Alexanderplatz, du in Kreuzberg. So weit weg. So weit.

Draußen fliegt ab und an ein Licht vorbei, aber das Land ist schwarz. Es ist grau, bleiern. Ich habe keine Farben mehr für dieses Land. Ich habe keine Freude mehr. Ich trinke zuviel. Ich heule zuviel.

In Magdeburg angekommen, ist es fast Mitternacht. Am Bahnhof winke ich einem Schwarztaxi. »Zum Weinstudio bitte!«

Das Lokal ist voll besetzt, die lackierten Holztische sind unter Weinflaschen und Gläsern begraben. Richtig vornehm kann man hier trinken, mit livrierten Kellnern und Klaviermusik. Ganz junge Leute hocken beieinander, Punks, Heavys, Schüler und Studenten. Damen und Herren fortgeschrittenen Alters, die Künstler vom nahen Theater, Maler, Musiker. Hinten am runden Tisch sind meine Leute. Tim macht Platz für den neuen Stuhl. Die Clique ist bereits sehr angeheitert. Es wird gelacht und gestritten, ich setze mich beinahe unbemerkt hin.

»Morgen müssen wir los, einen Koffer verticken.«

Tim nickt. »Haste noch Geld für Sprit?«

»Wer zahlt denn heute?«

Die Flasche Muskateller kreist um den Tisch. Eberhardt hebt die Hand. »Wenn ich heute dürfte.« Ich nicke ihm zu. Der treue Eberhardt. Er hat als einer der ganz wenigen einen festen Arbeitsplatz, also immer Geld. Er ist sehr großzügig. Vor allem mir gegenüber. Er hofft immer noch, daß es mit uns etwas werden könnte. Wenn er nur hübscher wäre! Eberhardt ist schwer und unbeholfen, manchmal wirklich süß in seiner Bärenart. Aber zum Verlieben reicht das nicht.

Ich beuge mich wieder zu Tim. »Ich hab morgen einen Termin mit Harry, was soll ich nur machen? Ich werd den nicht los.«

Tim wiegt den Kopf. »Paß auf, was du erzählst. Laß dich nicht noch weiter reinziehen!«

Ich runzele die Stirn, sehe auf meine Finger, die mit einer Weinlache spielen. »Seit die meine Eltern da mit reingezogen haben, wird es schwierig, ich glaube ja immer noch, daß ich alles im Griff habe.«

Es war eine Katastrophe. Ich hatte die Stasi-Typen schon so gut abgeschüttelt, mich auf nichts eingelassen. Dann kamen sie auf den Trick, meine Eltern anzurufen. Sie seien vom Rat der Stadt, Abteilung Kultur. Ich würde da noch Leuten Geld schulden. So was zieht immer. Meine Mutter hat mich sogar zu Hause besucht, mir einen Zettel hingelegt, ich soll die Angelegenheit unbedingt klären.

»Was hat denn deine Mutter eigentlich gesagt, als die damals angerufen haben, hat sie gemerkt, daß das die Stasi war?« Tim flüstert jetzt.

Ich antworte ebenso leise: »Nee, das war's ja. Die merken das nicht. Nicht mal im Krankenhaus … Letztens erzählt sie mir, daß sie 'ne Patientin in der Neurologie haben, deren Mann abgehauen ist, und sie hat jetzt Verfolgungswahn, sieht in ihrer Wohnung überall Vogelscheiße rumliegen, hat aber keinen Vogel!«

Jetzt grinsen wir beide.

Ich beuge mich noch näher an Tims Ohr und fahre flüsternd fort: »Ich hab gesagt, Mutti, das ist die Stasi, die sind sich für nichts zu blöd, wenn die die Frau fertigmachen wollen, kippen die sogar heimlich Vogelkot in Wohnungen. Sie hat mir natürlich nicht geglaubt. Und über meinen Harry sagte sie, ach Mäuslein, das wär doch schön, wenn der dir helfen kann. Vielleicht kriegst du ja dann deinen Studienplatz wieder!«

Ich schüttele energisch den Kopf. Nach der Geschichte mit dem Geld hatte ich ihr alles erklärt. Erzählt, daß es diesen Harry von der Stasi gibt, der eines Tages in meiner Wohnung aufgetaucht war. Daß sie mich unbedingt kriegen wollen, jetzt, wo ich keine Arbeit mehr habe, aber an allen interessanten Leuten nah dran bin. Und ich hatte ihr von diesem Raum erzählt, am Damaschkeplatz 1. Es ist ein riesiges graues Haus, ein Palazzo irgendeiner Behörde der Bezirksverwaltung. Dort gibt es verschlungene Flure, geheime Zimmer. Sie wollte mir nicht glauben, daß es da drin Räume ohne Fenster gibt. Zellen. Sie kennt die Behörde.

Aber nicht das. Eine Zelle mit Ölfarbe an den Wänden, einem Tisch, drei Stühlen und einem Telefon. Neonlicht. Dort haben sie beim ersten Treffen versucht, mich zu kriegen.

Wir können Ihnen helfen, Fräulein Adler. Wir geben Ihnen einen Studienplatz.

Lächerlich.

Oder wollen Sie am Theater arbeiten? Sie nähen doch gern. Oder Töpferei in Heiligendamm studieren?

Was ist der Preis?

Ein wenig in die Kirchenkreise reinschauen, über gewisse Freunde ab und an mal etwas erzählen, sonst gar nichts.

Alle wissen, daß ich mit der Kirche nichts am Hut habe, und über meine Freunde kann ich sowieso nur sagen, daß wir alle immerzu saufen. Mehr ist da nicht.

Nummer 1 runzelte die Stirn, Nummer 2 sah aus, als wolle er in Tränen ausbrechen. Unterschreiben Sie bitte, daß Sie über unseren Kontakt Stillschweigen wahren werden.

Ich dachte nach, musterte die beiden Männer, die so aalglatt aussahen. Helle Haare und Augen, sauber, geruchlos. Agenten, Killer. Alles war möglich. Nummer 2 sah immer öfter verstohlen auf seine Uhr.

Nein. Ich kann nichts unterschreiben, was ich nicht halten kann. Ich habe solchen Kummer und wünsche mir nichts sehnlicher, als bei meinem Freund in West-Berlin zu sein. Deshalb trinke ich so viel Wermut. Und wenn ich betrunken bin, erzähle ich allen alles.

Das war mein erstes Mal.

Danach bin ich ins Café Liliput gefahren. Einige Freunde waren schon da, Tim, Eberhardt, Rico und Erik. Ich erzählte alles. Dumpfe Stille breitete sich aus. Das Menetekel, jetzt hatte es mich gestreift.

Endlich sagte Erik, es reicht, jetzt stelle ich einen Antrag. Komm, wir fahren zu dir und schreiben ihn gleich. Ich kann nicht mehr.

Tim schaut auf meine Hände, die jetzt ein großes A in einen Kreis gemalt haben.

»Laß mal, wenn die Alten das alles durchschauen

würden, könnten sie nicht mehr in der Scheißzone leben! Prost! An jeden Ast ein' Kommunist!«

Wir trinken beide.

Eine Hand legt sich von hinten auf meine Schulter, eine zweite auf Tims. Wir drehen uns um. Max! Er grinst breit, hat seine Uniform an, einen Seesack über der Schulter. »Freunde, Freunde«, jubelt er, setzt sich zwischen uns und trinkt ein Glas Wein auf Ex. Ich streichele sein Bein, ich schmiege mich an ihn.

Max kommt selten auf Urlaub. Wir trinken schnell. Lachen, erzählen Blödsinn.

Max fragt nicht nach Hans.

Als die Stühle hochgestellt werden, zwinkert der schwule Kellner mir zu. Ich kichere, versuche, meinen Mantel anzuziehen, Max hält ihn mir galant hin. Tim steht wartend in der Tür. Zu dritt stolpern wir in den warmen Abend hinaus, Eberhardt unterschreibt den Scheck und blickt uns wehmütig hinterher. Da kann er nicht dabei sein.

Wir biegen um die Ecke in die stille, dunkle Bahnhofstraße. Tim sucht das Zündschloß, ich massiere vom hinteren Sitz aus Max' Nacken. Der Trabant knattert nach Sudenburg, die Straßen liegen still. Wir singen Punklieder.

In meinem Haus brennt kein Licht mehr. Der Vollmond steht über dem Dachrand. Es ist warm, beinahe schwül. Wir gehen durch den Hinterhof in den Seitenflügel. Ich sehe die Marilyn-Monroe-Tücher leicht am Küchenfenster flattern. Die hat Hans noch aufgehängt, sie stammen von einer der letzten Inszenierungen. Es sind vier quadratische Leinentücher mit den Monroe-Siebdrucken von Andy Warhol darauf.

Aus dem Kellereingang riecht es modrig. Unsere Schritte poltern die Diele hoch, Schutt knirscht unter den Stiefeln. Der Mond erhellt die Küche und das Zimmer, wir stolpern und schieben uns an den Möbeln vorbei.

Auf dem Matratzenlager zerren Tim und Max mir die Sachen von Leib. Ich bäume mich auf, helfe ihnen. Eine halbe Flasche Wermut steht noch neben dem Lager. Max löst den Gürtel, wir trinken, lachen. Ich greife in Max' Unterhose, der sich hastig aus der Uniform befreit. Mein Hemd reißt der Länge nach auf, Max ist nicht mehr zu bremsen. Ich falle aufs Bett, Tim schmiegt sich nackt an mich. Knetet meine Brüste. Max lutscht an meinen Fingern, spreizt meine Schenkel und vergräbt den Kopf darin, ich habe Tims Penis im Mund, sauge langsam. Tim beißt mir schmerzhaft ins Ohr, ich reiße mich los. Drehe mich auf den Bauch und bade im Streicheln, Beißen und Küssen der vier Hände und zwei Münder.

Ein Knäuel aus drei Leibern rollt über die Bettfläche. In wildem Wirbel lieben wir uns, Stöhnen und Jauchzen grollt durch den Raum. Max' Gürtel fliegt klingelnd in eine Ecke des Zimmers, ich lache.

Zärtlich kraule ich später sein kurzgeschorenes Haar, Tim liegt schnarchend neben uns, eine Hand auf meinem nackten Bauch. Als es dämmert, sucht Max fluchend den Gürtel.

Die Tangente durchzieht Magdeburg von Nord nach Süd. Umfährt das langgestreckte Zentrum der Stadt. Ich steuere den Trabant. Es sind kaum Autos unterwegs, ich kann Gas geben. Eine asphaltierte Schnellstraße führt von der Tangente direkt in den Harz, heute fahren wir nach Halberstadt. Die Börde ruht.

Noch sind die riesigen Mähdrescher nicht ausgerückt, ihren Wettbewerb um die höchsten Ernteerträge auszutragen. Das Korn wiegt sich über den Hügeln. Einzelne Greifvögel kreisen über dem Land. Die Dörfer liegen verschlafen und ausgebrannt unter der Sonne. Ab und an ragt ein Kirchturm über eine Hügelkuppe. In der Ferne ist der Bergkamm des Harzes zu erahnen.

Tim schaut aus dem Fenster, bis er einnickt. Er beginnt zu schnarchen.

Ich träume. Denke an die Nachmittage meiner Kindheit, an denen wir die Teufelsmauer, die Tropfsteinhöhlen und Ritterburgen des Harzes erkundeten. Die Landschaft hat ihren Reiz behalten. Die Menschen nicht.

Es ist grade zwei Monate her, daß wir beim Wandern im Harz verhaftet wurden. Wir wollten dem Pfingsttreffen in Magdeburg ausweichen. Man wollte uns nicht dabeihaben, wenn Hunderte Kubaner und fröhliche FDJler in unserer Stadt feiern würden. Um dem Stadtverbot vorzubeugen, hatten wir wochenlang im Café Liliput erzählt, daß wir Pfingsten wandern würden, vom Harz bis zum Kyffhäuser.

Die Gruppe der potentiellen Mitwanderer wuchs und schrumpfte periodisch. Als wir dann tatsächlich aufbrachen, waren wir zu dritt. Felge, Tim und ich. Wir fuhren mit dem Zug nach Wernigerode. Jeder hatte einen Rucksack dabei, Taschenlampe, Messer, Karten. Tim bestand auf der Taschenwanderkarte von 1936.

Wir blieben in der ersten Kneipe hängen, wo es zünftiges Bauernfrühstück und Bier gab. Danach liefen wir heiter in den Wald. Irgendeinen Hang hoch. Der Aufstieg war beschwerlich, ungeübt, vollgefressen und angetrunken wie wir waren. Wir krachten und ächzten durch die Bäume, quälten uns die Hügel hoch. Nachts fielen wir irgendwo unter Kiefern um und kuschelten uns in Kuhlen, machten uns gegenseitig angst.

Die Geräusche des Waldes waren überwältigend. Es war schwarz um uns, nur ein paar Sterne funzelten über unserer Ruhestätte. Felge hatte sich eng in seinen Schlafsack eingewickelt, die kurzen Harre stachen spitz aus dem Dunkel. Sein helles Gesicht musterte mich amüsiert und erschreckt zugleich, während ich eine Schauergeschichte nach der anderen erzählte.

Plötzlich knackte es unweit von uns im Unterholz. Tim schnarchte leise, ich hockte mich tiefer unter meine Decke und lauschte in den Wald.

Erzähl weiter, bitte, flüsterte Felge, als ein Käuzchenruf die Stille zerschnitt.

Kennst du die Geschichte mit den Medizinstudenten?

Nee.

Also, da waren in Leipzig drei Medizinstudenten, die Dienst in der Pathologie machten. Und es gab da einen Pförtner, der die Studenten immer schikanierte und quälte. Da haben die drei ihm eines Nachts einen Streich gespielt. Sie haben drei Leichen an einen Tisch gesetzt, ihnen ein Skatspiel in die Hände gedrückt, brennende Zigaretten zwischen die Finger gesteckt, das Licht gelöscht und den Pförtner gerufen. Der kam in die Pathe, machte das Licht an – und fiel tot um.

Wie?

Na, der hat einen Herzschlag bekommen. Stell dir

doch mal vor, du machst das Licht an, und da sitzen drei Tote um einen Tisch, rauchen und spielen Skat!

Und die Studenten?

Och, die sitzen im Knast. Grober Unfug oder so.

Felge kroch noch tiefer in seinen Schlafsack. Es raschelte. Dann war es ganz still.

Am nächsten Morgen waren wir vom Tau durchnäßt, durchgefroren und hungrig. Wir liefen mürrisch los, kamen bald zu einem Berghotel. Frühstücken durften wir da nicht, so wie wir aussahen. Ich kaufte an der Rezeption eine neue Wanderkarte, wir mußten aufpassen, nicht zu nahe an das Grenzgebiet heranzukommen. Jetzt wußten wir, woran wir waren.

Wir trockneten die Kleider in einer kleinen Kneipe in der nächsten Ortschaft, tranken Kaffee und aßen Brötchen mit Schinken und Ei. Es war alles wieder gut, bis wir auf den nahe gelegenen Ort Dreiannenhohne zuwanderten.

Die Sonne schien. Wir hatten uns inzwischen Wanderstöcke geschnitzt und genossen den Duft der Kiefern, das Vogelgezwitscher und den ungewohnt weichen Boden unter unseren Schuhen.

Da kam uns ein Polizist entgegen. Er brummte »Ausweise« und wies mit zwei ausgestreckten Fingern auf uns. Sein Gesicht verriet keine Regung. Als Felge seinen Personalausweis mit dem Iro auf dem Foto zeigte, war alles gelaufen. Der Mann in Grün wedelte aufgebracht mit den Armen herum, und es erschienen auf geheimnisvolle Weise augenblicklich helfende Kollegen in braungrünen Uniformen. Sie mußten hinter Bäumen gelauert haben. Wie garstige Trolle. Wir wurden von der herbeieilenden Einsatztruppe der Grenzwächter abgeführt. Nur fünfhundert Meter weiter mußten wir uns vor einem kleinen Bungalow in Sichtweite zum Bahnhof aufstellen, mit gefesselten Händen. Einzeln wurden wir reingeführt und vernommen.

Man warf uns bitterernst Fluchtversuch und unerlaubten Aufenthalt im Grenzbereich vor. Als Beweis dienten die alte Wanderkarte und die Taschenlampen. Ich wiederholte immer wieder geduldig, daß man nachts im Wald eine Lampe bräuchte, um sich einen Lagerplatz zu suchen, wir in den Kyffhäuser wandern wollten. Und so weiter. Die Genossen waren sich ihrer Sache aber vollkommen sicher.

Wir wurden einen halben Tag später in einem offenen Wagen an glotzenden Urlaubern vorbei durch den Harz chauffiert, nach Wernigerode aufs Revier.

Essen, Trinken – Fehlanzeige. Es vergingen wieder Stunden, bis alle Aussagen abgeglichen waren. Ein Offizier lachte mich aus, als ich ihm von Stadtverbot in Magdeburg erzählte. So etwas gibt es bei uns gar nicht. Schließlich sagte ich ihnen die Telefonnummer meiner Kumpel bei der K, den mir beinahe vertrauten Vernehmern der Kriminalpolizei Magdeburg.

Und plötzlich ging alles ganz schnell.

Es war inzwischen dunkel. Die Handschellen verschwanden. Freundliche Gesichter. Kein Bedauern, das wäre zu weit gegangen. Barsche Frage, ob wir nun weiterwandern wollten.

Nee, sagte Felge, wir fahren jetzt feiern, mit die Kubaner.

Gegen Mitternacht kamen wir im Kika an und waren die Helden der Nacht.

Auf dem Platz vor der romanischen Kirche im Zentrum Halberstadts drängen sich Buden und Verkaufsstände. Ich wuchte den großen Koffer auf den Campingtisch. Tim sortiert die Kaugummistreifen aus dem Intershop neben die Kinderkombinationen. Drei Farben, vier verschiedene Größen. Die Jogginganzüge für Kleinkinder gehen weg wie warme Semmeln. Sofort hat sich eine Schlange vor unserem Tischchen gebildet. Ich reiche die aus Frotteelaken und Sportunterhemden genähten Kombinationen über den Tisch. Nach einer Stunde ist alles verkauft. Über 500 Mark aus einem Koffer. Ein Tag nähen. Wir freuen uns. Es läuft immer besser.

Wir verstauen den Koffer und den Tisch im Auto und schlendern durch die Altstadt. Die Gebäude sind zum größten Teil eingerüstet, die kleinen Fachwerkhäuschen sind abgestützt, teilweise entkernt.

»Das wird doch alles abgerissen, eine Sauerei!« schnaubt Tim.

Die Häuser haben die Bombenangriffe überstanden, das Siechtum der DDR nicht.

Tim beobachtet angewidert einen Bauleiter, der die Ruinen inspiziert. Wir setzen uns auf ein Mäuerchen, sehen über das todgeweihte Viertel.

»Was von Hans gehört?«

Ich schüttele den Kopf.

»Arschloch«, sagt Tim.

»Das schlimme ist«, setze ich an, »ich kriege doch nie die Heiratsgenehmigung, wenn er kein Interesse an mir zeigt!«

Tim schnuppert in die Luft. »Los, wir holen uns Bratwürste!« Auf dem Weg zum Bratwurststand laufen uns Schulkinder über den Weg. Ein dicker Junge hängt der Gruppe nach, seine Schultasche schleift über den Asphalt. Tim sieht ihn erschrocken an.

»Was'n los?«

Tim ist stehengeblieben. Er versucht zu grinsen, aber sein Mund verzieht sich zu einer seltsam schrägen Grimasse. »Mir fällt grad mein Traum von letzter Nacht ein, ich hatte einen Sohn. Der sah so aus, um Gottes willen …«

Ich lache. »Ich dachte, nur ich hab diese Alpträume. Stell dir vor, und ich hab vor zwei Nächten geträumt, daß ich mit Eberhardt und Hans in einem alten Haus war, wir krochen durch Kellergänge, die waren so niedrig, daß man kriechen mußte. Und dann war Eberhardt plötzlich verschwunden. Ich kroch hinter Hans her, und da hörte ich die Geräusche, hinter mir war ein Typ mit einem Messer, er keuchte und schnaufte. Ich hatte fürchterliche Angst.«

Wir haben den Bratwurststand erreicht, Tim bestellt und bezahlt, sieht dabei immer wieder zu mir rüber. Ich flüstere heiser: »Wir kamen auf einen Hof, der sah aus wie ein alter Schulhof, wir rannten auf das Gitter zu, mein Herz raste, Hans lief durch und schlug das Gitter hinter sich zu, winkte mir noch einmal zu. Mit dieser Geste, wenn man sich mit zwei Fingern an den Hut tippt, weißt du. Dann war er weg, ich rannte an das Gitter, rüttelte daran, es gab nicht nach, hinter mir kam das Keuchen immer näher und näher. Und dann sah ich die Wiese. Hinter dem Gitter lag eine wunderschöne blühende Wiese mit bunten Blumen. Hans schwebte darin weg, weg von mir, und ich sah jetzt erst, daß vor dem Gitter alles grau war, schmutzig und grau.«

Ich zucke die Achseln, Gänsehaut überzieht meine Arme. »Ich war grau, ich kriegte diese Tür nicht auf, und der Typ kam.«

»Und dann?« Tim sieht mich spöttisch an.

»Dann bin ich aufgewacht.«

Tim beißt in seine triefende Bratwurst. »Das is nu wirklich nicht schwer zu deuten«, murmelt er mit vollem Mund, »du fühlst dich sexuell von Eberhardt verfolgt, und Hans ist dir in den Westen weglaufen. Hat er nicht genau diese Geste gemacht, als du ihn im Tränenpalast verabschiedet hast?«

Ich nicke und sehe weg. Stimmt, er hat die Finger an den Rand seiner Ballonmütze gehoben und mir zugegrinst. Dann war er weg. Verschluckt vom Grenzübergang, hinter Glastüren und Boxen verschwunden.

Von den etwa zwei Dutzend Holztischen im Gartenlokal Theatercafé sind nur ein paar besetzt. Tim und ich sitzen weiter hinten, der Straße zu. Von der erhöhten Terrasse aus kann man die Leute im Berufsverkehr beobachten. Die Straßenbahnen rattern vom Hasselbachplatz in Richtung Bahnhof vorbei. Dann weiter nach Olvenstedt, Diesdorf oder Stadtfeld. E.T. und Felge kommen, haben die Taschen voller Geld. Der Kassettenverkauf lief heute anscheinend gut. Rico, Erik und Eberhardt kommen von der Marietta-Bar herüber. Hinter ihnen schlendern ihre Freundinnen. Diana und Katja haben einen Braunschweiger Journalisten im Schlepptau. Alle gruppieren sich um unseren Tisch, nur die Mädchen sitzen an einem Nebentisch. E.T. stellt eine volle Trommel Halblitergläser Faßbier auf den Tisch.

Tim holt ein schweres goldenes Zwanzigpfennigstück aus dem Portemonnaie. »Ich fang an, okay?«

Wir nicken, der Journalist beginnt, sich Notizen zu machen. Tim legt sich das Geldstück auf den Handteller der flachen rechten Hand. Er zielt auf die Trommel, schlägt die Handinnenfläche unter den Tisch, und plumps, das Zwanzigpfennigstück sinkt in ein volles Glas.

E. T. ist der nächste in der Runde. Er trinkt das Bier in einem Zug aus. Dann fingert er in seinem Mund rum und legt sich das Geldstück auf die Hand. Plopp, der nächste muß auf Ex trinken. Ich bin dran. Auch mir gelingt es, das schleimige Geldstück zu versenken.

Nach drei Runden sind einige besoffen. Der Journalist will nicht mitspielen. Die Mädchen sehen angewidert und amüsiert herüber. Felge pißt wie die meisten einfach unter den Tisch. Nach der vierten Runde kotzt Erik unter den Tisch. Alle rücken ein Stück weg. Ich ziehe die Schuhe hoch. Rico angelt das heruntergefallene Zwanzigpfennigstück aus einer Lache Erbrochenem. Und weiter geht's. Wir lachen und grölen, selbst von der Straße sehen schon Passanten zu uns herauf. Irgendwann müssen wir aufhören mit dem Kampftrinken, der Wirt hat sich beschwert. Wir vertreiben seine Gäste.

»Hö, hö, wen denn? Sinn allet Kumpels!« grölt Felge zur Luke hinüber.

Der Wirt schwingt warnend eine Faust aus der Verkaufsklappe. »Na jut, is eh gleich Schluß.«

Jetzt merke ich, wie schnell der Nachmittag vergangen ist. Der Berufsverkehr ist längst abgeebbt, die Terrasse leert sich. An einem hinteren Tisch sitzen noch ein paar Säufer aus der Knastclique, die wir manchmal beim Verkauf auf den Märkten treffen. Sie handeln mit Ohrringen und T-Shirts und versaufen dann alles mit ihren Kumpels, die sie aus dem Strafvollzug, Brandenburg, Bautzen oder Thale, kennen.

Das Theatercafé schließt, die Vorstellung im angrenzenden Theater beginnt. Wir erheben uns trunken und stimmen ab, wie der Abend beginnen soll. Wir ziehen in Richtung Hasselbachplatz, den Journalisten haben wir mitgenommen. E. T. ist eingefallen, daß André heute eine Party macht, da sind wir sicher gern gesehen.

In einem der ersten Häuser in der Straße der Jugend wohnt André. Er ist sehr dünn, trägt schwarze Schlauchhosen, und seine Haare stehen spitz und schwarz nach allen Seiten. Er freut sich. Die Punks belagern die Wohnung. Der Billardtisch im Wohnzimmer ist schnell unter E. T.s Regie geraten, der bedrohlich mit dem Queue hantiert. Felge hat sich der Musikauswahl angenommen. Zwei langhaarige Mädels fangen an, Pogo zu tanzen, Felge kreischt und schubst sie, alle drei fallen übereinander. Es ist genug Alkohol an Bord, Tim und ich finden schnell die geheimen Verstecke des Gastgebers. Bier und ein paar Rotweinflaschen wollte André vor uns verstecken. Pech gehabt. Wir suchen zuerst in Wäscheschränken, Waschmaschine und Kammer. Dann erkunden wir die Wohnung. So eine große Bude hätte ich auch gern, drei Zimmer, Bad und Gästeklo. Holzdielen, Stuck an den Decken. Tim bleibt an meiner Seite.

Vom Küchenbalkon aus gibt es eine Metalleiter, die direkt bis zum Dachausstieg führt. Den Sonnenuntergang schauen wir uns mit Katja von dort oben an. Wir trinken Bier und sehen über die illuminierte Stadt.

Es ist noch warm. Von unten dringt der Partylärm herauf. Ich bin ziemlich benebelt. Fröhlich. Wir lehnen alle drei an einen Schornstein und schauen in den Himmel. Ich mache ein Geräusch nach, das ich schon seit einiger Zeit höre, »tatütata«. Plötzlich hören es die anderen auch. Schrecken auf.

Wir legen uns bäuchlings an den Dachrand und spähen hinunter. »Nee, oder? Das ist nicht wahr!«

Sieben Polizeiautos halten geräuschvoll in einer Seitenstraße. Aus jedem Wagen springen drei bis vier Grünröcke und rennen ins Haus. Einige ziehen gleich draußen ihre Gummiknüppel. Ich lasse meine Bierflasche in der Luft kreisen, nehme etwas Grünes aufs Korn. Tim hält meine Hand fest.

»Bist du verrückt. Da kann einer bei draufgehen!«

Ich stelle die Flasche schweigend auf dem Dach ab, balle die Fäuste. Wir beobachten, was unten passiert. Felge wird aus dem Eingang geschleudert, ein Polizist haut mit seinem Knüppel immer wieder auf seinen rechten Oberschenkel. Felge schreit. Katja schreit auch auf: »Laß ihn los, du Sau!« Zwei Genossen sehen nach oben, entdecken die Köpfe am Dachrand. Einer macht eine Handbewegung, Uniformierte laufen los.

»Scheiße, die kommen hoch, los, abhauen!«

Ich ziele noch einmal mit der nunmehr leeren Flasche. Der Polizist, der keine Kraft mehr hat, auf Felge einzuschlagen, steht direkt unter mir. Ich könnte Felge treffen, denke ich, und stehe auf.

Die beiden anderen sind schon weg. Da höre ich Schritte und Rufen im Treppenhaus. Die angelehnte

Bodentür öffnet sich. Ich liege wieder flach auf dem Boden, robbe zum Schornstein rüber. Ein Polizist mit einer Taschenlampe kommt suchend näher. Er ruft zur Tür: »Ich hab mich wohl getäuscht, dachte, es wären drei Verdächtige. Aber hier ist niemand.«

Der Lichtkegel seiner Taschenlampe streift beinahe mein Bein. Einen Zentimeter weiter … Ich versuche, ruhig zu atmen. Er darf mich auf keinen Fall finden.

Geh weiter, geh weiter, hau ab, flüstere ich lautlos. Endlich tappen die Schritte davon. Die Treppe hinunter. Ich schiebe mich wieder vorsichtig an den Dachrand. Auf dem Bürgersteig tief unter mir stehen Felge, Katja, Eberhard, Diana, der Journalist und ein paar von den Heavys.

Plötzlich sehe ich Tim. Er steht in einem halbdunklen Hausflur auf der anderen Straßenseite und gibt mir ein Zeichen. Also ist er doch durchgekommen. Ohne Ausweiskontrolle. Ich grinse und winke.

Tim ist gut drauf. Er signalisiert mir, ein paar Häuser weiter runterzukommen. Ich schleiche über das dunkle Dach, suche in den anderen Häusern Ausgänge. Schließlich finde ich eine offene Bodentür, steige auf die Straße hinab, bleibe im Hauseingang stehen.

Als ich um die Ecke luge, fahren die Polizeiwagen gerade in einer kleinen Kolonne ab. Einige von den Freunden haben sie nicht mitgenommen, die laufen jetzt johlend und schimpfend hinterher. Ich gehe zu Tim, wir hauen uns anerkennend auf die Schultern.

Gemeinsam ziehen wir die Karl-Marx-Straße runter, zum Revier. Diana und den Journalisten haben sie wohl an den Stadtrand gefahren, die anderen Freunde werden im Zentrum verhört. Katja stimmt die *Inter-*

nationale an. Einer nach dem anderen stimmen wir ein. Als wir vor dem Polizeirevier Magdeburg Mitte stehen, klingt das Lied gewaltig. Lichter flammen in den Neubaublöcken auf, Leute lehnen sich aus den Fenstern.

»Die Internationaaale erkämpft des Menschen Recht, die Internationahalee …«

»Ruhe, Schnauze, Panker ihr, dodschlaren dat Jesocks!«

Die Türen des Reviers öffnen sich. Ein Genosse tritt heraus. »Wenn Sie nicht aufhören, Gesänge anzustimmen, sehen wir uns veranlaßt, Sie alle hereinzubitten!«

»Ihr habt jar nich jenug Zimmer, Wachtmeester«, ruft Felge. Der Polizist verschwindet. Die anderen klatschen und stimmen einen neuen Chor an. »Laßt unsre Freunde frei, laßt unsre Freunde frei!«

Nach etwa zwanzig Minuten öffnet sich die Tür wieder. Unsere kleine Gruppe weicht schnell zurück, bis zu den Büschen des angrenzenden Pärkchens. Keine Uniformen. Kein Ausfall. Was ist los? Unsere vier, fünf festgehaltenen Freunde kommen nacheinander aus dem Revier gepurzelt. Wir johlen und umarmen uns feierlich. Hüpfend und singend ziehen wir zu Erik. Seine Eltern wohnen den Sommer über im Garten, er hat sturmfrei. In der Bude angelangt, überkommt es mich: »Leute, und jetzt machen wir Gruppensex!«

Katrin steht am Zeichentisch und bewegt die Zeichenschiene weiter nach oben. Das Licht der Neonlampe scheint grell auf das weiße Papier. Katrin ist warm. Sie kann den Sommer nicht genießen. Denkt an Kiew, den endlosen Winter, der noch einmal vor ihr liegt, und dann kommt noch ein Sommer und noch ein Winter.

Wie lange so ein Studium dauert. Und dann kann ich mir nicht mal aussuchen, wohin ich komme. Absolventenverpflichtung. Wir werden dahin geschickt, wo der Staat uns braucht. Wenn es ganz fatal läuft, muß ich in der SU bleiben. Mit meinen ausgezeichneten Russischkenntnissen. Das hätte ich mir in der Schulzeit nicht träumen lassen. Man unterschreibt so schnell, ohne zu wissen, was dahintersteckt. Fünf Jahre Studium, drei Jahre Absolventenvertrag. Dann ist meine Jugend vorbei. Und es ödet mich jetzt schon an, dieses stupide Zeichnen. Von all den wunderbaren Ideen, die wir im Studium hatten, dürfen wir nichts umsetzen. Da hätte ich gleich technischer Zeichner werden können.

Katrin seufzt und zieht die dünnen Linien der Blumenrabatten auf ihrem Plan nach. Ein Kindergarten, mit Beeten und Bäumchen ringsherum. Wie langweilig. Und ausgerechnet ein Kindergarten, wo mich der Wunsch nach einem Kind aufzufressen beginnt. Aber ich habe ja nicht mal einen Freund. Allmählich denken die Kommilitonen, daß ich lesbisch bin.

Wenn ich jemanden treffe, dann die dicke Marisa aus Budapest. Meine einzige Freundin. Mit ihr habe ich Reisen nach Sibirien gemacht, an Lagerfeuern gesessen, Wodka getrunken. Manchmal ist Marisa wie Nina, so frech und naiv zugleich, wie Nina früher war. Als wir noch Freundinnen waren. Das ist lange her.

Vielleicht habe ich alles falsch gemacht. So lange wegzugehen, von Magdeburg, aus meiner Heimat. Dort bin ich nicht heimisch geworden, und hier verstehe ich die Menschen nicht mehr. Sie sind so ausgebrannt, energielos. Kritisch und abweisend. Oder tieftraurig, wie Mo. Ich kann sie nicht mehr ertragen.

Dieser unendlich traurige Blick, gefangen und verhangen in Träumereien. Das Leben überrollt sie jeden Tag ein Stück mehr.

Was wollen diese Menschen bloß alle. Reisen kann man doch wunderbar. Ich habe Bulgarien und Rumänien gesehen, bin durch Ungarn gefahren, habe Marisas Eltern besucht und mir Budapest zeigen lassen. Dort kann man auch Schallplatten aus dem Westen kaufen, falls davon das Glück abhängen sollte.

Katrin schnaubt verächtlich, diese Jammerlappen. Die sollten mal ein Jahr in der Sowjetunion leben, dann würden sie ihre Ansprüche schnell runterschrauben. Und wie man wandern kann in den RGW-Staaten, das ist unvergleichlich!

Katrin schaut aus dem Fenster. Über der Stadt liegt eine feine weiße Dunstwolke aus Abgasen und den Verbrennungsrückständen der Chemiewerke im Süden der Stadt. Aber sie kann bis zum Dom hinübersehen, der dunkel die Straßenzüge des Zentrums überragt.

Ich möchte wieder hier leben, denkt Katrin, noch einmal Kind sein, noch einmal entscheiden können. Von vorn anfangen, das Leben anders planen. Und nicht in der Nähe von Tschernobyl gewesen sein, im Jahr 1986. Sie fröstelt.

Zelle

Es reicht – Der Osten bröckelt – Das Volk entweicht – Nina bricht auf, Magdeburg–Kaukasus und zurück, in eine Zelle – Dort trifft sie eine alte Freundin – Katrin schnallt noch immer nichts – Sommer ohne Sommerhimmel – Mauern und Mauern, die fallen

Der Sommer hat noch lange nicht begonnen. An diesem Nachmittag Ende April ist es warm und sonnig. Die Bäume tragen sattes Grün, Osterglocken betupfen die Parkanlagen der Stadt. Im Nordpark ist das Frühjahrswunder gerade vergangen. Dort blühen über ehemaligen Gräbern jedes Jahr zwei, drei Wochen lang Hunderte, Tausende von dunkelblauen und lilafarbenen Zillas. Wenn ein leichter Wind über sie streicht, machen sie Wellenbewegungen wie Wasser. Der Farbteppich ist an einigen Stellen komplett dicht. Ein Meer aus blauen Blümchen.

Der Park ist bald durchschritten. Ich gehe durch den Nordabschnitt der Karl-Marx-Straße, schaue auf die verschiedenen Grautöne der verwitterten Kacheln und werde traurig. Soll ich das alles nie wieder sehen?

Wir nehmen Abschied. Alles ist minutiös geplant. Tim hat den Trabant verkauft, und ich habe meine Nähmaschine und ein paar Kleinigkeiten im Keller meiner Eltern verstaut. Wir treffen uns ein letztes Mal im Café Liliput.

Eberhardt trommelt nervös mit der rechten Hand auf die Tischplatte. Als ob er etwas ahnt. »Und wie lange bleibt ihr weg?«

Ich lächele Tim zu und antworte gelassen: »Mal sehen, wie der Verkauf läuft und wie das Wetter ist, ein, zwei Wochen, vielleicht auch länger.«

Felge kommt ins Café und begrüßt uns mit seinem üblichen Scherz: »Na ihr, immer noch hier und nich im Westen?«

Heute können wir nicht einmal grinsen darüber. Ich habe sowieso die ganze Zeit das Gefühl, daß mir jeder meine Fluchtgedanken ansieht. Seit einem halben Jahr denken wir an nichts anderes. Wenn ich an die langen Abende denke, die wir über den Karten gebrütet haben, bei jedem Geräusch im Hausflur zusammengefahren sind, wird mir jetzt noch schlecht.

Mal waren wir uns sicher, daß sie Abhöranlagen in meiner Wohnung installiert hatten, dann wieder dachten wir, keiner hätte etwas bemerkt.

Einmal, kurz nach Weihnachten, waren wir mit dem Trabant durch die dunkle Stadt zu einer Party gefahren. Plötzlich tauchte ein Wartburg aus dem Nichts auf, fuhr dicht hinter uns. Wir saßen starr vor Schreck. Ich fuhr. Immer langsamer, wollte den Wagen zum Überholen zwingen. Er fuhr auch langsamer. Wir überlegten fieberhaft, was wir an verdächtigem Material bei uns hatten.

Die Karten! Ich hatte zwei riesige Karten der SU gekauft, die ich ständig mit mir herumtrug. Wir breiteten sie in unsren jeweiligen Wohnungen aus, um immer wieder mit den Fingern über die polnische Grenze zu spazieren, die Wege bis in den Kaukasus zu ertasten.

Die Lage war fatal, nach Georgien waren alle Einreisen vor wenigen Wochen verboten worden, die Unruhen dort brauchten kein Publikum. Und jetzt das Erdbeben in Armenien. Wir würden gar nicht an die türkische Grenze herankommen. Aber nun war es zu spät zum weiteren Abwarten.

Vor drei Tagen haben wir die Reise nach Baku gebucht. In einem kleinen Jugendtourist-Reisebüro. Wir überlegten fieberhaft, was liegt der Türkei am nächsten? Daß wir in Ankara ein Flugzeug nach West-Berlin besteigen würden, stand für uns fest. Aber wie dorthin gelangen? Der Kaukasus sah recht überschaubar aus, drei schmale Republiken. Aserbaidschan lag auf der großen Wandkarte des Reisebüros dicht an der türkischen Grenze.

Tim hatte mich ausgelacht, als ich im Winter das erste Mal davon sprach, daß wir durch Polen und die Ukraine bis ans Schwarze Meer wandern müßten.

Ein halbes Jahr würde reichen.

Nun sollte es schneller gehen. Direkter Flug nach Moskau, dann umsteigen nach Baku, vierzehn Tage in einem Erholungslager bei Baku, am Kaspischen Meer. Wir haben sofort gebucht.

Der Wartburg ist damals plötzlich in eine Seitenstraße abgebogen.

Aber wie würden wir aus dem Land kommen? Würden sie uns am Flughafen verhaften?

Wir sitzen nervös im Café Liliput und sprechen kaum. Ich umarme Eberhardt beim Hinausgehen, er drückt mich verwundert und herzlich an sich. Wir blinzeln uns im vollen Sonnenlicht an und gehen verschiedener Wege. »Bis bald auf der TC-Terrasse!« schreit Felge uns hinterher, als wir schon zum Bahnhof unterwegs sind. Ich winke noch einmal.

Im Zug nach Berlin sitzen wir stocksteif auf unseren Plätzen. Ich starre hinaus, sehe Tims blasses Gesicht, das sich in der Scheibe spiegelt. Die Stadt verschwindet am Horizont.

Endlich macht sich Freude in mir breit. Es geht voran. Es passiert was. Wir sind unterwegs. Nie mehr nach Magdeburg! Ich hole tief Luft und flüstere wie einen Schwur: Sterben oder ankommen.

Der Zug spuckt uns in Schöneweide aus, wir nehmen die S-Bahn ins Zentrum. Steigen am Alexanderplatz in die Straßenbahn um. Ich habe Tim schon dreimal gefragt, ob er an alles gedacht hat. Er nickt entnervt. Wir laufen zu Bert. Mein halbvoller Rucksack wird nun doch schwer.

Die Greifswalder Straße liegt am grauen Fuß des Prenzlauer Bergs. Alles blättert und bröckelt, Wind fegt den Staub hoch, bis auch die Dächer grau aussehen. Bert wohnt hier in einem Hinterhaus, hat ein kleines Zimmer, Küche, Außentoilette. Die Bude ist schmutzig, nur das Bett ist frisch bezogen, fliederfarbene Laken. Ein Geschenk seiner jungen Magdeburger Freundin, die ihn ab und an besucht. Bert hat es geschafft, aus Magdeburg wegzukommen. Er begrüßt uns grinsend, boxt Tim an die Schulter, küßt mir die Hand.

Wir legen die Rucksäcke ab, wandern zusammen durch die Stadt. In der »Letzten Instanz«, Berlins ältester Kneipe, lassen wir uns nieder. Die Kneipe ist sehr gemütlich, braunes Holz, Butzenscheiben. Am frühen Abend füllt sie sich langsam. Die schweren Holztische werden von Studenten, Künstlern und Touristen belagert. Bert erzählt uns von den Partys, Ausstellungseröffnungen und Konzerten, die er erlebt. Ost-Berlin tanzt dem Sommer entgegen.

Wir trinken viel, und Tim mustert mich zwischen den Zügen. Ich schüttele unmerklich den Kopf, er soll Bert verschonen. Aber die Anspannung ist zu groß, nach dem dritten oder vierten Bier passiert es. Ich bin gerade auf dem Klo und höre durch zwei geschlossenen Türen, wie Bert mit der Hand auf den Tisch haut. Ich zerre die Hose hoch, laufe aus der Toilette.

Andere Gäste drehen sich nach Bert und Tim um. Bert ist bleich, er starrt Tim an und haut noch einmal auf den Tisch. Ich setze mich neben ihn und lege meine Hand auf sein Bein. Er sieht mich an, die braunen Augen vor Wut und Hilflosigkeit geweitet. »Ihr wollt also weg!«

Tim grinst boshaft. Bert schaut mich an, ohne zu atmen. Ich streichele sein Bein unter dem Tisch.

Es ist eine lange Geschichte. Ich erzähle leise, flüsternd. Nur Fragmente.

Bert bekommt langsam wieder Farbe. Mahlt mit den Zähnen. Sieht von Tim zu mir, wieder zurück. Die Fragen stehen dick und zäh zwischen uns. Wo? Und wie? Warum?

Wir können nicht mehr, keinen Tag länger.

Aber was soll Bert mit dieser Feststellung anfangen? Ich finde es falsch, ihn da mit reinzuziehen. Er hätte es nicht wissen müssen. Tim macht es spannend, sagt feixend, hier nicht, und läßt ihn über den Fragen brüten.

Wir ziehen weiter. Der kleine Club 29 in der Nähe der Volksbühne hat die halbe Nacht geöffnet, dort trifft Bert Bekannte, scherzt, trinkt. Sieht ab und an mit gerunzelter Stirn zu mir herüber.

Mir ist schlecht. Der letzte Abend in Berlin. Ich sitze auf einer der großen Fensterbänke, schaue auf die Rosa-Luxemburg-Straße. Einige Menschen sind noch unterwegs. Grau sehen sie aus, farblos schleichen sie zwischen den Steinen umher.

Ich denke an Hans, der mir nicht geholfen hat. Wer weiß, wenn der Heiratsantrag damals durchgegangen wäre … Wo er jetzt wohl gerade ist? Vielleicht in einer Kneipe in Kreuzberg, Luftlinie anderthalb Kilometer von mir entfernt? Es tut nicht mehr weh, es ist vorbei.

Vor knapp fünf Monaten habe ich ihn zum letzten Mal gesehen. Wir waren in Budapest, eine kleine Magdeburger Reisegruppe. Über Silvester trafen wir Hans, wohnten bei entfernten Bekannten in einer großen Wohnung. Zogen zusammen rum, Tim, Eberhardt, Hans, zwei Freunde aus Dresden und ich. Es war grauenvoll, Hans spielte den Wessi, den Gönner. Sang linke Lieder und schwärmte von der kommunistischen Studentenpartei West-Berlins. Es endete im Eklat, kurz nach dem mitternächtlichen Jahreswechsel zum Jahr 1989. Wir hatten Sekt getrunken. Ich begann, einfach so, mit irgendeiner großen Papiertüte auf den singenden Hans einzutrommeln. Aus Spaß. Ich haute ihm auf die Mütze, die dicken verfilzten Locken. Auf den Rükken. Eberhardt machte mit.

Tim schlug hart zu. Hans hörte auf zu singen und keifte Tim an. Der lachte und tanzte um Hans herum, machte plötzlich seine Hose auf und pißte Hans an.

Es war, als würde die Zeit stehenbleiben. Die Geräusche um mich verstummten. Ich sah zu und fühlte mich wie zerrissen. Aber es war zu spät. Den einen liebte ich nicht und den anderen nicht mehr.

Ich lachte, es kam langsam in mir auf, wurde stark und brach heraus. Mir liefen die Tränen die Wangen herunter, und ich lachte und lachte. Hans wehrte sich nicht. Dunkle Streifen liefen seine Hosenbeine hinab, seine Schuhe glänzten naß. Tim war fertig, schüttelte sein Glied ab und verstaute es in der Hose. Niemand griff ein. Hans sackte noch etwas mehr in sich zusammen, zuckte mit den Schultern und ging. Ich habe ihn nicht wieder gesehen.

Der Abend droht im Vollsuff zu enden. Ich nehme Tim beiseite, und er dirigiert kurz darauf Bert zum Ausgang. Wir laufen zur Greifswalder Straße. Es ist ruhig in der Stadt, und wie immer fühle ich das Flimmern West-Berlins im Rücken, von der Seite. Bert kickt kleine Steine weg und summt ein Lied. Die Ramones, glaube ich. Ich muß tief Luft holen, um nicht zu schreien oder zu heulen. Tim schweigt beharrlich.

Als wir endlich bei Bert ankommen, holt Tim das Geld aus dem Rucksack. 5000 Mark. Er gibt es Bert mit feierlicher Miene. »Hier, ich vertraue es dir an, kauf mir dafür etwas Wertvolles, Schmuck, oder Münzen, irgendwas.« Bert nimmt das Bündel Scheine, dreht es zögernd hin und her. Sieht zu mir.

Ich gehe aus der Küche ins Zimmer hinüber, das ist nicht meine Angelegenheit. Ich höre die beiden eine Weile flüstern, jemanden auf Holz hauen, einmal, zweimal. Tim kommt herein, legt sich aufs Bett und ist binnen Minuten eingeschlafen.

Bert stößt die Tür auf. Seine Augen sind gerötet, er holt eine Flasche Schnaps aus einer Kommode, legt eine Schallplatte auf und setzt sich zu mir auf die Couch. Sie ist so durchgesessen, daß wir beinahe auf dem Boden sitzen, ich lache. Bert umarmt mich plötzlich heftig, drückt mir schmerzhaft die Arme und flüstert dann mit rauher Stimme: »Ihr müßt es schaffen, hörst du, ihr müßt es schaffen!«

Ich nicke. Stundenlang liege ich in seinem Schoß, und er streichelt mir übers Haar. Er fragt mich nichts, ich bin ihm dankbar dafür.

»Für die anderen sind wir auf Rügen, nähen. Falls dich jemand fragt ...«

Bert legt mir schweigend ein kleines rotes Tuch um den Hals, haut Tim auf die Schulter.

Wir nicken ihm zu und sehen ihn noch einmal, als wir den dämmrigen Hof überqueren. Er steht am Fenster seines Zimmers, an die Wand gelehnt, und schaut zu uns runter. Schaut. Winkt nicht.

Wir treten auf die Straße, die Luft ist frisch und klar.

Tim grinst mich an, er ist ausgeschlafen und beinahe erschreckend gut gelaunt. Er holt seinen Magdeburger Wohnungsschlüssel aus einer Tasche seines Rucksacks und versenkt ihn in einem Gully. Es gibt nichts zu sagen.

Wir nehmen die S-Bahn zum Flughafen Schönefeld. Mir ist kalt. Ich sehe weg, als wir in Höhe Baumschulenweg das Sichtfeld West-Berlins schrammen. Ich will es nicht mehr sehen. Ich will dort sein.

Im Flughafengebäude ist es warm. Zu dieser frühen Morgenstunde sind wenige Menschen unterwegs, von einem weit entfernten Schalter dringt Lachen herüber. Dort stehen ein paar junge Leute, vielleicht unsere Magdeburger Reisegruppe nach Baku. Wir schlendern gelassen durch die riesige Halle. Eine Streife wird auf uns aufmerksam. Auch sie kommen langsam rübergeschlendert, unser Weg muß sich kreuzen.

Ich fange an. Jetzt geht das Theaterspielen los. Ich lache, rede mit Tim und sehe die Polizisten direkt an.

»Hallo, schönen guten Morgen, wissen Sie zufällig, wo die Flüge nach Moskau abgehen? Wir fliegen nämlich gleich, und wir sind ein bißchen aufgeregt!«

Auf den Gesichtern der Polizisten macht sich Erleichterung breit. Wir sind harmlos, signalisiert das Lächeln des Kleineren, der jetzt nach hinten auf die kleine Gruppe weist: »Da, guten Flug!« Der Polizist tippt sich kurz an die Mütze, wir setzen alle unseren Weg durch die Halle fort, diese Hürde ist genommen.

Am Schalter des Flugs nach Moskau lernen wir unsere Reisegefährten kennen. Die Gruppe von etwa fünfzehn Leuten ist aufgekratzt. Die jungen Frauen mit blondgefärbten Dauerwellen und stonewashed Jeans kichern und gackern. Öffnen und schließen unablässig ihre Taschen und Koffer. Die dazugehörigen Männer bewundern gegenseitig ihre Fotoausrüstungen.

»Nina, du hier?«

Ich schieße herum, eine der Frauen strahlt mich an. Nein, das darf nicht wahr sein, eine Jugendklubleiterin aus Magdeburg. Das Lächeln vergeht ihr schnell, ihr ist wohl blitzartig eingefallen, daß da irgend etwas war. Ich grüße sie reserviert und ziehe mich mit Tim an den Rand des Häufleins zurück.

Meine Hände sind schweißnaß.

Eine eifrige Frau stellt sich als Reiseleiterin vor und redet und redet, wir bekommen Papiere in die Hand gedrückt, es geht zum Schalter. Wir stehen mitten in der Schlange, schieben die Rucksäcke zentimeterweise vor. Die Mitglieder der schwatzenden Truppe werden einzeln abgefertigt und durch den Zollbereich geführt.

Die ersten haben die Metallkontrolle hinter sich, es hat gepiept, Gürtel und Schlüssel werden abgeschnallt und herausgekramt, unter Gelächter wird der Bogen noch einmal durchschritten. Die Kontrolleure haben unbewegte Mienen, tasten Körper ab, weisen wortlos auf die Wartehalle im Hintergrund.

Ich bin dran, reiche mit halbwegs ruhiger Hand meinen Personalausweis über den Schalter. Tim steht hinter mir, ich spüre seine Atemstöße in meinem Nakken. Die uniformierte Frau drückt den Stempel in meinen Ausweis, behält ihn ein. Ich zögere, sehe jetzt den Stapel der anderen Ausweise neben ihr liegen und gehe langsam dem Handzeichen des Zöllners entgegen.

In meiner selbstgenähten Jacke sind die zwei Hundertmarkscheine verborgen, Westmark natürlich. Devisenvergehen, strafbar. Sie sind kleingefaltet und stecken in einer winzigen Tasche auf dem rechten Oberarm. Das Täschchen ist mit einem Reißverschluß verschlossen. Ich gehe auf den Detektorbogen zu, durchschreite ihn betont langsam. Meine Umhängetasche zuckelt auf dem Fließband durch das Röntgengerät. Es piept nicht.

Eine Frau tastet mich routiniert ab, Arme, Beine, Hüften. Sie winkt mich durch, ich greife nach der Handtasche und gehe zur Glastür.

Tim muß direkt hinter mir sein. Meine Knie zittern, ich warte auf den Rückruf zur Durchsuchung.

Nichts geschieht.

Der Weg zur Wartehalle hinter den Glasscheiben dehnt sich endlos. Noch vier Schritte, drei, zwei, eins. Geschafft.

Ich öffne die Tür, und jetzt höre ich es. »Bitte kommen Sie einen Moment mit nach hinten!«

Ich drehe mich langsam um, Tim wird am Arm in eine der Kabinen geführt. Er ist blaß, sein rechtes Augenlid flackert.

Ich gehe durch die Glastür, lasse mich in einen der Plastikschalenstühle fallen. Meine Hände zittern, ich halte sie im Schoß aneinandergepreßt. Halte mich an mir selbst fest, warte.

Ich weiß nicht, wieviel Zeit vergeht, die Gruppe ist längst vollständig durchgeschleust, die anderen haben sich Kaffee und Brötchen geholt, reden, lachen, sehen zu mir herüber. Mißtrauisch.

Unser Flug nach Moskau wird aufgerufen. Ich schließe die Augen.

Es ist vorbei, alleine schaffe ich es nicht. Wir werden verhaftet. Ich spüre einen schwarzen Klumpen im Hals aufsteigen, Angst, nackte Angst würgt meine Eingeweide. Da legt sich eine Hand auf meine Schulter, es ist soweit, ich ducke mich unter der Hand zusammen. Sie sind da. Langsam öffne ich die Augen.

Es ist Tim. Er grinst mich an, seine Lippen zucken. Ich atme tief aus, greife seine Hand, drücke sie.

Wir gehen der Reisegruppe hinterher, halten uns dabei an den Händen, laufen über das Flugfeld, steigen in die Interflug-Maschine.

Es ist ein wunderschöner Morgen, die Luft hat sich erwärmt, die Sonne scheint, ein paar Wolken huschen über den Himmel. Über Berlin.

Wir setzen uns in eine der Dreierreihen, ich am Fenster, Tim in der Mitte, ein Mann im karierten Hemd setzt sich auf den Platz am Mittelgang. Er fingert fröhlich an seiner Kamera. Wir bekommen Tee serviert, stellen die kleinen Tabletts auf die Klapptische vor uns. Ich sinke tief in meinen Sitz und schaue aus dem Bullauge. Noch steht die Maschine. Die Stewardeß erklärt die Fluchtwege, ich kann sie nicht verstehen, da unsere Reisegruppe so viel Lärm macht. Andere Reisende sitzen weiter vorne im Flugzeug. Ich sehe viele dunkle Köpfe, einige Haarschleifen. Ich drehe mich nach rechts. Tim sieht aus, als müsse er sich jeden Moment übergeben. Er ist noch immer bleich. Vollkommen reglos. Von rechts schubst ihn der Reisegeselle an.

»Was denn, fotografiert ihr nicht?«

An Tims Stelle antworte ich mit einem Lächeln und Kopfschütteln. Da höre ich sie plötzlich auch. Deswegen ist Tim wie versteinert. Eine Sirene.

Ein Polizeiauto hält mit quietschenden Bremsen an der Gangway, zwei Polizisten stürmen in das Flugzeug.

Okay, das war's, sie ziehen das richtig dramatisch auf mit uns. Ich fühle wieder meinen polternden Herzschlag und sehe gebannt auf Tims schlanke Finger, die den Teebecher umklammern. Gleich muß der Becher bersten, die heiße Flüssigkeit über seine zusammengepreßten Beine laufen.

Nichts passiert. Der Becher hält, keine Hand klopft auf unsere Schulter. Ich bin völlig verblüfft, als ich plötzlich die Rollbewegung spüre. Wir rollen!

Das Flugzeug schwenkt langsam seinen Leib und beschleunigt das Tempo. Begrüßungsworte des Kapitäns surren aus dem kleine Lautsprecher über uns. Ich sehe entgeistert auf das Rollfeld, das Polizeiauto hat fast das Flughafengebäude erreicht. Wir fliegen ab! Es ist nicht zu fassen.

Wir sind so gut wie draußen! Ich sehe Tim an, der hat sich in diesem Moment wie aus einem Reflex heraus den heißen Teebeutel auf die Stirn gelegt. Braune Flüssigkeit tropft von seinem Gesicht, der Teebeutel plumpst in die Becher zurück. Es spritzt, wir lachen gleichzeitig los. Sehr laut.

Unser Banknachbar ist zunächst verwirrt.

»Endlich lachter och ma, ihr beeden, guckt ma, die irren Wolken!«

Vom Kaspischen Meer steigt ein feiner weißer Dunst auf. Die Ölbohrinseln schwanken kaum merklich auf dem Wasser. Ich nehme meinen Bikini und das Badetuch, gehe die heißen Steinstufen der Ferienanlage zum Strand hinunter. Tim liest, er bleibt im Zimmer. Wo der die Ruhe zum Lesen hernimmt. Innerlich zittere ich wie Espenlaub. Heute abend geht es los. Also noch einmal baden. Schwimmen beruhigt. Ich tauche einen Zeh ins Wasser, angenehm kühl.

Als ich mit weiten Schwimmstößen hinausschwimme, ist die Unruhe verflogen. Schwimmen, einatmen, ausatmen, Kopf unter Wasser. Herrlich. Daß es im Mai schon so knackheiß ist in Baku.

Ich denke nach. Haben wir auch an alles gedacht, alles besorgt? Das mit dem Paßbild war wieder typisch. Tim hat es wirklich vergessen. In Moskau haben wir es bemerkt. Vor dem Weiterflug nach Baku saßen wir auf einer Bank in einem großen Innenhof zwischen Häuserblocks, unweit unseres Hotels. Wir sahen alle Papiere durch und besprachen unseren Plan. Da suchte

Tim plötzlich hektisch sein Paßbild. Dabei hatte ich ihn so oft danach gefragt. Es war doch klar, daß wir für das Fälschen der Pässe ein Foto brauchen würden.

In Moskau haben wir alle unsere überflüssigen Papiere weggeschmissen. In einen kleinen Müllkorb neben der Bank, auf der wir eine Stunde saßen. Die anderen betranken sich in der Hotelhalle, die eher einem Bahnhofsasyl glich. Wir saßen zwischen Zehngeschossern und starrten auf ein Rudel schmutziger Tauben, während wir die letzten Relikte unserer Magdeburger Herkunft in den Fingern drehten. Ich habe mich erst hier von meinem Wohnungsschlüssel getrennt. Er blieb unter Apfelschalen, Reisebescheinigungen und meiner Genehmigung zum Verkauf von Kinderkleidung zurück.

Die Reiseleiterin hat mißtrauisch geguckt gestern, als ich sie um die Herausgabe von Tims Personalausweis bat. Ihr die Geschichte vom Geldabheben aufgetischt. In Baku kann man als Ausländer nur mit einem Personaldokument Geld abheben. In seinem ist das einzige Foto von Tim, an das wir herankommen können. Paßfotoautomaten gibt es hier natürlich nicht.

Ich schwimme immer weiter hinaus, jetzt kann ich schon die Nieten an der großen Bohrinsel erkennen, gewaltige Arme ragen in die Luft, die Räder der Fördermaschine drehen sich knarrend.

7. Mai, seit neun Tagen sind wir in Rußland. Fernab von allem liegt dieses Feriendomizil am öden Ufer des Kaspischen Meeres. In einer vergangenen Epoche guten Willens und guten Glaubens erbaut. Abgelegen von der widersprüchlichen Metropole Baku. Hübsche Bungalows und Sonnenterrassen ziehen sich zum

Wasser hinunter. Die ganze Anlage ist aus dem Boden gestampft, der rotbraun von den Zäunen bis an den Himmel reicht. Vom Lagerzaun aus erstrecken sich die Ölfelder bis an den Stadtsaum. Tim, der noch nie vorher in der Sowjetunion war, staunt unablässig.

Die Busfahrt nach Baku hinein ist jedesmal ein Abenteuer. Nach den Förderanlagen, deren Arme gleichmäßig in die Erde hinuntertunken und sich wieder daraus erheben, taucht die Stadt auf, die den ganzen Horizont einnimmt. Die Slums der Vorstadt bestehen aus Wellblechverschlägen, wie man sie eher in Südamerika vermutet. Aber doch nicht hier, in einer der Sowjetrepubliken. Sie reichen bis in die Magistralen mit den üblichen Neubaukomplexen. Durchdringen diese weit bis in die Peripherie des Zentrums. Türme von Containern, Wellblech und Antennenbergen wuchern nach oben, wo der Blick an einer überdimensionalen Lenin-Statue ankern bleibt. Vier oder fünf dieser Lenins rekken ausgestreckte Fäuste in die Luft, als hätte nicht einer gereicht, die Botschaft zu verewigen.

Ärmlich gekleidete Männer in abgewetzten Jacketts fingern im Bus, in der U-Bahn an Tims Kleidung, an meinen Hosen. Tim schüttelte einmal entnervt den Kopf und sagte zu mir: »Und die wollten uns das Grüne Gewölbe stehlen!«

Der Haß meines Fluchtgefährten auf unsere Machthaber und all ihre Verbündeten hat sich abstrus gesteigert. Diese Menschen der aserbaidschanischen Hauptstadt haben wenig zu tun mit den Verwaltern kommunistischer Großmachtsträume. Sie lungern, Bettlern gleich, auf den Straßen herum, sehen ihren Frauen beim Arbeiten zu. Warten, daß die Zeit vergeht, die Lenin-Statuen bröckeln, die schnell hochgezogenen Wohnblocks wieder zerfallen, die Russen abziehen.

Im Speisesaal setzen wir uns zu dem christlichen Pärchen an den Tisch. Die Sonne steht noch sengend über dem Meer. Unsere Schritte hallen über den Steinfußboden des Saals. Die Christen sind nett. Wir haben einige Male mit ihnen geplaudert, in Bus und Bahn ihre Nähe gesucht. Sie essen wenig, Tim spricht kein Wort. Ich stochere im Salat.

»Wir würden am liebsten so eine richtig typische Landhochzeit miterleben, wenn wir schon mal hier sind.«

»Aber wir dürfen doch das Lager nicht auf eigene Faust verlassen!« Die Frau in ihrem weichfallenden roten Kleid wirft einen besorgten Seitenblick auf ihren Mann.

»Ich weiß, aber das Abenteuer ist doch grad reizvoll, vielleicht trampen wir auch einfach mal los, wir haben ja noch drei Tage.«

Der Mann schüttelt mißbilligend den Kopf. Er schiebt den Teller mit dem Linsengericht halb aufgegessen zurück in die Tischmitte. Wie fast alle in der Gruppe leidet auch er an Durchfall, Appetitlosigkeit.

Seine Stirn ist gerunzelt. Er will sich einfach nur erholen – aber da sind wir. Die Fremdkörper in der Reisegemeinschaft. Und ziehen ihn noch mit in ein Geheimnis hinein, dessen Wissen ihn belasten wird.

Tim grinst mich verschwörerisch an.

Wir trennen uns auf der Terrasse. Das Wasser glänzt ölig im ockerfarbenen Licht der Sonne. Ein Pirol schreit. Die Pärchen wandeln in ihre Bungalows. Aus dem offenen Küchenfenster dringt Geschirrklappern zu uns. Dicke Frauen mit weißen Schürzen und Kopftüchern waschen die Teller und Tassen ab.

Die Christin dreht sich noch einmal um, die Hände hält sie verschränkt auf dem Rücken. Eine Sandale spielt mit den hellen Steinchen des Pfads.

Ich seufze. Es ist soweit. Alles ist vorbereitet. Ich lasse den angebrochenen Streifen der Pille auf dem Nachttisch liegen, die Zahnbürsten stehen im Bad, unsere Kleidungsstücke liegen in den Schrankfächern. Unsere Betten sind zerwühlt. Ich ziehe die derbe Hose mit den Knieschützern über, einen dicken Pullover für die Nacht. Wir schleichen aus der Anlage.

Es ist fast dunkel, Grillen zirpen. Niemand sieht uns, die Haltestelle ist leer. Ein Bus zuckelt mit uns nach Baku.

In den Schließfächern am Bahnhof warten unsere neuen Schlaf- und Rucksäcke. Das Päckchen mit dem Westgeld, den selbstgeklebten Pässen und die sehr vage Wanderkarte von Mindschiwan habe ich in der Bauchtasche. Die Fahrkarten sind in den Außentaschen meines neuen Rucksacks. Zweimal nach Mindschiwan. Oneway.

Am Bahnhof geht alles glatt. Für unseren Waggon ist ein schnauzbärtiger Schaffner zuständig, er hilft mir beim Tragen des Gepäcks und weist uns Plätze in einem der mittleren Abteile zu. Der Bahnsteig ist übersät mit Gepäckstücken, verschnürten Paketen, großen Taschen. Es riecht nach Öl und Gas, Kohlen. Die Lokomotive schnaubt. Der Schaffner beobachtet uns argwöhnisch, zwirbelt unablässig seinen schwarzen Schnurrbart. Ich plappere auf russisch mit ihm. Bald lächelt er und bringt Tee in kleinen Gläsern, Bettwäsche.

Der alte Mann, mit dem wir das Abteil teilen, reagiert nicht auf meinen Gruß und starrt auf meine selbstgenähte Wanderhose aus derbem braunen Stoff, auf den ausgeschnittenen Pulli, der unter dem dicken Baumwollshirt zum Vorschein kommt. Er sitzt da und guckt. Ich klettere auf das obere Bett und versuche, ihn zu ignorieren. Der Zug setzt sich endlich in Bewegung. Die Lok pfeift, zuckt an und rattert aus dem Bahnhof. Baku gleitet ein letztes Mal an uns vorbei. Die Lichter verebben.

Ich flüstere mit Tim, der sich das untere Bett genommen hat. »Trink nicht soviel, wir fahren die ganze Nacht! Du kannst aber auf keinen Fall auf die Toilette gehen, da spricht dich jemand an, und schon sind wir dran!« Tim nickt und legt sich auf die Pritsche. Nach einer Weile höre ich ein Klackern. Es ist schneller als der Schienentakt. Klack, klack, klack. Ich beuge mich zu Tim herab. »He, du klapperst mit den Zähnen!«

Das Geräusch erstirbt. Schlafen kann keiner von uns dreien. Der alte Mann sitzt die ganze Nacht auf seiner Liege und blinkt mit dunklen Augen herüber. Er fragt sich wohl, was diese beiden Fremden im südlichen Aserbaidschan wollen, warum die Frau eine Hose trägt und die Anführerin des Duos ist.

Ich bestelle noch einmal Tee, frage den Schaffner, wann wir in Mindschiwan ankommen werden. Er beruhigt mich. »Ich sage euch schon Bescheid, Kinder.«

Die Nacht ist lang und zäh. Irgendwann springt Tim auf. »Ich muß pissen, ich geh jetzt.«

»Nein.« Ich richte mich auf. »Auf keinen Fall. Pinkel in 'ne leere Flasche oder sonst was, aber geh nicht raus, bitte!« Tim zuckt nur die Achseln, mustert den Alten und verläßt das Abteil. Wenige Sekunden später wird die Tür wieder aufgerissen.

»*Nu schto*, also wer seid ihr?«

Zwei Milizionäre mit geschulterten Kleinkalibern stehen in der Tür, Licht fällt ins Abteil, und ich sehe Tim mit hängenden Armen wie einen ertappten Bankräuber zwischen ihnen stehen. Ich hüpfe von meinem Bett herunter. »Freunde, Brüder, ich gratuliere euch zum Tag der Befreiung, feiert ihr heute nacht schon oder erst morgen?«

Die Soldaten sehen sich an. Skeptisch. »Wo kommt ihr her?«

»Aus Deutschland, wir machen eine Wandertour durch die Berge, seht, da sind die Rucksäcke, in Mindschiwan wartet unser russischer Freund auf uns, hier sind die Pässe, da die Genehmigungen.«

Ich strahle, wirbele mit den Sozialversicherungsausweisen herum, in die unsere Paßbilder geklebt sind, und hole die Krankenversicherungspolicen heraus. Die Soldaten wenden angestrengt die Papiere hin und her. Ihnen fällt nicht auf, daß das Paßbild in Tims Ausweis einen Viertelstempel trägt und an der rechten Seite gestanzt ist. Tim steht totenbleich neben mir, ich drücke ihn sanft auf die Pritsche.

»Es ist alles in Ordnung«, flöte ich ihm auf deutsch zu. Während mir immer mehr russische Vokabeln einfallen, hat Tim nun endgültig alle vergessen.

Der eine Soldat, vielleicht ist er Anfang Zwanzig, vergleicht die Stempel der Versicherung der DDR in Paß und Propusk und scheint befriedigt, er reicht mir das Päckchen Papiere zurück. »Na dann, schöne Wanderung und einen fröhlichen Feiertag«.

Die Tür schließt sich.

Der Alte schaut den abziehenden Soldaten ebenso ungläubig wie Tim hinterher. Ich lache. Hab Vertrauen, höre ich meine heisere Stimme. Verzerrt, unwirklich.

Als der Morgen graut, muß auch ich auf die Toilette. Der Zug gleitet durch die Dämmerung. Alles ist ruhig, nur die Augen des alten Mannes glänzen im Dunkeln. Ich schiebe mich vorsichtig den Gang an den Abteilen entlang zur Waggontür. Und schon stehen sie vor mir, zwei andere blutjunge bewaffnete Soldaten. Ich sehe aus den Augenwinkeln hohe Berge an mir vorbeirasen, einen reißenden Fluß zu meinen Füßen. Der Ararat.

»Wo willst du hin?« fragen die Soldaten.

Ich spiele die Schlaftrunkene. »Zur Toilette, Jungs, laßt mich doch durch.«

»Baltika?« fragt einer in der Annahme, mein heller Akzent sei den baltischen Republiken zuzuordnen.

Ich begehe einen Fehler. Sage einfach »da«, und augenblicklich wird mir klar, daß ich nun keinen »Paß« mehr zeigen kann. Es durchfährt mich siedend heiß.

Aber die Jungs haben sich schon abgewandt. Ein *charascho* weht durch die Waggontür zu mir rüber. Ich bin nicht erleichtert, als ich ins Abteil zurückkehre. Ich erzähle Tim nichts. Wir zittern nun beide. An Schlaf ist überhaupt nicht mehr zu denken.

Als es Tag wird und die Berge sich mit einer märchenhaften Morgenröte überziehen, sitzen wir stumm auf der Pritsche. Der Schaffner bringt Tee und Kekse. Es wird ernst.

Endlich zehn Uhr. Der Zug erreicht Mindschiwan.

Die kleine Stadt ist auf der Wanderkarte mit einigen Häuserzeilen eingezeichnet, ein Hotelsymbol und eine Gaststätte deuten auf möglichen Fremdenverkehr.

Der Zug bremst. Unser Schlafwagenschaffner kommt angelaufen und wedelt mit den Armen. »Aussteigen Kinderchen, wir sind da!«

Wir schultern das Gepäck, klettern auf den Bahnsteig hinab, der in der prallen Sonne liegt. Um die vierzig Grad. Augenblicklich sind wir schweißüberströmt.

Einige alte Mütterchen hocken an dem flachen Bahnhofsgebäude, verkaufen gelbe und rote Kirschen.

Eine Handvoll dunkel gekleideter Männer steigt aus dem Zug, verschwindet in der Wellblechsiedlung. Was sich hier Stadt nennt, besteht aus einstöckigen, meist aus Wellblech und Brettern zusammengenagelten Hütten. Einige wenige flache Steinhäuser sind zu erkennen. Aus jedem Waggon steigen zwei Milizionäre, sehen sich aufmerksam um.

Ich zupfe Tim unauffällig am Pullover, vom Zug weg. Wir gehen auf die alten Weiber zu, die wie Krähen nebeneinander hocken. »Oh, was für herrliche Kirschen«, rufe ich, kaufe den Mütterchen etwas ab und fange an zu essen. Bis auf ein Duo wenden sich alle Milizionäre ab. Der Schaffner springt wieder in seinen Waggon. Die zwei Soldaten von letzter Nacht nähern sich. »Und, wo ist euer Freund?«

Ich antworte lächelnd: »Der wird ins Hotel zurückgegangen sein, wir haben doch Verspätung.«

Es grenzt an ein Wunder: Die Soldaten nicken.

Lumpige fünf Minuten Verspätung. Und das in Rußland!

Ich greife nach Tims Arm, winke dem Schaffner zu, und wir laufen gezwungen langsam in den Ort hinein. Der Zug setzt sich hinter uns in Bewegung.

Linker Hand ist kurz hinter dem Bahnhof ein Olivenbaum auszumachen, um den kleine Tische und Bänke gruppiert sind. Ein Café? Wir lassen uns auf zwei Bänkchen fallen. Tatsächlich wird uns Tee serviert. Der Wirt hat ein ponchoartiges Gewand an, trägt eine bestickte Kappe. Zwischen seinen gelben Zähnen glimmt eine Zigarette. Er grinst und entfernt sich lautlos.

Tim sieht mich an und beginnt auch, gespenstisch zu grinsen. Eher ein Blecken. Wir lachen überspannt.

Eine Etappe ist geschafft. Das Schlimmste liegt aber noch vor uns. Wir mustern wortlos die Bergkette, die gleich hinter Mindschiwan aufsteigt. Ein Pfad führt aus dem Ort in die Berge, schlängelt sich steil zwischen zwei Felswänden hinauf. Die Hitze dröhnt.

Der heiße Tee tut trotzdem gut, ich spüre die Müdigkeit und die Angst in meinen Gliedern. Wir sind im Kaukasus. In der Feriensiedlung wird man jetzt unser Verschwinden bemerken. Es gibt kein Zurück mehr.

Nach einer kurzen Pause brechen wir auf. Am Rande der Ortschaft kommt uns ein Uniformierter mit einem Fladenbrot unter dem Arm entgegen. Er sieht zu uns herüber. »Wo wollt ihr denn hin?«

»Wandern«, rufe ich fröhlich. »Na, geht's nach Hause, den Tag der Befreiung feiern?«

Der Mann winkt beruhigt zurück. »Ja, schönen Feiertag noch.«

Auf dem Kamm angelangt, drehe ich mich nicht um.

Ich lausche nach vorn, kommen Hubschrauber, Armisten? Werden wir schon erwartet? Eine endlose Ebene aus Geröll und verkarsteten Sträuchern öffnet sich dem Blick. Ich rolle ein paar Kiesel vor meinen Wanderschuhen fort. Eine große Schlange liegt auf einem Stein und sonnt sich. Es knistert vor Hitze. Kein Baum weit und breit. Flache, steinige Ebene mit Schluchten und ausgetrockneten Wasserläufen. »Paß auf, eine Schlange«, murmele ich halblaut hinter mich.

Tim erschrickt, als er das große Reptil sieht.

Ich habe nur noch Angst vor Menschen.

Einige hundert Meter weiter beschließen wir, daß wir uns verstecken. Den Abend abwarten. Wir steigen in ein schmales Tal hinab, in dessen Windungen die Sonne nicht hineinscheint. Wir legen die Rucksäcke ab, hocken uns hin.

Warten.

Es ist Mittag, die Luft surrt. Große Fliegen und Insekten summen um uns her. Bald schnarcht Tim. Meine Sinne gaukeln mir Geräusche vor. Meine Füße schlafen ein. Ich höre ein Klingeln, wie von feinen Glöckchen. Eine Schafherde? Was sollten die hier fressen?

Was die anderen zu Hause wohl gerade treiben? Ich denke an meine Mutter. Auch ihr habe ich erzählt, daß ich zum Nähen an die Ostsee fahre. Sie saß im Sessel der Fernsehecke, ich ihr gegenüber. Es war nachmittags, die Straßenbahnen donnerten unten vorbei. Sie sah mich so aufmerksam an. Ich redete wenig, wollte mich nicht verraten. Sie spürte meine Traurigkeit, den Abschied. Sie stand plötzlich auf, kam zu mir herüber und nahm meinen Kopf in die Arme. Streichelte mich. Wie ein Kind.

Unter ihrer Achsel hindurch sah ich durch die geöffneten Türen auf die Gardinen des Kinderzimmers, den gewohnten Blick. Ich hoffe, ich muß nicht sterben, Mama. Für dich würde es mir leid tun. Für mich nicht, ich kann nicht mehr. Keinen Tag länger.

»Mäuslein, paß auf dich auf«, wehte es leise hinter mir her, als ich in die Küche ging, um mich von Sascha zu verabschieden. Aber der war immer noch böse auf mich, weil ich ihn seinen sechzehnten Geburtstag nicht in meiner Wohnung feiern lassen wollte: »Sascha, es geht nicht, meine Wohnung wird überwacht, auf so was warten die doch nur, ich kann nicht verantworten, daß du mit deinen Freunden auf dem Revier endest!«

»Ach, du bist doch nur feige, warum hauste denn nicht ab inn Westen? Nicht mal dazu haste genug Mut!« Saschas dunkle Augen sengten.

Noch ist es nicht geschafft. Nur diesen Tag rumkriegen, sich nicht erwischen lassen.

Die Zeit dehnt sich.

Mo steht am Petriförder, der Anlegestelle der Weißen Flotte. Der Steg füllt sich mit fröhlichen Menschen. Das wird ein schöner Sommer, denkt Mo. Im Mai schon so ein Flirren, ein warmes Glitzern.

Als das Schiff ablegt, fängt die Jazzkapelle an zu spielen. Mo hat sich einen Platz unter Deck ausgesucht, oben ist es ihr zu heiß. Die Musik gefällt ihr, sie schaut munter auf die anderen Reisegäste. Es sind einige Betriebsgruppen dabei, die einen Kollektivausflug machen.

Sie werden maßlos trinken, die Frauen maßlos kichern. Die Männer werden grabschen und johlen.

Dann werden sich Männer und Frauen küssen, die eigentlich gar nicht zusammengehören.

Mo wendet sich ab. Sie hat noch keinen Betriebsausflug mitgemacht, aber schon die Vorstellung bereitet ihr Grausen. Mo ist am liebsten allein. Sie trinkt eine Cola und spielt mit dem dicken Strohhalm.

Die Stadt zieht am Fenster vorüber. Der Rotehornpark, Kloster und Dom, der Pionierpark, die Buckauer Kirche und lange Zeit nur Wiesen. Als das Schiff tutend das Fahlberg-List-Werk passiert, ist die Hälfte der Reisenden schon reichlich betrunken. Links liegt der Kreuzhorst mit seinen von Gräben und alten Elbarmen durchzogenen Wäldern. In Westerhüsen hat das Schiff die Stadtgrenze erreicht. Die Fähre liegt schaukelnd am Steg.

Bis hierher war Mo oft mit Katrin und Nina gewandert, später nur noch mit Katrin. In den Sommerferien. Auf den Dämmen konnte man von der Stadt aus in den Kreuzhorst laufen, Brombeeren pflücken. Mit der Fähre nach Westerhüsen übersetzen, Eis essen und mit der Straßenbahn in die Stadt zurückfahren. Ein Tagesausflug. Mo seufzt. Zu Katrin ist der Kontakt nun auch abgebrochen.

Mo möchte fröhlich sein. Sie steht mutig auf. Streicht ihr Kleid glatt und geht hinüber zu dem jungen Mann, der seit einer Stunde versonnen aus dem Panoramafenster sieht.

Die Band spielt inzwischen Rockmusik.

Mo macht einen ironischen Knicks und lächelt den Mann herausfordernd an. Sie spiegelt sich in der Scheibe. Er dreht sich heftig zu ihr um, springt auf und eilt mit ihr auf die Tanzfläche. Sie drehen sich, tanzen einander zu und fassen sich ab und an ganz leicht bei den Händen.

Mo sieht blendend aus. Eine Prinzessin. Der blasse junge Mann läßt kein Auge mehr von ihr. Später drükken sie sich eng aneinander, die Musik schweißt ihre Leiber zusammen. Als das Schiff am Petriförder wieder anlegt, hat Mo einen Freund.

»Achtundneunzig Prozent des Volkes der DDR haben in freier Wahl den Genossen des Ministerrats ihr Vertrauen ausgesprochen ...« Katrin läßt die *Iswestija* sinken. Na bitte, zu Hause geht alles seinen sozialistischen Gang. Es kann gar nicht so sein, wie ihre Mutter es in neuerdings sehr langen Briefen schildert, die Bevölkerung sei aufgebracht, massenweise junge Menschen hätten Ausreiseanträge gestellt. Das mit der Sendung im ZDF glaubt sie gerne, pure Feindpropaganda. Da haben Reporter im April berichtet, die ungarisch-österreichischen Grenzanlagen würden abgebaut werden, so ein Humbug! Damit wäre doch dem Ausbluten der RGW-Staaten Tür und Tor geöffnet. Die Mauer wurde doch nicht ohne Grund gebaut!

Katrin nagt an ihrer Oberlippe. Ich bin so weit weg, Mist, noch einen Monat Kiew, dann kann ich zurück. Mal sehen, was zu Hause los ist.

Hier in der Sowjetunion wird es immer unheimlicher. Seit Gorbatschow das Tauwetter eingeläutet hat, weichen die ohnehin schon instabilen Strukturen immer mehr ein. Die Leute werden frecher, lassen sich leichter bestechen und üben gar keine Solidarität mehr untereinander. Ich habe manchmal das Gefühl, sie verlachen mich. Wenn ich Wolodja nicht hätte ...

Katrin sieht aus dem Fenster der schmalen Küche in den Hinterhof. Eine Frau klopft mit weit ausholenden Schlägen einen riesigen Teppich aus. Kleine Staubwolken steigen auf. Die Sonne erreicht das Fenster nicht, hinter dem Katrin Tee trinkt. Zu schmal ist der Lichtschacht des Hofes.

Jemand spielt Klavier, die Töne dringen durch Wände und Böden. Leise, beharrlich. Katrin schließt die Augen, streicht mit den Händen über den Holztisch. Ihre Finger entdecken den Löffel, die Zuckerdose. Sie spielt mit dem Löffelchen, taucht es in den körnigen Zucker, fährt mit den Fingerspitzen in die Dose. Ein Lächeln malt sich in ihre Züge. Sie sind weicher geworden, fraulicher. Katrins schulterlange Haare schaukeln dicht um ihr schönes Gesicht. Hinter ihr knarrt eine Diele. Zwei große, behaarte Hände legen sich auf Katrins Augen. Ihr Lächeln vertieft sich, sie dehnt den Kopf weit nach hinten. Dem Mann zu, der sich ihr nähert und sie mit sanftem Drängen vom Stuhl hochzieht.

Wolodja ist kräftig gebaut. Ein wilder Bart wuchert von den Wangen bis in den Hemdausschnitt über der Brust. Er brummt einen zärtlichen Laut in Katrins Ohr, die noch immer die Augen geschlossen hält. Wolodja hebt das Mädchen hoch und trägt es in das Zimmer hinüber. Zwischen Bücherschrank, Wäschekörben und Stapeln von Zeitschriften hindurch balanciert Wolodja seine Fracht zum Bett.

Er setzt sie ab und zieht ihr langsam die Hose aus, streift den Pulli über ihre Schultern. In dieses Zimmer fällt volles Sonnenlicht, das nun Katrins Brüste betastet, die schwer schaukeln. Die dunklen Warzen ziehen sich zusammen, Katrin läßt den Oberkörper nach hinten sinken. Wolodja stöhnt, wird schneller in seinen Bewegungen, befreit sich aus seinen Sachen, bedeckt ihre helle Haut mit seinen dunklen Haaren. Die rauhen Hände streichen behutsam über feingliedrige Knie, Füße, hinauf zur blonden Scham. Seine kräftigen Finger tasten sich voran, spreizen die schlanken Beine, die sich willig öffnen. Das Geschlecht liegt bloß, die Schamlippen glänzen feucht. Wolodja dringt in sie ein, sein Stöhnen überstimmt ihr Gurren. Er legt sich auf sie, verhüllt ihr Leuchten mit seiner Schwärze.

Sie bewegen sich langsam, die Klaviertöne begleiten sie. Katrin jauchzt, schreit auf, Wolodja legt seine Hand auf ihren Mund, sie beißt in seine Finger, krallt sich in seinen Rücken, seine dichten Haare.

Mit einem metallischen Klick-klack wird der Schlüssel im Schloß herumgeworfen. Die Riegel ratschen auf. Die schwere Tür öffnet sich. Ein schmales Mädchen mit langen Haaren steht im Rahmen. In den Armen hält sie das Bündel aus Bettwäsche, Decke und Handtuch. Eine Neue.

Ein Schubs von hinten, und sie stolpert in die Zelle. Die Tür rummst zu. Der Schlüssel klackert im Schloß. Riegel zu. Sie hebt den Kopf.

Ich habe beiläufig zur Tür geschaut. Schaue noch einmal. »Mo!«

Wir stürzen aufeinander zu. Fallen uns in die Arme.

»Kennt ihr euch? Is ja der Hammer!« Sylle klatscht in die Hände. Ich kann es nicht fassen. Mo ist hier! Sie sieht verhärmt aus. Dunkle Schatten liegen unter ihren Augen. Ihre Haare sind strähnig, glanzlos.

»Mo, altes Gerippe, guck ma, selbst ich bin dünn geworden im Knast, schöne Kur!« Ich lache, hüpfe um Mo herum. Die Trainingshose schlackert um meine Hüften.

Mo hebt das heruntergefallene Bündel auf und sucht sich eins der zwei freien Betten aus. Lächelt verlegen.

Sylle und ich belegen die oberen Plätze der zwei Doppelstockbetten. In der Mitte der Zelle steht ein Tisch mit vier Hockern, an der Wand ist die Toilette auf einen Sockel geschraubt. Ohne Sichtschutz, wie ein Thron. Neben der Tür sind das Waschbecken und ein Wandschränkchen angebracht. Es gibt keinen Spiegel. Die zwei schmalen Fenster sind mit undurchsichtigen Glasbausteinen vermauert, nach oben haben sie jeweils ein Gitter mit Luftschlitz.

Es ist nicht heiß hier drin, obwohl draußen der Sommer brüten muß. Die Mauern der alten Untersuchungshaftanstalt sind dick.

»Wie lange bisten schon drin, wo hastes denn versucht, Paragraph 213, oder?« Ich bestürme Mo mit Fragen. Streiche ihr dabei übers Haar, über die Schultern.

Mo verzieht schmerzhaft das Gesicht, legt sich auf die schmale Pritsche. Stöhnt. »Meine Nieren, ich war in der Krankenstation ...«

Ich brause auf. »Aber du siehst wirklich noch krank aus, wieso haben die dich rausgelassen, nimmst du Medikamente? Hast du Fieber?« Mos Stirn fühlt sich kühl an, ich werde etwas ruhiger, als ich die matten Augen der Freundin sehe. Mo schüttelt langsam den Kopf. »So schlimm ist das nicht, in Ungarn war's schlimm, die Zelle stand halb unter Wasser, und ich hatte drei Tage lang kalte Füße. Kein Wunder, daß ich die Nierenbeckenentzündung gekriegt hab. Aber das ist nicht mehr so schlimm.« Sie streichelt meine Hand. »Schön, dich zu sehen! Können wir reden?«

Ich schaue zu Sylle, die mit leicht geöffnetem Mund auf ihrem Bett sitzt. Schneidersitz, nach vorn gebeugt, um ja nichts zu verpassen. »Klar, was wir uns erzählen, kann jeder Vernehmer hören. Was die nicht hören sollen, erzählen wir eben nicht!«

Ich zwinkere Mo zu. »Ungarn, oder? Allein?«

Mo schüttelt den Kopf. »Mit Micha, Michael, meinem neuen Freund. Wir sind erst ein paar Wochen zusammen …«

»Und dann gleich ab ins gelobte Land? Holla, und was ist passiert? Wart ihr schon am Zaun?«

Mo richtet sich auf, legt sich ein Kissen in den Rükken. Sie verschränkt ihre kleinen Hände. Holt tief Luft. Dann sprudelt es nur so aus ihr heraus. »Erst waren wir zwei Wochen in einem Zeltlager, in der Nähe von Budapest. Das war 'ne Stimmung, wie auf 'nem Rockkonzert. Nur mit mehr Angst und Heimlichkeit. Jeden Tag verschwanden welche, keiner wußte wohin und wie er es machen sollte. Aus dem Nachbarzelt fehlten eines Morgens zwei junge Typen, der dritte war noch da, ohne Geld.«

Mo grinst, ich schüttele spöttisch den Kopf.

Sylle mischt sich von oben ein: »Ick war ooch in Unjarn, da sin jede Nacht de Truppenteile losjezoren!«

Mo nickt ihr zu. »Na ja, wir sind dann auch los, eines Nachts, bis zum Zaun haben wir es aber nicht geschafft, uns haben sie vorher auf 'ner Straße erwischt. Wir wollten ein österreichisches Auto anhalten – trampen in den Westen.«

Jetzt lachen wir alle drei.

»Und ihr? Du, Nina?«

Ich stehe auf, recke die Glieder. »Och, ich wollte in den Iran, über Rußland, besser gesagt, Aserbaidschan.«

»Was?« Mo schaut empört. »Jetzt verulkste mich aber!«

»Nee«, Sylle springt ein, »das stimmt, alle erzählen sich davon, die wollten bei de Russen türmen, ne, Nina?«

Nachsichtig lächele ich Sylle an. »Wir sind schon vier Tage zu zweit hier drin, da lernt man sich kennen. Sylle haben sie erwischt, weil ihr Schuh – ich betone, ein Hackenschuh – im Schlamm steckengeblieben ist. Während der Flucht. Heiner, ihr Mann, war schon drüben und mußte der armen Sylle den Schuh holen.«

Mein Tonfall ist so ironisch, daß Sylle sich windet.

»Dabei haben sie ihn geschnappt, aber unsere Sylle läßt ihren Helden dann nicht im Stich, sie ist auch wieder zurück, hinkend, versteht sich. Ja, und nun sitzen sie beide hier.« Ich lache, nunmehr versöhnlich. »Übermorgen haben sie ihren Prozeß, wir üben schon dafür. Ne, Sylle?«

Sylle nickt, lächelt schwach. »Ick bin zu blöde, weeßte, Moo, Moo heißte, wa? Ick merk mick det nie, mit de FDJeBe un so, FDJ und de Polynische Oberschule, meine Jüte!«

Nun lacht auch Mo. »Laß mal, ich kann dir ja auch helfen, zusammen pauken wir dir das schon ein!«

In der kleinen Freigangzelle sehen wir durch das engmaschige Gitter gierig den Himmel an. Berühren uns immer wieder, drücken uns ein paarmal innig.

»Micha wird umfallen, der war noch nicht so fertig mit dem Land wie ich. Den kriegen sie klein, wirst du sehen.« Mo blinzelt ins Blau.

»Liebst du ihn?«

Mo nickt, aber sie hat zu lange gezögert.

Sechs Wochen ist sie nun schon in Gefängnissen. Länger, als sie vorher mit Micha zusammen war. Das hier ist präsent, an die Liebe kann sie sich gar nicht mehr so richtig erinnern. Nur an die Angst, an überstürzte Aufbrüche, Zugfahrten, Zittern. Im Zelt liegen und nach draußen lauschen. Kommt die Stasi, oder haut wieder einer ab? Läßt einer grad seine Freundin zurück, oder vögeln da welche? Unerträgliche Situation. Mo ist froh, daß das vorbei ist, Knast ist schlimm, aber wenigstens kann jetzt nichts mehr passieren.

»Die wollen meine Mutter da mit reinziehen«, flüstert Mo mir ins Ohr, als wir im Treppenhaus in den Zellentrakt zurückgeführt werden.

»Wußte sie was?«

Mo wiegt den Kopf, ich nehme ihre Hand.

»Wenn sie selbst dichthält, können sie ihr nichts, und du mußt hart bleiben!«

Nach den feuchten Brotscheiben zum Abendbrot und dem dünnen Tee hocken Mo und ich auf dem unteren Bett. Erzählen. Sylle sitzt am Tisch und starrt uns an. Ich beginne.

»Wir haben eine Jugendtourist-Reise nach Baku gebucht, war ein Rücklaufplatz, sonst wären wir da nie hingekommen. Ich hatte doch keinen FDJ-Ausweis mehr, hab ich alles verbrannt, vor 'nem Jahr.«

Mo schaut mich etwas zweifelnd an.

»Wir haben über eine Freundin eine Reise nach Leningrad gebucht. Sie hat uns mit auf die Liste schreiben lassen, die Reise wurde storniert, weil irgendwas nicht geklappt hatte mit der Organisation, und mit dem Zettel, einem sogenannten Bonusschein, konnten wir uns eine andere Reise aussuchen, ohne daß wir noch mal überprüft wurden. Da standen wir in dem Reisebüro von Jugendtourist, vor uns die große Karte der SU, alles rot. Und ich hab geguckt, was nah am Kaukasus liegt, weil wir eigentlich in die Türkei abhauen wollten. Auf der Karte sah Aserbaidschan recht nah aus. Na ja, und von Baku aus, dachten wir, da liegen nur ein bißchen Iran und ein paar Berge dazwischen.«

Ich schüttele den Kopf.

»Es war Wahnsinn. Da sind wir also nach Baku geflogen, über Moskau. Und dann mit dem Zug an die Grenze. Vierhundert Kilometer durchs Land. Und dann haben wir uns in einer Schlucht versteckt und gewartet. Bis es Nacht wurde. Eine irre Kulisse! Der Vollmond schien, die Berge waren flach und nackt. Kein Baum, kein Strauch.

Wir kamen aus unserem Versteck und sind losgerobbt. Flach auf dem Boden, vom Mond beschienen. Unsere Rucksäcke haben wir zurückgelassen auf einem kleinen Friedhof und sind ganz langsam vorgerückt. Den ganzen Bergrücken runter. Wir fürchteten überall Militär, also robbten wir. Ganz langsam, mit vielen Pausen zum Schauen. Bis in den Ort zurück, wo die Bahnstation lag. Hat ewig gedauert. Ich bin sogar eingeschlafen, da hat ein Hund gebellt, und wir warteten. Und schon war ich vor Erschöpfung weg. Tim hat mich an der Schulter wachgerüttelt, dann ging's weiter.

Irgendwann erreichten wir die Siedlung, sahen Zäune und Hecken. Wir robbten weiter. Durch den Ort. Noch immer keine Grenzanlagen. Mitten in der Nacht. Die Hunde schlugen an. Erst einer, dann ein paar, ich weiß nicht, wie viele. Menschen waren nicht zu sehen, aber ein paar Laternen, und wir wußten nie, ob im Lichtkegel irgendwo ein Soldat stand. Deshalb warteten wir vor jedem Meter, den wir zurücklegten, endlos. Bis die Hunde bellten.

Wir standen auf, liefen gebückt, dann rannten wir. Auf den Bahndamm zu, jedenfalls dahin, wo wir ihn vermuteten. Da war ein kleiner Kanal. Es führte kein Steg hinüber. Und wir hatten auf unserer Karte gesehen, daß der Grenzfluß, der Aras, am Ort vorbeifließt. Dahinter lag der Iran. Also dachten wir, der Kanal müßte zum Fluß führen.

Wir sind einfach reingesprungen, losgewatet.

Am Rand stand plötzlich ein Mann. Aus dem Nichts. Mit einem Schäferhund an der Leine, der uns anbellte.

Ich hab gerufen, hallo, na, schön gefeiert heut nacht, upps, wir haben zuviel getrunken. Aber da half nichts mehr. Der Mann sah uns wütend an, schwieg.

Eine Frau in Hosen, die im Grenzgebiet nachts herumstakt. Das gibt's in hundert Jahren nicht!

Ich rief, Tim, lauf!

Und dann sind wir eben losgerannt. Ich bin über einen Gartenzaun gesprungen, der mit Stacheldraht eingezäunt war. Davon schien es genug zu geben. Durch den Garten gerannt. Über Büsche und Blumen gesprungen, zum anderen Ende gehechtet. Ein Tor öffnete sich zum Bahndamm hin. Dahinter gleißte grelles

Licht. Der Grenzstreifen! Stacheldrahtzäune. Der erste gen Osten, neigte sich uns entgegen.

Tim war inzwischen neben mir. Nur kurz haben wir uns angesehen, genickt. Wir sind ohne zu zögern hingelaufen und rüber, ich weiß wirklich nicht, wie.

Tim hat die Zäune mit bloßen Händen aufgebogen, ich bin durchgekrabbelt, er hinterher. Nächster. Fetzen von meinem Pullover und der Hose blieben an den Stacheln hängen. Unsere Hände bluteten. In der Mitte zwischen Zaun drei und vier, glaub ich, war ein geharkter Streifen. Da haben wir wohl den Signalzaun berührt, der da durchlief. Ich hab's gar nicht gemerkt.

Wir sind über die Panzersperren gesprungen, dann kam der Wickeldrahtzaun. Da zieht sich die eine Schlaufe zu, wenn du eine andere aufziehst. Wie ich da durchgekommen bin, keine Ahnung. Ich steckte einen Moment lang fest, mit den Hüften. Tim schob und zerrte an mir, und plötzlich war ich durch. Tims Pullover verfing sich im letzten Zaun, er wand sich heraus. Ich drehte mich kurz um und sah den hell erleuchteten Grenzstreifen mit seinen vielen Zäunen und darin wie ein Fähnchen Tims Pullover flattern.

Jedenfalls waren wir nach ein paar Minuten auf dem freien Feld. Es war schwach beleuchtet, tiefe Furchen feuchter Erde zogen sich weit hin. Ein Ende war nicht abzusehen, weit und breit kein Fluß. Wir liefen immer weiter, die Matschklumpen klebten an den Schuhen, ich fiel hin. Sagte, lauf weiter, Tim, los!

Er blieb stehen, half mir auf. Ich ächzte, du hast doch immer gesagt, wenn einer hinfällt, läuft der andere weiter ... er zerrte einfach an mir.

Weiter, nach dem Feld, es war vielleicht dreihundert

Meter breit, kam ein kleiner Graben, den man im Dunkeln nicht gleich sah. Ich bin voll reingefallen, mit dem Gesicht in den Schlamm. Rappelte mich wieder auf, wischte die Augen frei. Die Füße klumpten und wurden immer schwerer. Dann kam ein Dornengestrüpp. Dicke Dornen, so subtropisch eben. Nur in den unteren zwanzig Zentimetern waren noch keine Dornen. Wir robbten rein, einige Meter.

Plötzlich hörte ich die Schüsse, sah die Leuchtraketen über unsern Köpfen hochgehen. Vor uns war noch ein Zaun im Gebüsch. Einfach Stacheldraht in dreißig Zentimeter Höhe durch die Dornen gezogen. Ich hab mich mit letzter Kraft rübergewälzt, hockte davor und zog an Tim. Kein Fluß zu sehen.

Auf einmal war dieser Schäferhund vor mir. Saß direkt vor meiner Nase und sah mich konzentriert an, ich weiß nicht, was gewesen wäre, wenn ich mich bewegt hätte. Er ließ die Zunge raushängen und hechelte, die Ohren aufrecht.

Tim krallte sich von hinten in meine Schulter und zischte, was heißt ›nehmt den Hund weg‹ auf russisch? Ich sagte nichts, wartete, sah den Hund haßerfüllt an. Wenig später waren sie bei uns. Fesselten uns die Hände mit kleinen Lederriemchen. Riefen den Hund zurück.

Ich fing an zu fluchen, rief auf russisch, laßt uns los, ihr Schweine, ist das euer Kommunismus? Und so weiter. Sie holten uns aus dem Gebüsch und führten uns aufs Feld zurück, ich schlug wieder lang hin in den Graben, konnte mich ja nicht festhalten, auch nicht abstützen. Ein junger Soldat zog mich hoch und stellte mich wieder auf die Füße.

Ein Offizier sagte, los, küß deine Heimaterde!

Ich war schlammbeschmiert von oben bis unten und voller Haß. Ich rief, nein, niemals! Da kriegte ich einen Schlag in den Nacken. Es war ein Gewehrkolben. Ich klatschte wieder mit dem Gesicht in den Dreck. Ich lag eine kleine Ewigkeit auf dem Feld, konnte mich kaum bewegen. Als ich den Kopf zur Seite drehte, sah ich Tims Gesicht und bekam Angst. Ich sah in ihm blankes Entsetzen. Er sah aus, als würden seine Haare auf der Stelle weiß werden.

Erst jetzt fühlte ich den metallischen Gewehrlauf im Nacken. Das Klicken des Entsicherns drang erst mit erheblicher Zeitverzögerung zu mir durch.

Ich hörte, wie ein Offizier rief, los, du auch! Aber Tim verstand nicht. Er stand einfach nur da und sah wie versteinert auf mich runter.

Ich krächzte von unten, der versteht eure Sprache nicht, wir sind keine Russen.«

Ich fröstele, ich gehe an die Fensterluke, die inzwischen rosa und violett schimmert. Mo und Sylle folgen mir atemlos. Ich fühle ihre Blicke.

»Von da an war alles nett, sie nahmen ihre Knarren hoch, führten uns in ihre Jeeps, erzählten am Feldtelefon was über zwei junge Engländer, die sie gefaßt hätten, zwei Männer … und dann kamen wir in die Kommandantur, die hatten da noch nie 'nen Zwischenfall, nicht mal 'ne Zelle. Tim mußte anderthalb Tage im Mannschaftsklo sitzen, mit Bewachung, und ich wurde vernommen. Aber die waren halbwegs freundlich. Haben mir Tee und Klamotten gebracht, mich angeguckt wie ein Tier, ein seltsames.«

Ich halte inne.

Sylle hat sich vor Aufregung ihr Unterhemd zu Spiralen unter den Achseln verdreht. »Det is wie Kino, nur echta!« lautet ihr Urteil.

Wir lächeln.

»Meine Güte«, sagt Mo zärtlich, »wie sehr mußt du alles satt gehabt haben! So eine gefährliche Geschichte. Und wer ist eigentlich Tim, dein Freund? Was ist aus Pit geworden?«

Ich winke ab. »Der gute Pit, ich hab ihn doch damals verlassen, war ziemlich traurig. Ich konnte nicht mehr, wir hatten uns auseinandergelebt. Ich bin ausgezogen, nach Sudenburg. Zu Hans. Ich hatte eine kurze, sehr romantische Liebesgeschichte mit ihm. Hans ist zwei Wochen, nachdem wir zusammenkamen, in den Westen gegangen. Ich wollte am liebsten sofort hinterher. Da ging alles in die Brüche. Meine Arbeit, na, du weißt schon. Die Punkkonzerte, der Rausschmiß. Studium weg. Und dann hatte ich die Clique. Tim ist ein guter Freund, ein sehr naher. Und mit Pit habe ich auch wieder Kontakt. Er wohnt immer noch in Buckau. Er schreibt mir jetzt sogar, ganz lustige Karten. Hat mir letzte Woche geschrieben, daß Siggis Katzen Junge haben, erinnerst du dich an Siggi?«

Mo nickt. Sylle staunt. »Mit so ville Kerle, Mann, Nina, du bist 'ne scharfe Nummer!«

Als wir alle drei in den quietschenden Betten liegen, verstummen die Geräusche im Haus allmählich. Dann und wann ruft noch eine dunkle Stimme über den Hof: »Sabine, ich liebe dich!« Drei- oder viermal. Keine sagt was. Die Klopfgeräusche an den Wänden lassen nach.

Heute abend haben Sylle und ich nicht mitgezählt. Der Spion in der Tür wird nun regelmäßig vom Nachtdienst betätigt.

»Hast du rausbekommen, wie weit es noch bis zum Fluß war?« fragt Mo nach einiger Zeit des Schweigens.

»Hm, gleich hinter dem Dornengestrüpp fing er an, aber er führte Schmelzwasser. Und eine Grenzanlage war auch noch drin. Wir wären einfach ersoffen.«

Im Licht der kleinen Lampe über der Tür versuchen wir, Schlaf zu finden.

Mo hat zum ersten Mal ihre Nierenschmerzen vergessen. Die alte Freundin ist bei ihr. Wie in der Kindheit. Mo fühlt sich sicher, wenn Nina in der Nähe ist.

Alles wird gut.

Am nächsten Morgen haben wir gerade den Frühstückstisch abgeräumt, die Morgentoilette erledigt. Schamhaft drehen sich zwei weg, wenn die dritte die Toilette benutzt. Als ich die Trainingshose hochgezogen habe, klackert das Schlüsselbund im Schloß. Erwartungsvoll sehen wir alle drei zur Tür.

Eine Neue steht im Rahmen, das Bündel in den Armen. Sie ist klein, zierlich, die Haare künstlich gelockt. Etwa vierzig Jahre alt. Sie kommt zögernd in die Zelle, die Tür rasselt zu. »Hallo, ich heiße Eva.«

Ich ziehe die Augenbrauen hoch, schneller Seitenblick zu Mo. Auch Mo hat sofort die lackierten Fußnägel der Neuen in den Latschen bemerkt, die viel zu frische Sommerbräune. Sylle stürzt sich auf Eva.

»Hallo, wir sind Sylle, Nina und Moo«, weist sie auf uns. Arglos.

»Was hasten du jemacht, ooch Flucht?«

Eva beobachtet mich und Mo. Deutlich und laut antwortet sie: »Ja, ich wollte über Ungarn abhauen, mit meiner Tochter. Mein Mann ist schon seit einem Jahr drüben.«

»Und wie lange biste schon drin?« fragt Mo.

»Zwei Monate, drei Wochen Ungarn und jetzt hier.«

Alles klar, ich nicke Mo unmerklich zu. Eine Spionin. Aber wem gilt der Aufwand?

Wir lassen uns nichts anmerken, der Tag wird einfach abgespult. Nur Sylle, die harmlos herumplaudert, fragt irgendwann: »Eh, Ninamaus, wieso erzählstn heut keene Kamellen?«

»Keine Lust«, meine ich und setze mich zu Mo aufs Bett.

Wir tuscheln und kichern. Eva hat sich ihr Bett gemacht und lauscht angestrengt herüber. So beiläufig wie möglich fragt sie nachmittags: »Und du Mo, auch über Ungarn?«

»Hmm.«

»Und, alleine?«

»Nö.«

Eva zaudert, sie wendet sich wieder Sylle zu. »Und was willst du als erstes machen, wenn du freigekauft wirst?«

»Mein Heiner hintern nächsten Busch zerren un ficken, ficken, ficken.«

Außer Eva lachen alle.

Sylle merkt immer noch nichts. Als ich ihr ein Zeichen geben will, fragt sie laut: »Wieso soll ick leise sin, du bist awer komisch heut!«

Ich gebe auf.

»Und deine Eltern, Mo, wollten die nicht mit in den Westen?«

Mo unterdrückt die aufkeimende Wut, schüttelt den Kopf. »Nö, wieso?«

Über Gesten verabreden wir unsere Strategie. Mo beginnt zu plaudern. »Weißt du noch, Nina, wie du mich aufgeklärt hast? Bei dir unten am Heizhaus? Und Sascha stand mit roten Ohren daneben und hat gelauscht.«

Wir lachen. »Ja, Sascha war immer dabei. Ich hab ihn später dann auch mitgenommen zu den Punkkonzerten oder so zum Saufen. Ich hab einfach geklingelt in der Karl-Marx-Straße, und er ist unter dem Arm meiner Mutter durchgeschlüpft. Sie schimpfte noch, wenn wir mit dem Fahrstuhl runterfuhren. Zu der Zeit saßen wir oft im Wildbretstübel, gleich neben dem Kika. Und du, warst du dann eigentlich immer noch tanzen da?«

»Nee.« Mo schaut verträumt. »Als du nicht mehr da warst, ich meine, mit Pit zusammen nach Buckau gezogen bist, hatte ich keine Lust mehr. Es war, na ja, der Lutz hatte sich ja auch nicht mehr gemeldet.«

»Lutz, genau, weißt du noch, die Party damals, als meine Eltern zwei Wochen verreisen wollten?«

Mo lächelt. »Ja, da war Lutz aus Erfurt plötzlich aufgetaucht, ach, war das schön! Und dann kamen deine Eltern schon nach drei Tagen zurück. Was war da passiert? Deine Mutter hatte sich ein Bein gebrochen, war es nicht so?«

Ich nicke, inzwischen etwas bedrückt. »Die waren so fertig, die ganzen Flaschen in der Küche, ich hatte ja noch nicht mal angefangen aufzuräumen. Die Teekanne meines Vaters, kaputt, die Lampe am Sofa, das Schälchen neben dem Radio, alles kaputt. Die Teller. Der Colafleck auf dem weißen Teppich im Arbeitszimmer.« Ich drohe Mo im Spaß mit dem Finger.

»Das war unsere Kissenschlacht, stimmt. Aber daß dein Vater dann Pit rausgeschmissen hat, war doch etwas übertrieben, nicht?«

»Na ja, stell dir mal vor, du kommst vorzeitig aus dem Urlaub zurück, und deine Tochter hat nicht nur die Wohnung verwüstet, alle Nachbarn verstört, sondern in deine Wohnung ist plötzlich auch noch der Liebhaber deiner Tochter eingezogen! Ein adretter junger Mann mit geschorenem Kopf und Riesenohrring. Da kann ich eine gewisse Überreaktion schon nachvollziehen!«

Eva weiß nicht, was sie von alldem halten soll. »Und was hat dein Vater dann gemacht, Nina?«

»Er hat sich in den Flur der siebenten Etage gestellt und mit wutschnaubender Stimme gebrüllt: ›Verlassen Sie auf der Stelle mein Haus!‹ und dabei mit ausgestrecktem Arm zum Fahrstuhl gewiesen.«

Mo und ich kichern. Sylle schüttelt den Kopf. »Ihr seid janz schön brudaol mitte Alten!«

Ich winke ab. »Ich war immer viel zu artig, durfte nichts machen, das war eben die Quittung dafür. Die Versicherung vom Besoffensten von uns hat ja alles ersetzt.«

Ich wende mich abrupt zum Fenster. So einfach ist das keineswegs. Aber das brauchen die Frauen nicht zu wissen. Ich habe damals sehr darunter gelitten, daß meine Eltern durch die unsägliche Party keine Lust mehr hatten, Pit kennenzulernen. Wir waren verliebt, es war ein wunderschöner Herbst. Das erste Mal konnte ich nicht mit meiner Mutter teilen, was ich erlebte. Ich habe ihr nicht erzählt, wie wir mit Pits Moped, einer gelben Schwalbe, in die Elbwiesen fuhren, uns zwischen Deichen und Büschen liebten.

Wie Pit erstaunt auf die Blutstropfen sah, die das Ende meiner Jungfernschaft besiegelten. Wie das Gras roch, der Herbst, das bunte Laub unter meinem Körper, wie ich mich in die Erde krallte und schluchzte.

Wie wir heimlich nachts in das Häuschen seiner Großmutter schlichen, uns auf dem gewaltigen Sofa neben dem Flügel liebten. Pits Oma war zum Glück schon etwas durcheinander, schwerhörig außerdem. Sie nahm keinen Anstoß daran, uns morgens im Zimmer des Erdgeschosses vorzufinden, wenn wir es liebestrunken versäumt hatten, rechtzeitig zu verschwinden.

Sie wunderte sich auch nicht, wenn wir eine halbe Stunde brauchten, um ein Glas Kirschen aus dem Keller zu holen, oder stundenlang die auf dem Dachboden verstauten Kindheitsschätze Pits betrachteten.

Unsere Lust aufeinander brachte uns ständig in Gefahr, entdeckt zu werden. Die Lust hielt an, auch als wir die Wohnung in Buckau besetzten, aber meine Gier, meine Lust wurde immer größer. Es reichte mir nicht, Pit wieder und wieder zu lieben, zu locken, nach seinem Geschlecht zu tasten.

Ich begann, seine Freunde zu verführen, auf dem Heimweg von Diskos mit wildfremden Jungs unter Balkonen zu liegen, in Hausfluren zu stehen, es wurde eine Sucht, die mir keine Befriedigung verschaffte. Mich nur noch durstiger machte.

Das konnte ich mit niemandem teilen, schon gar

nicht mit meiner Mutter. Sie fand Pit eklig. Gleich nach der unseligen Party empfahl sie mir einen anderen Freund. Dieser oder jener, jeder Junge war besser als Pit. Damit war sie raus aus dem Spiel. Jahrelang hatte ich gemacht, was sie wollte. Und plötzlich wußte Lili tagelang nicht, wo ich war. Nichts erzählte ich ihr. Erst recht nicht Gottlieb. Er verhehlte seine Verachtung für Pit nie, der war ihm zu proletenhaft, schmutzig. Mein Vater legte über die zwei Jahre nichts von seinem Mißtrauen ab. Null.

Als das Abendrot vorüber ist, beginnen die Klopfzeichen. »Was ist denn das?« fragt Eva überrascht.

Ich sehe sie spöttisch an. »Nach zwei Monaten Knast ist eigentlich jedem Idioten klar, was das ist, nicht wahr, Sylle?«

Sylle nickt und erklärt eifrig: »Ick hätt dat och nie kapiert, awer Nina hat mich uffjeklärt, mußte mitzählen, A is einmal, B zweimal und so weiter. Dauert en bißken, bis der Satz rüberkommt.«

Eva guckt ertappt.

Mo und ich unterhalten uns ungerührt.

»Ja, damals haben wir in Sudenburg sogar mal 'ne Weile Geisterbeschwörung gemacht. Wir waren immer eine Runde von mindestens vier Leuten, haben eine Kerze aufgestellt, einen Kreis aus allen Buchstaben des Alphabets und den Zahlen eins bis zehn gebildet und dann in die Mitte drei Kärtchen gelegt. Ja, Nein und ein Fragezeichen. Dann stellst du ein Glas verkehrtrum auf den Tisch, und los geht's. Alle legen ganz leicht einen Finger auf das Glas, und dann ruft jeder den Geist. Wir haben die dollsten Geister dagehabt, einen ungarischen

Königssohn, den Geist von Brecht und von Nietzsche, und wir haben rausgekriegt, wer von unseren Bekannten bei der Stasi ist. Das wurde 'ne richtige Sucht mit dem Geisterbeschwören.«

Sylle hat mit offenem Mund zugehört, und Eva dreht nervös an einem Knopf ihrer Schlafanzugjacke. »Und, wer war es?«

»Was?«

»Na, wer war denn bei der Stasi?«

»Ach, zum Beispiel sone Frau, die manchmal mit uns Klamotten auf den Märkten verkauft hat. Sie hat uns immer auffällig zu sich eingeladen.« Ich flöte: »Kommt doch mal zu mir, da könnt ihr nett sitzen und Wein trinken. Na gut, da sind wir eben mal hingefahren und haben sie überredet, mit uns eine Geisterbeschwörung zu machen. Ich hatte alles dabei. Die hatte son Schiß, das könnt ihr euch nicht vorstellen. Und dann kam ein Geist, und wir haben erst belangloses Zeug gefragt, und dann fragte ich, ist hier im Raum jemand, der für die Stasi arbeitet? Das Glas schrieb: Ja. Und die, nennen wir sie mal Eva, zog sofort ihren Finger zurück und sagte, da mach ich nicht mehr mit, das ist kein schönes Spiel.«

Mo hat langsam die Zelle umrundet und sich hinter Eva aufgebaut. Ihr grinsendes Gesicht kontrastiert das totenblasse Evas, ich komme nun richtig in Fahrt.

»Tim sagte, nein, das ist kein Spiel, wir wollen das wirklich wissen! Und dann fragte ich, hört uns hier jemand zu, gibt es Wanzen in dieser Wohnung? Das Glas schrieb ganz deutlich: Ja. Ich sagte, so, ich stehe jetzt auf und gehe im Zimmer rum, wenn da eine Wanze ist, schreib: Ja. Ich ging langsam im Zimmer von Ecke zu

Ecke, und in einer Ecke reagierte der Geist. Da stand ein Radio, ich nahm es in die Hand und fragte, hier drin? Ja …«

Ich halte ein unsichtbares Röhrenradio in den Händen und schüttele es, sehe dabei nur auf Eva. Sie zittert leicht und dreht immer heftiger am obersten Knopf ihrer Schlafanzugjacke. Ihr Mund steht ein wenig offen, und ich sehe gebannt zu, wie ein winziger dünner Speichelfaden aus dem rechten Mundwinkel seinen Weg auf den Boden findet.

»Da war die gute Eva ziemlich nervös, sie rief, das ist eine Frechheit, hört auf und verschwindet! Los, raus aus meiner Wohnung! Ich fragte aber, wie die Telefonnummer sei, von den Leuten, die uns grade belauschen, und da hat das Glas die Nummer aufgeschrieben. Eine fünfstellige Nummer, die mit 3 anfing. Wie alle Stasi-Nummern in Magdeburg.«

Triumphierend sehe ich auf meine Zuhörerinnen. Mo hält sich beide Hände vor den Mund, um nicht loszuprusten. Evas Augen sind so weit aufgerissen, daß mir etwas mulmig zumute wird. Sie fällt mir doch nicht in Ohnmacht? Pong, der Knopf reißt ab. Eva kommt zu sich. Sylle versteht gar nichts mehr. »Wat biste denn so unheimlich heute, Nina? Du machst mick richtig Angst, eh.«

Nachdem die letzten Liebesgrüße über den nächtlichen Gefängnishof geflattert sind, herrscht Ruhe in der Zelle. Ich grinse noch beim Einschlafen, und Mo kichert in ihr Kissen.

Am nächsten Morgen nach dem Frühstück wird die Neue plötzlich abgeholt, sie packt in Windeseile ihre

Sachen zusammen. Geht, ohne sich umzudrehen oder zu verabschieden. Sylle guckt ihr verdutzt hinterher.

Als die Schlüssel klackern, brechen wir in Gelächter aus. »Mensch, Sylle, die haben wir fertiggemacht, und du armes Huhn hast es nicht mal gemerkt!«

»Wie denn, wat denn, warum lachter denne so blöde?« empört sich Sylle.

Wir klären sie endlich auf.

»Sonne Sau, sonne blöde!«

»Schade, daß wir nicht mitgekriegt haben, wie sie das Zeichen gegeben hat. Sie muß doch beim oder nach dem Frühstück was gemacht haben.«

Mo schüttelt den Kopf. »Hab ich nicht gesehen.«

»Frau Sylvia Meier, warum wollten Sie die Deutsche Demokratische Republik in Richtung BRD verlassen?« Mo spielt den Ankläger.

Sylle guckt verwirrt, murmelt dann: »Wegen den Konsum.« Betonung auf O.

Wir müssen lachen. »Sylle, das heißt Konsuuum und hat nüscht mit dem Laden, dem Konsum, zu tun!«

»Ach so, ick dachte, weil men Heiner sacht, wegen den Konsum …«

»Na gut, wir üben wenigstens deinen Lebenslauf, den wirst du aufsagen müssen!«

»Awer dat wissen die doch allet, steht inne Papiere!«

»Sylle!«

»Na jut, wie ihr meent, also, ick wurde 1957 in Machteborch jeboren, hab meene zehnte Schule, nee wie heißt det, zehnte Klasse inne polychne, polytechnesche Schule jemacht, denn bin ick bei de FDJ und denn bei der FDGB beijetreten.« Sylle ist stolz, wir lachen nicht mehr.

»Da möchte ich Mäuschen spielen, wenn Sylle und Heiner sich erklären«, meint Mo, als Sylle nachmittags noch mal zum Vernehmer geholt wird.

Der Nachmittag ist fast vorüber, als auch Mo noch einmal herausgeholt wird. Sie bleibt lange weg, erst kurz vor dem Abendbrot kommt sie in die Zelle zurück. Total verheult.

»Was ist passiert?«

Sylle und ich nehmen sie in die Arme.

»Micha ... er ist wieder draußen!«

Sie schluchzt an meiner Schulter.

Sylle streichelt ihren Rücken. »Menne, son Arsch, läßter dir kleene Prinzezin inn Stich!«

»Ich kann, ich könnte auch sofort raus, heute abend noch, sie haben gesagt, daß Micha auf mich wartet!« Mo schluchzt wieder, klammert sich an mich.

Ich mache mich sanft frei. »Mo, hör mir jetzt mal zu. Weißt du eigentlich, ob das stimmt? Woher weißt du, daß Micha raus ist? Und warum denkst du darüber nach? Wegen Micha, einem Hanswurst, der dich bei der ersten Bewährungsprobe im Stich läßt? Wenn es stimmt, vorausgesetzt. Aber denk genau nach, was du willst. Wenn du weiter im Labor arbeiten willst und dein Leben lang an die verpaßte Chance denken willst, dann geh doch. Da ist die Tür. Wir sind dir nicht böse.«

Mo schluchzt wieder auf. »Aber ich will doch bei dir bleiben, ich meine, ich will doch stark sein!«

»He, Träumerin, stark ist jeder nur für sich, da kann man sich nix borgen. Ich weiß, was ich will und was ich nicht will. Wenn du das für dich nicht weißt, versuch, es herauszufinden. Du mußt das doch heute abend nicht mehr entscheiden, leg dich nachher erst mal hin und denk nach ...«

Wir hocken stumm am Tisch und versuchen zu essen. Mo bekommt nichts herunter. Immer wieder zuckt ihr Kinn, ihr ganzes Gesicht.

Sylle schaut von mir zu Mo, wieder zu mir. »Bei de Kommonisten würd ick kenen Tach länger nich bleiben. Kleene, halt det durch!«

Mo nickt und heult dann wieder. Legt sich auf ihr Bett und rollt sich an die Wand.

Am nächsten Tag wird Sylle zum Prozeß abgeholt. Sie murmelt die geprobten Sätze vor sich hin, als sie durch die Tür verschwindet. Mo muß bald danach zum Vernehmer.

Ich warte.

Dieses verfluchte Rumsitzen. Wenn es hier wenigstens Bücher gäbe. Wie in Berlin. Da kam einmal pro Woche der Küchenwagen voller Bücher herum. Die Untersuchungshaft in Berlin war sowieso ein Luxus, im Gegensatz zu Magdeburg.

Eigentlich hatten wir Glück, daß die Staatssicherheit Spione in uns sah. Dadurch kamen wir in den Genuß einer milden U-Haft. Ich wohnte mit einer siebenundsechzigjährigen Dame zusammen in einer Zelle, Tim mit ihrem Sohn. Wie sich schnell herausstellte.

Wir konnten lesen, Radio hören, fernsehen. Natürlich war die Senderauswahl blockiert, aber mit der Alufolie der Schokoladenverpackungen war einiges zu bewirken. Ich las viel, sogar Otto von Guerickes Biografie. Unvorstellbar, im Knast lese ich zum ersten Mal etwas über den berühmten Bürgermeister meiner Heimatstadt. Lange Kapitel handelten von seiner Flucht durch die Kasematten, aus der besetzten Stadt heraus. Aber mit Sylle im Bunde könnte ich sowieso nicht lesen.

Auf dem Flur werden Türen auf- und abgeschlossen, verschiedene Rollwagen poltern an der Tür vorbei. Plötzlich klackern die Schlüssel. Jetzt schon?

Ich sehe verwundert, wie eine Wachtel hereinkommt, Mos Gepäck zusammenräumt. Ich rühre keinen Finger, nur bei der Zahnbürste schreite ich ein. »Das ist meine!«

Die Wachtel sagt kein Wort, Mos Bündel wandert aus der Zelle, dem Gefängnis.

Fort.

Es ist warm in der kleinen Zelle.

»Haha Gerechtigkeit« steht mit einem Zigarettenstummel an die Wand der schmutzigen Zelle geschmiert. Die Buchstaben blecken höhnisch. Etwa ein mal anderthalb Meter groß ist der Raum, in dem ich meinen Prozeß erwarte. Die schummrige Lampe wirft vom grauen, staubigen Treppenhaus den Schatten eines Gitters auf mich. Das Gebäude liegt vollkommen ruhig. Schritte kommen die schmale Treppe herauf. Ich stehe auf. Wische meine schweißigen Handflächen an der Hose ab. Sehe erstaunt ein Lächeln im sommersprossigen Gesicht der rothaarigen Uniformierten, als sie im Rahmen erscheint.

»Ziemlich heiß, nicht?«

Die Uniformierte nickt und weist mir den Weg zur

Treppe. Ich trage meine eigenen leichten Sommersachen. Zwei Stockwerke tiefer wird von einer Wachtel eine Tür aufgehalten. Der Übergang führt vom verdreckten Treppenhaus zu einem holzgetäfelten Gerichtssaal. Die Wachtmeisterin folgt auf dem Fuße. Rechts neben dem Eingang befinden sich hinter einer kleinen Rampe die Besucherbänke.

Ich fahre überrascht herum. Dort sitzen meine Mutter und Pit. Ich möchte sie grüßen, aber eine leise Anweisung der Wachtel treibt mich vorwärts. Geradeaus befindet sich die Anklagebank, an deren Ende sitzt Tim. Eine Hand stützt sein blasses Gesicht, die Beine hat er übereinandergeschlagen.

Als ich ihm entgegenkomme, nickt er mir knapp zu. Verkniffen. Dünn und jung sieht er aus. Ich setze mich an das vordere Ende der Anklagebank. Sehe zu den Besuchern hinüber. Lili und Pit sind braungebrannt und sommerlich gekleidet. Sie lächeln beide. Meine Mutter beugt sich vor, um ihre Daumen zu zeigen, die sie fest gedrückt hält.

Der Staatsanwalt, ein bebrillter, brutal wirkender Mann, nimmt ganz rechts an der erhöhten Richterbank Platz. Neben ihm sitzt ein gelangweilter Schöffe. Er spielt mit einem Stift. Dann folgt der elegante Richter. Er sieht so aus, als würde er mal kurz auf einen Sprung vorbeischauen. Dann wieder eine Person der Öffentlichkeit, eine Schöffin, die ihre Kleidung richtet. Endlich, in unserer Nähe, ist die Schreibkraft plaziert.

Der Anwalt der Verteidigung erscheint in einer Nebentür, schreitet grinsend auf die Angeklagten zu, als ginge es zu einem Tennisturnier. Die Verhandlung kann beginnen.

Der Richter läßt mich aufstehen.

»Ihre Personalien bitte!«

Noch einmal alle Daten abspulen. Namen und die letzte Wohnanschrift. Auch Tim schnurrt mit monotonem Stimmfall seinen Text herunter und setzt sich, ohne herüberzuschauen.

Meine Gedanken schweben durch den Raum.

Viele Wochen habe ich den Himmel nur ausschnittweise gesehen. Die Fenster des Saales gehen auf den Innenhof der U-Haftanstalt hinaus, der Himmel ist auf halber Höhe von roten Mauern verstellt. Aber ich sehe ihn, blau und eben. Weit. Ich könnte jetzt im Rotehorn-Park sein, wie letzten Sommer. Mit Tim auf einer Wiese liegen und lesen, oder ein Boot leihen und über den Adolf-Mittag-See rudern, durch die schattigen Kanäle gleiten. Mit dem Fahrrad durch Buckau fahren, zu den Elbwiesen runter …

»… jetzt bitte den Gerichtssaal verlassen, da der weitere Teil der Verhandlung unter Ausschluß der Öffentlichkeit stattfindet.«

Ich konzentriere mich wieder. Mehr als diese letzten Worte fordert die ausgestreckte wippende Hand des Richters die Öffentlichkeit auf, den Saal umgehend zu verlassen. Zögernd erheben sich die, die als Öffentlichkeit gelten. Meine Mutter meldet halblaut Protest an. Pit schlendert direkt auf mich zu, hebt eine Hand etwas, wie zum Gruß, und biegt scharf nach links ab, hinaus. Lili hebt resignierend die Schultern, nickt mir noch einmal aufmunternd zu. Die Tür schließt sich hinter ihnen.

Der Staatsanwalt klopft ungeduldig mit seinem Kugelschreiber auf den Stapel Blätter vor ihm. Aber erst befragt der Richter die Angeklagten nach ihrer Vorgeschichte.

»… dann verlor ich meine Arbeitsstelle bei der Kultur und fand also keinen entsprechenden Job mehr, versuchte noch, einen Heiratsantrag zu stellen, was aber nicht gelang, und plante dann mit Tim, ähm, Tim Rüdnik, einen Fluchtversuch.«

»Wann war das etwa?«

»Im Dezember 1988, kurz vor Weihnachten.«

»Ah ja, und warum wollen Sie nun in die Bundesrepublik übersiedeln, Angeklagte?«

Ich weiß die Antworten auswendig. Es hört sowieso niemand zu.

Ich denke an die Aussage, die mein Vater gemacht hat. Es war das einzige Mal, daß ich im Knast geheult habe. Aber das war auch wirklich nicht zu erwarten gewesen. Er hätte nicht schreiben oder wenigstens nicht unterschreiben müssen, daß so etwas noch nie in unserer Familie vorgekommen sei. Daß ich schon immer alles abgebrochen hätte. Daß ich heruntergekommen gewesen sei und nur mit Chaoten unterwegs war. Daß er mich nicht mehr hätte besuchen wollen. Also hat er mich von Anfang an als hoffnungslosen Fall betrachtet? Das kann doch nicht sein, aber warum behauptet er es dann vor denen? Angst um den Job. Sogar auf Kosten des eigenen Kindes.

Ich mahle mit den Zähnen. Gesprächsfetzen dringen an mein Ohr. Eine Wachtel steht vor mir, hebt auffordernd die Hände. Die erste Runde ist schon vorbei, ich werde in die kleine Zelle zurückgeführt.

Es ist warm. Mittägliche Ruhe senkt sich über das alte Haus. Die Schatten sind weitergewandert. Ich denke an meinen Vater. Mir fällt zuerst seine Geduld ein. Die langen Gespräche. Hausaufgaben über dem Wohnzimmertisch. Die Mathematikaufgaben, die nicht in meinen Kopf hinein wollten. Die Aufsätze, die ich ihm vorlas, sein Nicken. Die Bücher, immer wieder Bücher. Heimlich gelesen, nachmittags, fünf Minuten vor seiner Heimkehr in die Schränke zurückgestopft. Geradegerückt. Beim Abendbrot sein Blick, langsam über die Bücherwände gleitend. Stockend.

»Wer hat den Tralow … Nina?«

Warum hat er mich verlassen?

Einige Minuten später stehen wir wieder vor den Bänken. Der Richter tritt ein, eine schmale Akte unter dem Arm. Er gleitet an seinen Platz und beginnt noch im Gehen zu sprechen.

»… wegen ungesetzlichen versuchten Grenzübertritts als Vergehen im schwersten Falle zu einem Jahr und zehn Monaten verurteilt. Die Verurteilten haben das Recht, innerhalb von sieben Tagen gegen dieses Urteil Berufung einzulegen …«

Ich schaue auf die gegenüberliegende dunkelrote Hoffront. Die Fenster der Untersuchungshaftanstalt. Auch sie sind mit Glasbausteinen vermauert und zusätzlich vergittert. Luftluken. Dort sitzen die kriminellen Verdächtigten und die Politischen, die auf ihren Weitertransport warten. Das wird also die nächste Station sein.

Ein Jahr, zehn Monate …

»Als Beweismittel werden beschlagnahmt: ein Rucksack, ein Schlafsack, eine Packung Kohlekompretten und eine Tube Duosan-Klebstoff.«

Der Verteidiger dreht sich um. Scheinbar erstaunt lächelt er uns an. Nur ein Jahr, zehn Monate!

»Das ist gut, das ist viel weniger, als wir erwartet haben!«

Ich sehe ihn verächtlich an. Er weiß genau, wieso wir weniger als zwei Jahre bekommen haben.

Tim winkt unter der Bank mit der Hand ab. Diese Büttel. In diesem Land traue ich keinem mehr.

Ich fühle nichts mehr.

»Meine liebe Nina,

heute ist Donnerstag, und ich erhielt soeben Deinen Brief. Ich danke Dir sehr dafür. Ich wurde sehr nachdenklich beim Lesen Deiner Worte. Ich spürte, daß Du nicht erfreut warst über meine Zeilen, und das zum Geburtstag. Aber ich konnte nicht anders, mein Herz war so voll, ich mußte es Dir einmal sagen, und Du kannst mir glauben, ich bemühe mich, dabei noch lieb zu schreiben.

Vielleicht hätte ich Dir früher öfter meine Meinung sagen sollen, aber Du wolltest sie nie hören. Nie werde ich vergessen, wie Du an Deinem achtzehnten Geburtstag einfach fortranntest zu Pit. Papi und ich waren tief erschüttert.

Dein Brief zeigt mir wieder, daß es doch eher ein Lippenbekenntnis ist, wenn Du sagst, daß Du uns verstehst. Tief im Inneren erwartest Du aber weiterhin Toleranz.

Ich würde mich freuen, wenn Du öfter mal darüber nachdenkst, mein Mädelchen. Ich mache mir auch keine Sorgen darüber, wie Du untergebracht bist.

Ich weiß, daß Du sauber, hygienisch und gut untergebracht bist, sogar sauberer als in Sudenburg.

Mich schmerzt und quält, daß ich Dich verlieren soll. Für mich ist das endgültig. Jetzt hast Du uns immer in der Not. Und wenn Du es vor Heimweh nicht aushältst?

Du hast für Dich Deinen Weg gewählt, alles Negative verdrängst Du, Du siehst nur Dich und das angeblich ›Positive‹ später einmal. Wir verlieren Dich, Du hinterläßt eine Lücke, die ständig schmerzt und nicht geschlossen werden kann.

Rico läßt Dich herzlich grüßen und Eberhardt. Verglorifiziere Deine Freunde nicht zu sehr. Daß Rico nicht arbeitet, finde ich nicht normal. Seine Eltern werden sicher sehr traurig sein.

Ist denn Pit wieder ein Freund von Dir? Danke auch für Deinen Brief, den Du Deinem freundlichen Hauptmann mitgegeben hast.

Hast Du das Unglück auf dem Flugplatz Berlin-Schönefeld mitverfolgt? Ich glaube nicht, daß ich jemals fliegen werde. So viele Frauen in meinem Alter verbrannt. Papi will ja mit mir einmal nach Leningrad fliegen. Ich würde aber nur mitkommen, wenn ich einen Asbestanzug, Fallschirm, Sturzhelm und Schwimmweste anziehen dürfte. Papi weigert sich aber, so mit mir zu fliegen.

Also bleiben wir in unserer sicheren DDR. Wir haben auch hier schöne Ecken.

Ganz lieb drücken Dich Dein Papi, Sascha und Deine Mutti

Tschüß«

Ich halte das Bündel auf den Armen. Die Tür wird aufgeschlossen. Wieder eine neue Zelle. Neue Gesichter. Mit einem leichten Stoß von hinten werde ich in den Raum geschubst. Vier Doppelstockbetten stehen eng nebeneinander. Dahinter zwei trübe Fenster. Der Raum ist irgendwann einmal mit gelber Ölfarbe gestrichen worden. Rechts die Toilette, daneben ein schäbiges Waschbecken. Zwei Spinde. Alles räudig.

Bis auf ein Bett ist die Zelle voll belegt, blasse Gesichter kommen unter den Betten zum Vorschein.

»Ninaaaa«, gellt eine Stimme, und Sylle fliegt auf mich zu. Umarmt mich, führt mich zu dem freien Bett. Sylle hat Tränen in den Augen. »Menne, wie jut, daß de da bist. Det sinn allet Kriminelle, ick hatte schon sonne Angst!«

Ich wehre Sylle stirnrunzelnd ab. Die Kriminellen schauen böse herüber.

Sylle ist nicht zu bremsen. »Weeßte, dat sinn Mörderinnen und Assis, Mensch, jut daß de da bist!«

Ich sehe Sylle in die Augen. Wütend. Sie soll sofort die Klappe halten. »Sylle, im Knast sind wir alle gleich, oder? Angst brauchst de bloß vorm Richter zu haben, und das haste ja nun hinter dir!«

Sylle beruhigt sich, hockt neben mir auf meiner Liege. Oben links. Ich dränge Sylle runter. Sie bleibt an der matten Fensteröffnung stehen und starrt mich an. Sprachlos.

Ich mache mein Bett. Drehe mich gelassen um, schlendre zu den Graugesichtern.

»Biste die mit Rußland? Kannste echt russisch?« Eine wohl jüngere Frau mit aufgequollenem Gesicht grinst mich schief an.

»Mhm, aber jetzt hab ich schon wieder viel vergessen, hier lernt man neue Vokabeln, nicht wahr?«

Booni, die den Spitznamen ihrem heftigen Boonekamp-Konsum verdankt, nickt. »Das is ne jute Schule hier, wat ick noch nich wußte, hawr ick hier jelernt!«

Die Handvoll Frauen steht um ein Doppelstockbett gruppiert. Auf der unteren Pritsche sitzt eine Alte. Sie ist hager, ausgezehrt. Die ledrige Haut an ihren Handgelenken fällt mir zuerst auf. Sie hält ein Skatblatt in der Hand. Legt Karten. Auf die dunkelgraue Armeedecke. Ich bin versucht, mich herunterzubeugen, ihr Gesicht zu sehen. Da schießt es von selbst zu mir auf.

»Und. Warum willst du weg?«

Ihre Stimme ist rauh, kratzig. Das Gesicht übersät von feinen Falten, eine Maske aus früh gealterter Haut. Zuviel Sonne und schwere Arbeit. Ihr Blick ist durchdringend. Dunkel.

»Wejen die Bananen, nur wejen die Bananen«, rufe ich und springe wie ein Affe um die Bettgestänge, kraule mich unter den Achseln.

Der Bann ist gebrochen, die Frauen lachen.

Sylle schaut mit offenem Mund.

Uschi winkt mich auf ihr Bett. »Komm her, Kleene, du bist richtich.«

In der Woche, die ich in der VP-Untersuchungshaft auf den Abtransport in den Strafvollzug warte, werde ich Kartenlegen und Pendeln lernen.

Von Uschi, die ihren Mann erschlagen hat.

Katrin steht am Fenster des großen Büros.

Der Herbstwind fegt bunte Blätter über den Verkehrsknotenpunkt.

Im Häuschen der Straßenbahnaufsicht sitzt eine uniformierte Frau und bedient die Knöpfe der Weichenstellanlage. Unter ihr kreuzen sich drei Bahnlinien. Im Kreisverkehr umrunden Autos mit kreischenden Bremsen das Schienenkreuz. Die Straßenbahn hat Vorfahrt. Wie in einem Ameisenhaufen krabbelt und fleucht, hupt und schiebt es sich von links nach rechts, von vorn zur Seite. Fußgänger warten, hasten, zerren einander, schimpfen. Die Armaturen im Glaskasten leuchten auf. Grün, rot, weiß. Katrin kann sogar ihr Pausenbrot erkennen, das auf dem Pult liegt. Leberwurst.

Jetzt pfeift und johlt es draußen. Eine Demo.

Erst kommen die Autos, die den Feierabendverkehr am Platz lahmlegen. Sie fahren immer im Kreis herum. Zehn oder zwölf Autos. Wartburgs, Trabbis, ein alter schwarzer Wolga. Alle mit kleinen weißen Fähnchen an den Antennen. Hupkonzert. Die Bahnen stauen sich. Klingeln. Der Geräuschpegel schwillt in Sekundenschnelle zu Rockkonzertgröße an.

Katrin schüttelt den Kopf.

Die Frau im Glashaus telefoniert, winkt heftig mit den Armen. Die Leuchtknöpfe spielen verrückt.

Jetzt sind die Demonstranten zu Fuß da, einige tragen brennende Kerzen, andere haben weiße Bändchen in den Händen oder an Käppis, im Haar. Sie gehen über die verwaisten Gleise im Herzen des Platzes, sammeln sich zu einer beachtlichen Menge.

Katrin beugt sich verwundert aus dem nunmehr geöffneten Fenster. Was wollen die denn?

Die Kollegen, die wie Katrin Überstunden machen, treten zu ihr und schauen. »Na, wieder Ausreisekorso, ach nee, is ja Montag. Also die Montagsdemo. Die ziehen jetzt zum Dom.«

Der junge Architekt lächelt Katrin an. Sie wendet sich verwirrt ab und beobachtet die anderen Kollegen. Offensichtlich wird der Auflauf von den meisten gebilligt. Schadenfroh oder zustimmend grinsend mustern die Architekten das aufbegehrende Volk. Eine Praktikantin zieht ihre Jacke über und verschwindet laut- und grußlos aus dem Büro.

Katrin runzelt die Stirn. »Na, du weiß ja gut Bescheid, schon mal dabeigewesen, was?«

Der Mann tritt ein Stück zurück, sieht Katrin spöttisch an, von oben bis unten. Im Weggehen winkt er ab und murmelt über die Schulter: »Und wenn?«

Die anderen Kollegen verteilen sich allmählich wieder an ihre Arbeitsplätze und Pläne. Das Fenster bleibt offen.

Katrin ist wütend. Auf sich, den Kollegen, die Politiker, die Demonstranten.

Warum ist im letzten Jahr auch alles so schiefgelaufen? Die vielen Einschränkungen, das Verbot der sowjetischen Zeitschrift *sputnik*, dann die Nachrichten über Flüchtlingsströme aus Ungarn und der Tschechoslowakei. Das hätte alles nicht passieren, das hätte dementiert, erklärt werden müssen. Es scheint, als sei die Führungsriege der DDR wirklich hoffnungslos veraltet, verkalkt, vom Leben abgehoben.

Es sollen viele junge Leute im Knast sitzen, wegen Fluchtversuchen. Aber die haben doch keine Vorstellung vom Leben in der BRD, denkt Katrin. Wie verblendet diese Menschen doch sind. Anstatt hier aktiv die Gesellschaft zu verändern.

Wie habe ich letzte Woche in der Parteiversammlung diskutiert! Die wollen mich nicht verstehen! Man darf eben nicht mit Gewalt auf die Proteste reagieren, sondern muß einlenken. Ventile öffnen.

Katrin sieht wieder auf den Pulk von Menschen, der sich jetzt in Bewegung setzt. In Richtung Dom die Karl-Marx-Straße entlangzieht.

Das ist doch – Katrin beugt sich noch weiter vor – die Mutter von Nina, eingehakt mit ihrem Sohn, Ninas kleinem Bruder. Die auch, na guck einer an.

Reisen

Ein anderes Land, ein anderes Leben – Mo auf der Strecke geblieben? – Katrin hat einen Mann und eine neue Weltanschauung – Ninas Mutter nunmehr bürgerbewegt – Nina zieht umher – Verwirrung – Insgesamt drei schöne Männer – Ein Café in Magdeburg – Austausch von Lügen und ein bißchen Wahrheit – Gewitter

»Müssen wir keine Fahrscheine kaufen, Nina?« Meine Mutter klammert sich an einen Haltegurt der Straßenbahn und schaut sich ängstlich um.

Mein Vater steht neben ihr und brummt grimmig. »Natürlich, überall muß man Fahrscheine lösen!«

»Laßt mal, es ist nur noch eine Haltestelle, und als Ausländer haben wir den Deppenbonus, ich meine, die werden uns schon nicht gleich verhaften!«

An der nächsten Haltestelle stürzt Lili aus der Bahn. Ihre Züge entspannen sich sofort, als sie hinter einer Parkanlage das Museum erblickt. Weite Wiesenflächen mit duftenden Fliederbüschen grenzen an das Gebäude des Museums, eine riesige Tafel wirbt für die aktuelle Van-Gogh-Ausstellung.

»Dort, Ninchen, Mäuslein, oh, ich bin so aufgeregt!« Sie stürmt über das kurzgeschnittene Gras, wir können kaum folgen. Lili hüpft förmlich dem Plakat entgegen. Schon von weitem leuchten die ockerfarbenen Sonnenblumen.

»Seit Wochen ist sie aufgeregt, du kannst dir das nicht vorstellen!«

»Doch«, ich lächle Gottlieb an, »ich kenne doch ihre Van-Gogh-Kunstdruck-Kartensammlung! Und wie oft sie mich in Köln angerufen hat, ob ich auch wirklich die Karten habe und nicht das Datum verwechsle.«

Lili steht zappelnd vor Ungeduld am Eingang,

als wir endlich nachkommen. Ihre Hände fliegen, sie grinst, bleckt beinahe die Zähne. Gierig reißt sie mir die Karte aus der Hand und rennt zum Einlaß. Ich eile ihr nach.

Im Museum ist es kühl und still. Die Ausstellung hat erst seit wenigen Minuten geöffnet. Es sind kaum Besucher da. Die Rotunde liegt leer. Hier hängen die großformatigen Arbeiten van Goghs. Goldgelbe und sturmblaue Farbfetzen peitschen über Leinwände gigantischen Ausmaßes. Schwarze Vögel, tanzende Windkreise und wiegende Ähren.

Ich habe meine Mutter eingeholt. Sie steht wie angewurzelt. Mitten im Raum, die Arme leicht von sich gestreckt, als sei sie ein Sterntalermädchen, das auf die herabfallenden Taler wartet. Tränen laufen ihr die Wangen herunter. Aber sie lacht dabei.

Seit Jahrzehnten sammelt Lili alle erhältlichen Reproduktionen von Van-Gogh-Gemälden. Und sie hat alles über sein Leben gelesen. Lili ist sowieso eine Biografiefanatikerin. Ich ziehe mich einige Meter zurück. Gottlieb verschwindet in den angrenzenden Ausstellungssaal. Ein Wärter tritt besorgt näher. Als er das Gesicht meiner Mutter erblickt, verharrt er. Unschlüssig. Nickt mir zu und schleicht rückwärts hinaus.

Wir verbringen viele Stunden an diesem Ort. Lili ist noch lange nicht fertig. Inzwischen haben sich vor den Bildern Trauben von Besuchern gebildet, aber sie nimmt niemanden wahr.

Diesmal sitze ich mit Gottlieb in der Cafeteria und warte, sonst braucht er in den Museen und Galerien immer am längsten. Ich rühre in meinem Kaffee und sehe hinaus auf den Park.

Vor dem Einlaß hat sich eine lange Schlange gebildet.

Gottlieb blättert in einer Abhandlung zu den niederländischen Kunstsammlungen. Er ist beinahe euphorisch in diesen Tagen, alle Museen liegen zu seinen Füßen.

Die Verzückung trägt. Als wir Stunden später über die Kanäle der Stadt laufen, schleppt Lili einen Beutel mit dem zweibändigen Katalog. Sie hüpft beiseite, als sie beinahe auf das Kreidebild eines Straßenmalers getreten wäre. Mona Lisa. Lili nickt dem Maler bewundernd zu.

Auch mein Vater lächelt, studiert die Bücherauslagen und schlendert schließlich gelassen mit uns ins Rotlichtviertel.

Lili scherzt und albert. Wir bleiben kichernd vor den Schaufenstern mit den jungen Männern stehen. Sie drehen ihre nur mit knappen Tangas bekleideten athletischen Hüften und Bäuche hinter den Scheiben. Zwinkern uns verführerisch zu. Gottlieb blättert abseits in Katalogen und schaut dann und wann in die Gracht. Nicht im mindesten verlegen über die seltsame Umgebung. Ein junger Schwarzer tänzelt heran, streift mich und flüstert: »Haschisch?«

Ich schüttele den Kopf.

Die Luft flirrt von Späßen, Musik, Sprachen. Wunderschöne Menschen aller Schattierungen flanieren, Polizisten reiten durch ihr Volk. Fahrradfahrer bahnen sich klingelnd ihren Weg. Wir überqueren einen riesigen Flohmarkt, schauen dem bunten Treiben zu. Als wir endlich wieder in dem geborgten Käfer sitzen und nach Köln zurückfahren, schläft Lili zusammengerollt auf dem Rücksitz. Den Van-Gogh-Katalog hält sie im Arm.

Ich habe Nachtschicht. Auf der Station ist es ruhig. Gedämpftes Licht.

Ich lese im Stationsbuch. Die Eintragungen der polnischen und asiatischen Hilfsschwestern sind kaum zu entziffern. Wie viele Einheiten soll ich spritzen, verdammt noch mal? Die Medikamentennamen sind mir zum größten Teil völlig unbekannt. Daß ich hier so ohne Anleitung arbeiten darf, mit frisch Operierten oder für die Narkose vorbereiteten Frauen … Mir ist mulmig zumute. Bloß keinen Fehler machen.

Alle zwei Stunden breche ich zu meiner Runde mit der Taschenlampe auf. Alles in Ordnung. Meine Schuhe quietschen auf dem Linoleum des Flurs. Der Kegel meiner Taschenlampe streift die weißen Betten, die blassen Gesichter. Die Frauen schlafen.

Eine stöhnt. Aus der Infusionsflasche tropft durchsichtige Flüssigkeit in ihren Arm. Ich setze mich ans Bett, streichele eine zerstochene Hand.

Die vorletzte Runde ist beendet. Das Neonlicht flackert, ich schaue auf die große Uhr des Aufenthaltsraums. Halb drei. Wenn wenigstens was zu tun wäre. In Magdeburg mußten wir nachts Tupfer drehen und Platten legen, Instrumente sterilisieren. Das gibt's hier alles als Einwegmaterial oder wird zentral gemacht. Es kommt auch keiner auf ein Schwätzchen vorbei, die Ärzte schlurfen nach jedem Einsatz übermüdet zurück in ihre Kojen.

Ich gähne und lösche das Licht. Auf der Fensterbank ist genug Platz zum Sitzen. Hinter mir surren die

Meßgeräte und der Kühlschrank. Ich sehe aus dem Fenster. Gegenüber der Klinik hinter einer Grünanlage sind dunkle Wohnhäuser zu sehen, kein Licht brennt. Erst weit hinter dem daran angrenzenden Unigelände sehe ich einige Lichter der Hochhäuser funkeln.

Köln ist eine schöne Stadt.

»Meine liebe Nina,

heute ist Dienstagabend, 22.30 Uhr. Ich bin gerade von der Versammlung heimgekommen. Ich wurde heute ins Bürgerkomitee aufgenommen! Es befaßt sich mit der Stasi und dem ganzen Wust.

Ich stelle den Antrag, daß ich halbtags freigestellt werde. Morgen früh punkt neun Uhr bin ich mit einem Vertreter und Staatsanwalt in Nord Abteilung Inneres, Akten sichern.

Alle Stadtbezirke, Rat und Bezirke, punkt neun Uhr, Mittwoch und Donnerstag früh bin ich im Kroatenweg. Zweimal abends lange Sitzungen und am Montag die Demos.

Ich bin so froh, daß ich mithelfen darf, alles zu entflechten und Akten aufzuarbeiten. ~~Ein Kollege~~, zu brisant, kann ich doch nicht schreiben.

Ich freue mich sehr, daß Du eine Wohnung hast. Ich bin stolz, daß Du studierst.

Ach, Nina, es hat sich doch innerhalb noch nicht einmal eines Jahres alles zum Guten gewendet, ja!

Endlich bist Du am Ziel Deiner Wünsche, ja! Es ist ein anderes Gefühl, Westgeld zu haben. Am Samstag war ich so gerührt, die Menschen strömten auf die Straße (wir waren auch dabei). Vor den Schaufenstern ein Gedränge und Geschiebe. Jeder schaute und staunte, vor allem waren die Preise interessant. Vor dem RFT-Geschäft konnte sich alles nur im Schritttempo bewegen, wie in Amsterdam im Museum. Am Montag kauften die Leute keine oder kaum Zeitungen. Der Friseur blieb leer. Heute vormittag habe ich mir für 18,– DM die Haare schneiden lassen. Die Friseure drehten Daumen.

Leider verbringe ich den Urlaub alleine. Papi hat Urlaubsverbot (alle Leiter).

Wie geht es Dir? Das Van-Gogh-Buch ist ein wahrer Traum. Morgen früh nehme ich das Auto mit. Ich will vier Säcke Sachen zum Moritzplatz bringen. Dort leben achtzehn jüdische Familien aus der Ukraine. Sie haben nichts mit. Wir haben noch kein Asylgesetz. Ihre Aufenthaltsgenehmigung geht nur bis vier Wochen. Jetzt fängt Albanien an.

Am Donnerstag abend haben wir wieder Bürgerforum mit der Bevölkerung, wir antworten, die Leute fragen. Diesmal Thema: Stasi–Post–Fernmeldeamt. Ich kaufe mir mal einen Käfer. Wenn Du mal etwas hörst, denk an mich. Gut in Schuß muß er sein.

Bleib gesund, ich habe Dich sehr lieb.

Tschüß, Deine Mutti«

Ich lasse den Brief sinken. Greife die Tasse mit dem kaltgewordenen Tee.

Meine Mama … Als ich Fluchtpläne schmiedete, rechnete ich damit, meine Eltern lange oder vielleicht nie wieder zu sehen … Aber da lag so viel Unbekanntes vor mir. Sie waren ja beinahe Fremde für mich.

Jetzt sind wir uns nähergekommen.

Ich wollte meine Mutter niemals in die Flucht hineinziehen. Das nahm mit der U-Haft einen anderen Lauf. Sie wurde automatisch über meine Inhaftierung informiert. Ich konnte es nicht verhindern.

Lili reagierte mit Scham und Empörung. In den ersten Wochen meiner Haft glaubte sie mehr den Vernehmern als mir, wollte meine Motive nicht verstehen. Erst als der Exodus begann, Tausende junger DDR-Bürger die Botschaften und Zäune stürmten, brachte sie mir Verständnis entgegen. Da erwachte die Löwin in ihr.

Bei unserem letzten Gespräch in der Haftanstalt Hohenfels saß sie mir mit funkelnden Augen gegenüber. Es war schon komisch, fünf Strafgefangene nahmen in dem kleinen Besucheranbau des Knastes an weißen Tischchen ihren Angehörigen gegenüber Platz. Zwischen zwei Tischen hockte jeweils eine Wachtel. Mit scheinbar schläfrigen Gesichtern, aber sofort bereit, das Gespräch zu unterbrechen, wenn die Haft betreffende Dinge zur Sprache kommen würden. Und das war eigentlich alles, worüber man redete.

Wir rührten in unseren Mitropa-Tassen mit dünnem Kaffee, während an den anderen Tischen Obstkuchen kredenzt wurde. Lili beschwerte sich umgehend, als nur wir keinen Kuchen zum Kaffee gereicht bekamen.

Unsere Wachtel murmelte: »Ihre Tochter hat keine Kuchenerlaubnis«, und verstummte wieder.

Lili zog die Augenbrauen hoch und sah mich fragend an, ich flüsterte ihr halblaut zu: »Weil ich die Norm nicht erfülle, weißt du.«

Ich zwinkerte ihr zu, und sie begriff. Endlich.

Als politische Gefangene empfand ich es als meine Pflicht, die Norm so schlecht wie möglich zu erfüllen, zumal mir das Umranden von siebenhundert Stück Stofftaschentüchern am Tag kein wirkliches Bedürfnis war. Inzwischen betrieb ich einen regen Tauschhandel mit kleinen Puppen, die ich heimlich aus Taschentüchern und Stoffresten nähte. Die Kriminellen, die mit uns im Nähsaal arbeiteten, schenkten sie ihren Liebchen oder warben damit um sie.

Mein bester Kumpel da oben war Felix, eine herbe Frau, die diese Geschlechtsbezeichnung kaum verdiente und dementsprechend von allen als Mann behandelt wurde. Felix war groß, kräftig, schmalhüftig und trug einen das eine Auge verdeckenden blonden Seitenscheitel über einem rot aufgedunsenen Gesicht. Felix brummte immer nur kurze, brutale Kommentare und hatte mich aus unerfindlichen Gründen in sein schwarzes Herz geschlossen.

So kam er auch zu mir, als eines Tages im Oktober die Amnestie verkündet wurde. Mit von bellendem Weinen verzerrter Stimme teilte Felix mir mit, daß wir Politischen restlos amnestiert werden sollten.

Atemlos vor Freude boxte ich Felix gegen die Schulter: »Alter, warum heulst du denn da?«

»Weil ick keene Kohlen inn Keller hab, Mann, ick dachte, ick kann den Winter hier bleeben!« Erst langsam begriff Felix, daß er gar nicht betroffen war. Er wurde nicht amnestiert, was für die Rückkehr seiner brummigen Gelassenheit sorgte.

Aus der Scham über meine Unterbringung, die meine Eltern einte, wurde bei Lili Wut. Sie hatte endlich alle politische Zurückhaltung fallenlassen. Bei diesem letzten Gespräch vor der Amnestie griff sie meine Hände.

Drückte stark zu. »Ich bin jetzt ins Neue Forum eingetreten. Wir demonstrieren jeden Montag, bevor wir zum Gebet in den Dom ziehen. Was meinst du, wie viele Kerzen da für euch angezündet werden!«

Die Wachtel räusperte sich, und ich strahlte.

Meine Mama, herrlich! Archaische Gewalten stiegen auf. Sie hätte fünfzig Frauen Kraft gegeben, ich sah sie Reden halten, auf den Mauern von Hohenfels stehen. Singen, Fahnen schwenken. Sie holte mich da raus.

Zwei andere politische Gefangene und ich hatten vorher unfreiwillig eine Art Revolte auf die Beine gestellt, die von Beginn an zum Scheitern verurteilt war.

Anfang Oktober noch hatte ich den sechzehn Frauen meiner Zelle und einigen anderen die Karten gelegt, immer mit dem beunruhigenden Ergebnis, daß der Herzkönig oder der grüne Prinz im November nah bei ihnen sein würde.

Wir hofften aber, angesichts der spärlich zu uns dringenden Nachrichten, daß zum vierzigsten Geburtstag der Republik am 7. Oktober eine Amnestie erlassen werden würde oder der überfüllte Knast in Richtung Westen Aderlaß betriebe. Der 7. Oktober verstrich, und bis auf unsere spontanen Gesänge der *Internationale*, die wir auf dem Freihof anstimmten, passierte gar nichts. Die Wachteln schlichen indes etwas nervöser um uns herum.

Eines Morgens dann, wir beendeten gerade unser karges Frühstück, zögerten alle siebzig Frauen im Eßsaal einige Sekunden, dem Aufbruchssignal Folge zu leisten. Der Einschluß zur Arbeit stand bevor.

Wir riefen uns mutige Parolen über die langen Tische zu, als eine Wachtel auch schon aus dem Raum eilte, zur Haftleitung.

Die umgehend als Arbeitsverweigerung bezeichnete Revolte war ohne unser Zutun entstanden.

Wir mußten uns im Hof aufstellen, der Anstaltsleiter erschien und verkündete uns und den staunenden Wachteln, daß so etwas hier noch nie vorgekommen sei. Wir sollten über unser Tun und Wollen genau nachdenken und besser den Anforderungen des Wachpersonals nachkommen.

Wie üblich wurden wir in kleinen Grüppchen in den Saal hochgefahren, der Fahrstuhl faßte maximal zehn Personen. Als wir alle ungeordnet vor der Luke standen, aus der normalerweise die Arbeitsutensilien ausgegeben wurden, waren wir einigermaßen ratlos. Was sollten wir tun, welche Forderungen mit welchen Konsequenzen aufstellen?

Gabriele und Marita, meine Gesinnungsgenossinnen, und ich liefen um den Pulk schwatzender, keifender Frauen und agitierten.

»Haltet durch, wir bestellen den Anwalt Vogel her, er soll uns Rede und Antwort stehen. Das Land steht kopf, da kann es nicht angehen, daß wir hier festgehalten werden. Wir wollen rüber!«

Indes strichen die Wärterinnen wie Hyänen um uns herum, es war klar, daß sie genau beobachteten, wer das Wort führte.

Nach wenigen Minuten äußerster Anspannung knickten die ersten Damen ein. Ich brüllte eine hysterisch heulende Frau an: »Reiß dich zusammen, nur ein paar Stunden, dann haben wir es geschafft!«

Aber es nützte alles nichts. Unter Heulkrämpfen, mit wachsbleichem Gesicht, schlich eine nach der anderen zur Luke und holte sich mit gesenktem Kopf Scherchen und Garnrollen. Eine Maschine nach der anderen wurde in Gang gesetzt. Aus der Ferne musterte mich Felix, mitten im Gang stehend, die Hände in die Taschen der Arbeitshose vergraben, breit grinsend.

Nur eine Stunde später fanden wir uns zu dritt im Büro des Leiters wieder. Er räusperte sich, betrachtete Gabriele, Marita und mich lange und fragte dann: »Für wen kämpfen Sie eigentlich, meine Damen? Für das Häufchen wimmernder Mitläuferinnen, die längst schon wieder an ihren Maschinen sitzen? Wissen Sie, was es für Meuterei gibt? Wollen Sie fünf Jahre Nachschlag für nichts auf sich nehmen?«

Es war peinlich. Wir hatten keine Argumente, keine Ziele mehr und schlichen gedemütigt aus dem Büro.

Die Wachteln schubsten uns hohnlachend zurück in den Nähsaal, und wir wurden noch ein wenig weiter strafversetzt.

Ich hatte sowieso schon einen Nähplatz an der Peripherie der Politischen, da ich die ganze Schicht über bemüht war, nicht zu arbeiten. Die politischen Gefangenen, die eifrig ihre Norm übererfüllten und bis zu tausend Taschentücher durch ihre Maschinen zockeln ließen, saßen exponiert an der den Kriminellen am weitesten entfernten linken Seite. Sie bekamen monatlich die begehrten Paketscheine für Drei- oder Fünf-Kilogramm-Pakete und die Besucher-Kuchenerlaubnis. Dann folgten die Lahmärsche, die gerade mal hundert Prozent erfüllten, und neben dem breiten Mittelfeld, an der Grenze zu den Maschinen der Kriminellen, saßen die Faulen und Verweigerer wie ich.

Nun durfte ich mitten unter Felix und Genossinnen nähen. Wenigstens etwas Gutes an diesem Tag! Die Kriminellen hatten keine Normparameter, lachten und sangen während der Arbeit, auch manch eine kleine Prügelei heiterte den Schichtalltag auf.

Fortan nähte ich völlig ungestört, was mir Spaß machte, oder redete mit Felix, Monika und Löffelchen.

Löffelchen war gerade aus dem Haftkrankenhaus wiedergekehrt, wohin sie sich für drei Monate der Abwechslung und Ruhe zurückgezogen hatte. Dazu verschlang sie einmal im Jahr einen Löffelstiel von dem Haft-Alubesteck, der dann jedesmal operativ entfernt werden mußte.

Als die Amnestie verkündet worden war, dauerte es Wochen, bis alle Inhaftierten auch wirklich entlassen wurden. Meine Meutereigefährtinnen und ich standen als letzte auf der Liste, das war klar.

Längst sahen wir täglich die Wartburgs und Trabants der Angehörigen vor der Anstalt stehen und winkten im immer kleineren Kreis der Verbliebenen hinter den plötzlich bunt gekleideten Frauen hinterher.

Das Laub fiel von den Bäumen, und über das weit einzusehende Land fegten schon die Herbststürme.

In der *Aktuellen Kamera* verfolgten wir die Grenzöffnung mit, sahen die lachenden und weinenden Menschen mit gemischten Gefühlen. Jeder, aber auch jeder konnte sich inzwischen in einen Zug setzen oder über die Grenze laufen, und wir saßen noch hier fest und nähten Taschentücher!

Als von den hundertfünf Frauen auf unserer Etage nur noch fünf Gefangene übrig waren, reichte es mir. Ronny, auch eine Kandidatin der letzten Stunde, die wegen totaler Arbeitsverweigerung einmal im Monat den Karzer bezog, lernte die Telefonnummer meiner Mutter auswendig und verließ mich mit dem Versprechen, ihr die Kalamität zu erklären. Mein Entlassungstermin war auf den 23. November festgesetzt, zehn Tage nachdem die letzten »normalen« Politischen entlassen worden waren.

Lili besetzte noch am selben Abend das Büro des Bürgermeisters in Magdeburg und ließ sich nicht vertreiben, bis der Bürgermeister in den späten Abendstunden endlich Zeit für sie fand. Es gab wichtige Sitzungen in dieser Zeit des Umbruchs und der Auflösung, aber meine Mutter blieb sitzen, fast bis Mitternacht.

Drei Tage später kam ich frei.

Bei der eilig erfolgten Abschlußuntersuchung grinste mich der nunmehr grell und billig gekleidete Anstaltsarzt an und meinte: »Vielleicht sehen wir uns ja in Hannover beim Einkaufen!«

Ich schnaubte nur und ging, meine Effekten holen.

Der Wind heulte um die ehemalige Burg, die ich erstmals von außen sah. Die Hunde an den Laufleinen jaulten zum Anschied.

Endlich schlossen sich die großen Eisentore hinter mir. Meine Eltern umarmten mich, und ich winkte zu Daniela und Marita hinauf in die dritte Etage des Arbeitsblocks, bevor ich in den Škoda stieg, wo mich ein Korb voller Bananen und Multivitaminsäfte auf dem Rücksitz erwartete. Durch das Rückfenster des holpernden Autos sah ich noch lange eine blonde Locke, die im Wind des geöffneten Fensters über der Knastburg wehte.

Es dämmert, der Kühlschrank knackt hinter mir, auf den anderen Etagen regt sich was. Das Krankenhaus erwacht. Gleich muß die Ablösung kommen. Ich reiße die Fenster auf.

Das Stationsbuch liegt auf dem Tisch, ich habe alles eingetragen, hoffentlich richtig. Nur die frischoperierte Frau bekommt noch eine weitere Infusion, dann hab ich auch diese Nacht überstanden. Mal sehen, ob ich heute wenigstens bis zwei schlafen kann; wenn Trixi Musik hören will, kennt sie kein Erbarmen.

Und dann werde ich das Rad nehmen und rumfahren, in den Stadtwald, der gleich hinter unserer Straße anfängt, oder über die Rheinwiesen. Im besetzten Haus bei der Uni war ich auch lange nicht.

Nächste Woche kommt Sascha, er will hier arbeiten, Geld in einer Kneipe verdienen. Wenn wir beide genug zusammen haben, machen wir eine Reise. Irgendwohin. Mal sehen. Irgendein Freund von ihm will sich uns noch anschließen. David. Hoffentlich ist der okay.

Mein erster Sommer in Freiheit beginnt.

Katrin hält einen Moment inne. Der Bildschirm ihres Computers gibt knurrende Geräusche von sich. Hängt wieder, ärgerlich. Katrin geht in die kleine Teeküche hinüber, macht sich einen Espresso. Die Küchengeräte blinken metallen. Alles ist neu. Und teuer.

Das Großraumbüro mit den funktionalen Schreibtischen liegt zur Nordseite des Gebäudes hinaus. Zehn Architekten können hier gleichzeitig arbeiten. Eine

Glasscheibe trennt den Arbeitsraum vom Sekretariat. Die Teeküche liegt im Flur, gleich neben den Türen zu den Toiletten und dem Durchgang zur Chefetage.

Katrin schlürft den heißen Kaffee, sieht zu Martin. Er schaut konzentriert auf seinen Monitor, bewegt die Maus behutsam über die große Zeichenplatte. Von hinten sieht er so jungenhaft aus, denkt Katrin, mit seinen dichten dunklen Haaren. Und wie er dasitzt, die Füße um das Stuhlbein geschlungen. Das Hemd hängt ihm hinten aus der kurzen Hose, die Beine sind braun und struppig behaart.

Einen schönen Mann hab ich mir da geangelt. Alle Weiber des Büros sind neidisch. Zum Glück interessiert er sich nicht sehr für meine Vergangenheit.

Katrin möchte schnell vergessen, wie gern sie polemisch wurde. In diesem Büro sind keine alten Kollegen, aber man könnte immer mal auf sie treffen. Bei einem Essen oder bei Verhandlungen mit Kunden. Aber jetzt zählt eben nur noch die Leistung. Und das Aussehen. Es kann doch kein Zufall sein, daß der Chef Katrin immer dabeihaben will. Sie weiß sich eben anzupassen. Sieht blendend aus. Die Zukunft gehört ihr. Und in drei Wochen fahren sie nach Griechenland.

Mo rührt in ihrem Eiskaffee. Die Marietta-Bar ist jetzt ein fröhliches Café mit ganz normalen Leuten.

Keine Punks mehr. Wo die wohl alle hin sind.

Eine Kollegin aus dem Krankenhaus Altstadt grüßt herüber. Sie schlendert mit ihrem Freund am Kaufhof vorbei. Mo winkt zurück.

Wenn ich nur nicht immer so traurig wäre. Es ist doch jetzt alles gut. Magdeburg verändert sich, die

Häuserlücken werden geschlossen. Es gibt alles zu kaufen, wovon man früher nur geträumt hat. Die Kolleginnen sind nett, die Arbeit macht Spaß. Na ja, Spaß. Was soll ich sonst machen. Ich weiß einfach nicht, was ich machen soll.

Mo läßt den angefangenen Eiskaffee stehen. Geht den Breiten Weg hinunter. Am ehemaligen Café Liliput vorbei. Hier werden jetzt Obertrikotagen verkauft. Damenmode. Seltsam, daß ich früher hier nie reingegangen bin. Nina hockte fast jeden Nachmittag hier. Vielleicht deshalb.

Mo zieht sich die dünne Strickjacke tiefer. Über die Handgelenke. Keiner soll ihre Narben sehen, die noch frisch sind. Rosa wuchernde Narben. Der Arzt hatte recht. »Sie müßten doch eigentlich wissen, wie man das richtig macht. Sie sind doch vom Fach!«

Peinlich. Ich kriege nichts richtig hin.

Wenn ich wenigstens den Mut zum Reisen hätte, mal nach Norwegen oder Schweden fahren. Das wäre schön. Aber alleine?

Mo betrachtet sich in der spiegelnden Schaufensterscheibe eines großen Geschäfts. Ein dünnes Mädchen mit langen, hellen Armen. Lange, dünne Beine. Weiße Beine. Mo sieht verschämt an sich herunter. Wer sollte sich schon in mich verlieben.

Burgberg der Akropolis. Ich bin auf einen Stein geklettert, breite die Arme aus. David schießt ein Foto. Ein Japaner lächelt und wedelt mit seiner Kamera. David hebt mich herunter. Ich streiche ihm über das Haar. Küsse seinen Hals. Das Leben ist wunderbar.

Wir schlendern eng umschlungen in die Gassen

der Altstadt zurück. Sehen den Porträtmalern zu. Trinken Wein. Katzen schnorren zwischen den Touristenbeinen. Als es dämmert, fragt David: »Und wo liegt denn nun dein Schliemann?«

»Müssen wir mal auf den Stadtplan gucken. Es muß hier irgendwo sein. Er hat auf jeden Fall ein Ehrengrab!«

David raunt mir ins Ohr: »Da gehen wir heut nacht hin, ich will mit dir allein da hin, nicht mit den ganzen Touristen!«

»Okay.«

Es ist dunkel geworden, als wir aufbrechen. Lärm fröhlicher Gruppen dringt aus den Bars auf die Gassen. Wir fahren ein paar Straßen weiter, ich dirigiere nach dem Stadtplan. »Hier, da drüben muß es sein. Die Mauer!«

David macht eine Räuberleiter, ich lasse mich auf der anderen Seite runterfallen. Dann folgt David mir. Die warme Nacht atmet. Wir halten die Luft an. Der Friedhof liegt dunkel und verlassen. Erst jetzt sehen wir den Vollmond über den Pinien. Eine breite Allee führt durch die Grabanlagen. Jedes Grab besteht aus einem kleinen Häuschen, dessen Tür offensteht. Treppen führen hinab in winzige Räume. Darin stehen kleine Tischchen, meist zwei Stühle rechts und links. Auf den Tischen stehen Windlichter, brennende Kerzen.

Es ist unheimlich. Wir fassen uns bei den Händen. Überqueren die erste Allee, schauen ängstlich in die Kammern. Gehen schneller. Überall die offenen Türchen, die Lichter.

Der Mond lockt. Grillen zirpen. Ein Hund bellt. Von Schliemann nichts zu sehen. Ich ziehe David auf einen anderen Weg. Im Hintergrund der riesigen Anlage sind noch größere Grabbauten zu sehen. Wachsen Schatten in den Himmel.

Plötzlich steht ein Mann vor uns. Aus dem Nichts aufgetaucht. Wir halten beide die Luft an. Zu Tode erschrocken. Er spricht, ruft ärgerlich etwas auf griechisch. Kein Geist. Wir rennen los. In Richtung Haupttor, dessen Gitter jetzt rechter Hand zu erkennen sind. Ich drehe mich suchend um, hinter mir der Mann mit dem Hund. An der Leine.

Da ist es. Ich stoße David an. Das Grab Heinrich Schliemanns ist vom Mond angestrahlt. Marmor, Stele, Inschrift und Relief mit Porträt. Wir verharren einen Moment und rennen dann weiter.

Wir klettern schnell über das Gitter. Im Auto jauchzen wir beide noch lange, unterwegs nach Mykene.

An einem langen Sandstrand machen wir halt. Bauen unser Zelt auf. David streicht immer wieder über den zerbeulten Kotflügel. Sieht den Audi mitleidend an.

Ich sitze vor dem Zelt und lese in Schliemanns Biografie. David verklebt noch einmal den zerborstenen Scheinwerfer.

»Komm, das wird schon gut ausgehen!«

David sieht nicht zu mir herüber. Blöder Unfall, die Seitenstraße war wirklich nicht einzusehen. Ich saß am Steuer, als aus der Gasse ein Auto auf den Marktplatz der winzigen Stadt geschossen kam, es hatte Vorfahrt. Ich versuchte, zu bremsen, gabelte den Kleinwagen aber der Länge nach auf. Totalschaden. Herbeigelaufene Männer halfen David, den in unserem Reifen steckenden Kotflügel hochzubiegen.

Ich beruhigte den griechischen Fahrer, war ziemlich zerknirscht. Wir verstanden einander nicht. Schließlich kam ein Mann angelaufen, der den Polizisten unsere Angaben übersetzte. Ich war Arbeiter, sieben Jahre Stuttgart, keine Angst haben, ich kläre für euch! Deutschland gut!

Alles war gut, die Polizisten gaben mir alle Papiere wieder, klopften uns auf die Schultern, und wir durften weiterfahren. Zu Hause werden wir sehen, was der Spaß kostet. Ich setze mich erst mal nicht ans Steuer.

David spricht seit zwei Tagen nicht mit mir.

Es ist wunderschön hier. Die Sonne wandert auf den Horizont aus glänzenden Wellen zu. Ich gehe zum Strand hinunter. Weit und breit ist kein Mensch zu sehen. Die Wellen haben tiefe Kehlen in den Sand gespült, ich stehe im seichten Wasser und genieße das Glitzern und Flirren.

Auf gleicher Höhe strahlt der Sonnenball mich an, zieht mich zu sich, wirft Gold über das Meer. Mir entgegen. Es reißt mich mit, ich fühle, wie etwas in mir aufsteigt. Eine riesige Blase wächst und zerplatzt dann in meinem Kopf, ich breite die Arme aus und rufe, erst leise, dann immer lauter: »Hurra, ich bin frei! Juhuuuuuuuu!«

Mich umfassen braune Arme, ein Mund küßt meinen Nacken. David hebt mich ein Stückchen hoch und wirft sich mit mir in die Wellen. Ich schreie weiter, mein Herz rast wie wild. Wir kreischen und lachen, kämpfen. Er zieht mir das nasse T-Shirt aus, den Slip. David ist nackt, er ist ein Faun, ein junger Gott. Sein glatter Körper rührt mich. Die kindlichen braunen Augen. Ich bin verliebt.

Wir kitzeln uns, wälzen uns in der Brandung, lieben uns. Die Sonne versinkt im Meer. Es ist warm.

Im Dämmerlicht sitzen wir mit nassen Haaren am Strand. Rösten Kartoffeln in der Glut eines kleines Feuers. David hat den halben Nachmittag Holz gesammelt und es fachmännisch aufgestapelt. Ich lächele David an.

Jetzt sind wir schon seit drei Wochen unterwegs.

Die Fahrt über Jugoslawien nach Griechenland war so schön. Über endlosen Hügeln wachten nur die Ruinen des Zweiten Weltkriegs, zerfallene Steinhäuser, deren fensterlose Öffnungen schwarz und unheimlich gegen die hellen Wände abstachen. Hin und wieder saß eine in dunkle Tücher gehüllte Greisin am Straßenrand und bot Honig oder Käse feil, Ziegen meckerten im kurzen Gras der Steppe. In Dubrovnik führte uns der Tramper, den wir seit dreihundert Kilometern im Auto hatten, durch die Altstadt. Über dicke Hafenmauern, von denen aus ich weit übers Meer schauen konnte.

Ich lehne mich an Davids Schulter und blinzele ins Feuer. Alles ist gut.

Das Café am Dom sieht beinahe aus wie früher. Die schwarzweißen Vorhänge hängen seit der Eröffnung Ende der achtziger Jahre hier. Eine Magdeburger Künstlerin hat sie bemalt. Kleine runde Tische quetschen sich seit damals in futuristische Nischen.

An der Bar gibt es eine neue Zapfanlage, die Werbung einer Bierfirma ziert das Lokal. Es ist im Erdgeschoß des Hauses untergebracht. Ein Neubau, häßlich wie seine Zwillinge im Stadtbild. Gegenüber liegt die Staatsbank der DDR, dahinter ist der Dom in seiner dunklen Pracht zu erkennen. Die riesige Wand der Westfassade mit den zwei ungleichen Türmen. Schwarze Gotik.

Ich rücke meinen Stuhl so, daß ich die ehemalige Karl-Marx-Straße im Rücken habe.

Meine langen Haare trage ich offen. Meine Kleider sind schwarz, eine Bluse und ein langer Rock. Die Schnürstiefel aus braunem Wildleder zappeln unter dem Tischchen. Ich bin nervös.

Hier hat sich wenig verändert.

Wie wird Mo aussehen? Ich schaue auf mein Teeglas, rühre ungeduldig darin. Außer mir ist kein Gast im Café. Die Kellnerin poliert Gläser und sieht auf die Straße, wenn eine Bahn vorbeirumpelt.

Die Tür klappt, eine helle Gestalt bewegt sich vorsichtig um die Ecke. Mo, sie strahlt mich kurz verlegen an, schlängelt sich zwischen den Stühlen hindurch und setzt sich zu mir.

Blaß sieht sie aus, verhärmt. Sie trägt eine lange Strickjacke, nestelt an den Ärmeln herum. Sie macht ein paar Gesten zur Bar hinüber. Sucht sich den anderen Stuhl aus, der weiter weg von mir steht, von dem aus sie die Straße im Blick hat. Ein Kaffee wird ihr gebracht.

Wir haben uns nicht umarmt. Mo öffnet das Becherchen mit der Kaffeesahne und schwenkt die Milch in ihrer Tasse, ohne den Löffel zu benutzen. Sie schaut auf die Passanten, die sich an der Straßenbahnhaltestelle vor dem Café sammeln. Grinst mich kurz verlegen an.

Wir wissen nicht recht, womit beginnen. Es liegt so viel Zeit zwischen den zwei Sommern. Ich warte.

»Nina, ich…« Mo nagt an ihrer Lippe, der Blick wandert vom Fenster zu mir, wieder zurück nach draußen.

»Mo, ich habe kein Problem damit, es war deine Entscheidung. Wenn du magst, redest du darüber, wenn nicht, laß dir Zeit!«

Mo nickt und trinkt. Seufzt, holt tief Luft. »Du bist so braun, du siehst gut aus!« Sie lächelt, streicht sich eine Strähne aus dem Gesicht, rutscht auf ihrem Stuhl hin und her. Und plötzlich sprudeln die Fragen aus ihr heraus. »Wie war das denn eigentlich bei dir, warum hast du nur ein Jahr und zehn Monate bekommen? Ich habe deine Mutter getroffen, die hat mir das erzählt. Du dachtest doch damals… in der Zelle, daß es mehr als drei Jahre werden?«

Also gleich zur Sache. Ich nicke ihr zu. »Na gut, dann lege ich mal los. Ich hatte doch einen Stasi-Typen hier, der auf mich angesetzt war. Er sollte mich werben, und ich hab die ganze Zeit versucht, ihn loszuwerden. Das war nicht so einfach, erpressen kann man jeden. Auf jeden Fall hab ich in den Vernehmungen in Berlin angegeben, daß dieser Kontakt ein Grund dafür war, die DDR ungesetzlich verlassen zu wollen. Das hat denen gar nicht gepaßt. Die haben da noch kleine Spielchen mit mir gemacht, weißt du, der böse Offizier kommt rein, fragt tausend Sachen, du sagst immer nein, nein und so weiter, und dann liegt plötzlich ein Protokoll vor dir, das du unterschreiben sollst. Aber die Fragen sind ganz andere geworden…«

Ich sehe der Kellnerin zu, die inzwischen hundert Gläser poliert haben muß. Ein Mann ist hereingekommen, hat uns mit einem unwirschen Blick gestreift und sich dann auf einen Barhocker geschwungen. Leichte Drehung im Arsch.

Jetzt sehe ich plötzlich Mos Gesicht. Ganz nah vor mir. Ihre Augen sind traurige Teiche. Schwarz, matt. Was denkt sie? Wo war ich stehengeblieben?

Ach ja. »Tja, da hieß es nachdenken, ich hab erst mal Bedenkzeit gefordert und gar nichts unterschrieben. Die wollten mir komische Fragen unterjubeln, zum Beispiel, ob der Mitarbeiter der Staatssicherheit mich sexuell erpreßt hat. Nein. Hat er Sie irgendwie genötigt? Nein. Ich hab dann nachgedacht, und am nächsten Tag hab ich verlangt, daß ich mein eigenes Protokoll zu diesem Vorgang schreiben kann. Ich hab alles selbst aufgeschrieben, wie das war, mit den Fahrten in die Umgebung von Magdeburg. In Harrys Wartburg. Und von den Fragen, die er mir gestellt hat. Und wie mich das unter Druck gesetzt hat. Daß ich am Ende nur noch weg wollte, in einem Gewissenskonflikt war. Und dann habe ich verlangt, daß dieses Protokoll Tim zu lesen gegeben wird und er unterschreiben soll, daß es so war. Zum Glück hatte ich ihm immer alles erzählt. Und ein paar Tage später kam das Protokoll wieder auf meinen Tisch. Tim hat alles bestätigt. Alles, was die Sache nicht unmittelbar betraf, hatten sie geschwärzt und ihm nur die Sätze zum Lesen gegeben, worin er namentlich erwähnt wurde. Dann war plötzlich Ruhe. Ich hatte keine Vernehmungen mehr. Wußte auch nicht, was los war. Zum Schluß kam der böse Offizier noch mal und meinte, er wolle mir nur noch einen guten Rat geben: Ich bitte Sie dringend, bei der öffentlichen Verhandlung in Magdeburg nichts von Ihren Kontakten zur Staatssicherheit zu erwähnen, das wird sich dann positiv auf Ihr Urteil auswirken! Lächerlich!«

Ich imitiere den amtlichen Ton, und Mo muß grinsen. »Daß du das alles so leichtnimmst, dafür hab ich dich schon immer bewundert!«

Mich schüttelt es. Ich sehe plötzlich die Gesichter wieder vor mir, meine Not. Ich war nicht cool. Ganz und gar nicht. Ich war nur frech und hilflos. Aber wie kann man das erklären. Wie jemandem wie Mo sagen, daß man Angst hatte?

»Ach, Mo, nach außen kann man so was ja ausstrahlen, aber in mir sieht's oft ganz anders aus …«

Mo legt eine Hand auf meinen Arm. Schaut wartend in mein Gesicht. Sie kann den Blick nicht halten, ihre Augen wandern nach draußen. Wo der Sommer sich dem Ende zuneigt.

Mo sieht wieder zu mir, ich drehe mein Teeglas auf der Untertasse.

»Ich wollt mich sogar umbringen, Mo, stell dir das mal vor. Ich war gerade raus, hab am Anfang ja in Heidelberg gelebt. Diese komischen Menschen dort. Stockkonservativ oder völlig durchgeknallt. Ein besetztes Haus gibt es dort. Wo die Punks wohnten. Da lagen Spritzen auf dem Klo rum. Das war alles zuviel für mich. Die Buchhandlungen, Regale voll bis unter die Decke. Kafka, George Orwell, Nietzsche. Einfach alles. Ich hab das nicht verkraftet. Und dann diese Burschenschaften. In der Villa von Eberhardts Tante, wo wir untergekrochen waren, wohnten ein Altnazi und ein Pharmaziestudent. Der Alte war von Bert ganz begeistert, rief durchs Treppenhaus, so einen Jungen hätten wir noch gebraucht, dieser Haarschnitt, der stolze

Gang! Bert hatte keinen Bock auf nationalistisches Gestammel. Mann, war das seltsam …«

Ich hebe den Blick, ohne Mos Augen zu finden. Sie nestelt unter dem Tisch an ihren Händen. »Der Student aus dem Dachgeschoß hat dann gemeint, ich solle unbedingt Pharmazie studieren, als Frau ginge das mit der Burschenschaft natürlich nicht, aber er kenne da einen Gattinnenklub … Er hatte einen Schmiß im Gesicht und erzählte mir was vom Fechten. Mo, das kannst du dir nicht vorstellen, ich dachte, so was gab's nur zu Goebbels' Zeiten.«

Mo wiegt die leere Tasse in den Händen. Sie hebt den Blick. Ihre großen Augen haben ein wenig Farbe verloren in diesem letzten Jahr, sie sind durchscheinender als früher. Ihr Gesicht wirkt jung, weich und viel zu blaß. Sie muß sich Vorwürfe gemacht haben. Wie hat sie die Monate nach dem Knast wohl verbracht, wie die Ausblutung der Stadt erlebt? Ob ich sie danach fragen kann?

Mo seufzt. »Bitte, erzähl doch weiter, wie war es dann in Heidelberg?«

»Dann haben sie mir auf dem Einwohnermeldeamt gesagt, ich soll meine deutsche Staatsangehörigkeit beweisen. Ich! Nur, weil mein Vater, die Mutter interessiert dabei überhaupt nicht, im Sudetenland geboren wurde. Ich mußte die Heiratsurkunde meiner Großeltern väterlicherseits vorzeigen und die deutsche Abstammung meines Vaters nachweisen. Daraufhin bekam ich erst einen Vertriebenen- und einen Flüchtlingsausweis und den Hinweis, daß ich in Baden-Württemberg nicht als Krankenschwester anerkannt werden würde und mein Abi auch nicht ausreiche für ein Studium. Es fehlten zu viele Fächer. Ich sag dir, da war ich am Boden. Und dann diese edlen Straßen, diese aalglatten Menschen, die vollen Läden. Ich war so traurig. Ich hab nicht das gefunden, was ich mir unter dem Westen vorgestellt habe. Es war alles so kalt. Da hab ich an allem gezweifelt.« Ich sehe Mo an, deren Augen sich mit Tränen füllen.

Ich muß selbst tief Luft holen, um die Gespenster des letzten Winters zu vertreiben. Will etwas Nettes sagen, aber mir steckt ein Kloß im Hals, mir ist, als würde Mo, die ich so lange nicht gesehen habe, ganz genau wissen, wovon ich spreche. Diese Sehnsucht kennen, sterben und gleichzeitig leben zu wollen.

Wie schön es ist, die einfachsten Dinge zu genießen und in ihnen aufzugehen. Den Wolken zuzuschauen, den Wind im Haar zu spüren, wenn man einen steilen Berg herunterradelt, niemals bremsen zu wollen, einfach weiterrollen … Eins sein mit dem Wind, den Wolken, dem Geruch der Nacht …

»Aber solange meine Mutter lebt, kann ich mir einfach nichts antun. Es würde sie umbringen …«

Mo hat ihre Hand auf meinem Arm liegen lassen. Jetzt laufen ihr die Tränen die Wangen herunter. »Ich wußte nicht, daß du das auch kennst«, flüstert sie.

Eine Verzweiflung bricht aus ihrem Blick, die mir angst macht. Ich drücke ihre Hand, mache mich sanft frei und blicke aus dem Fenster. Mo nimmt ihre Hände zwischen die Knie, schaut auf den Tisch, kann sich nicht beruhigen. Sie schluchzt.

Die Kellnerin hebt den Kopf und schaut zu uns herüber. Ich kann es aus den Augenwinkeln sehen. Der Typ auf dem Barhocker hat seinen Drink runtergekippt und schlurft zur Tür. Er hat die Hände in die Hosentaschen gesteckt und die Schultern leicht hochgezogen.

Mo schluchzt.

Ich weiß nicht weiter. Wie kann ich sie ablenken? Ich spüre, daß sie ziemlich abgedriftet ist. Daß ihre Trauer nicht zu lindern ist. Was soll ich sagen, fragen? Sie hat gewiß niemanden. Niemanden, der ihr zuhört, wenn sie Angst bekommt, der sie nachts in den Arm nimmt, wenn sie schweißgebadet aufwacht.

Nach einer kleinen Ewigkeit hört sie auf zu weinen. Ich habe die Wolken studiert, die bizarre Figuren in den Himmel bauen. Gerade ist ein Eisbär vorbeigeflogen.

Ich denke an David, der an der Elbe spazierengeht. Ich fühle mich augenblicklich leicht. Ich straffe mich. Ja, es ist vorbei. Das schwarze Loch ist überwunden.

»Na ja, jetzt hab ich ja David, wer weiß, wie lange das noch gutgeht. Er ist so jung. Die Reise war ein Geschenk, stell dir vor, wir sind durch zehn Länder gefahren!«

Warum erzähle ich das alles? Oder sollte ich Mo erzählen, wie sehr ich Sascha enttäuscht habe? Ihm den Freund weggenommen und seine Reise ohne ihn gemacht habe. Nein. Mein Magen zieht sich zusammen, wenn ich Mos Gesicht sehe. Ich will nicht böse auf Mo sein, ich bin doch gerade so glücklich.

Sie sieht so gesund, so glücklich aus, denkt Mo. Eine dicke gelbe Welle des Neids schießt aus ihren Eingeweiden empor, drückt sich von innen gegen ihre Kehle. Mo stützt unauffällig den Kopf in die rechte Hand, hält das Kinn emporgereckt, mit der anderen umschlingt sie ihr vernarbtes Handgelenk. O Gott, hoffentlich merkt Nina nichts! Der Neid zwängt sie ein wie eine Gummihaut. Ich mache keine Reisen, ich bin nicht verliebt, ich werde nicht geliebt, ich bin überflüssig. Nina ist zum Kotzen, so schön und verrucht wie immer, sitzt sie da und labert ein bißchen über Trauer und Verständnis, aber eigentlich kümmert sie das alles gar nicht. Sie hat alles abgestreift, das Haftkleidchen fallengelassen. Sie kommt klar. Die Stirn glatt, der Hintern kreist, sie kriegt alles und jeden. Warum fragt sie nicht, was mit meinen Händen ist, wie es mir geht? Ob ich verliebt bin? Weil sie mich nicht zu sehr demütigen will, wahrscheinlich. Das ist beinahe genauso schlimm. Mo schluckt und versucht, möglichst freundlich und aufgeschlossen herüberzuschauen.

Das Schweigen breitet sich schnell aus. Wie der graue Wolkenteppich da oben.

»Ich hab gar nichts zu erzählen, bei mir ist alles wie immer.« Mo schaut auf die Straßenbahn, die in Richtung Hasselbachplatz vorbeirattert. Die helle Strickjacke hält sie weiter fest um die Handgelenke geschlungen.

»Und Micha?«

Mos Blick verschattet sich sofort. Ich beiße mir auf die Lippen. Aber sie spricht weiter, leise. »Ich hab ihn nicht wiedergesehen, meine Mutter hat es mir verboten. Die hatten ihn doch rausgelassen, weil er sie angeschwärzt hatte. Zum Glück war sie nur eine Nacht drin. Hat einfach alles abgestritten. Ein paar Wochen später war das ja dann alles unwichtig.«

Ich sehe Mo nachdenklich an.

Mehr erzählt sie nicht. Ihr Mund bekommt einen harten Zug. Sie sieht mit starrem Blick auf die mächtigen Türme des Doms, an denen inzwischen dicke Wolken hängen. Die Straße ist in ein gespenstisches Zwielicht getaucht.

Ich habe es plötzlich eilig.

Wir trennen uns vor dem Domcafé. Verlegen streiche ich ihr sanft über die Arme. Fühle den weichen Stoff der Strickjacke und unterdrücke meinen Wunsch, das Mädchen zu schütteln, einfach wachzurütteln. Schneewittchen, wach auf, spuck den Apfel aus, es ist vorbei.

»Und versprich mir, daß du gut auf dich aufpaßt, ja? Ich melde mich, sobald ich was gefunden hab in Berlin. Dann kommst du mich besuchen, okay?«

Mo nickt und bleibt auf dem Bürgersteig stehen. Ich nehme meine Hände weg und sehe sie schwanken, ein ganz klein bißchen. Kein Prinz. Nicht einmal Zwerge.

Sie schlingt die Arme um den Oberkörper und blinzelt gegen das Zwielicht. Ist sie überhaupt noch hier? Es wird jeden Moment gewittern, der Himmel hat der Stadt eine dichte, dunkle Kappe aufgesetzt, die an der Elbe ankert. Die ersten Tröpfchen fallen sanft auf das staubige Pflaster. Eine streunende Windhose wirbelt Papierfetzen und Sand auf.

Ohne mich noch einmal umzuschauen, gehe ich mit wippenden Schritten den Breiten Weg hinunter, am ehemaligen Café Liliput vorbei, in Richtung Centrum-Warenhaus, das jetzt Kaufhof heißt. Ich frage mich, ob Mo allein nach Hause findet.

Katrin liegt am Strand. Der Sand ist weiß und warm. Martin hockt an der Brandung und malt Figuren in den nassen Sand. Die Sonne hat den Zenit längst überschritten. Verkäufer mit Bauchläden schlendern an den Touristen vorbei und bieten ihre Waren feil. Katrin rekelt sich. Der weiße Bikini steht ihr gut. Sie ist dunkelbraun gebrannt nach zwei Wochen Kreta. Martin schleicht sich an ihr Badetuch, verharrt bewundernd und bückt sich dann, küßt sie sachte auf den Bauch. Sie streichelt mit geschlossenen Augen seinen Kopf.

»Katrin, du bist so schön!« murmelt Martin. Lachen dringt von den badenden Kindern herüber, zwei kleine Jungen bespritzen sich mit Wasser. Martin sieht zu ihnen hinüber, schirmt die Augen mit der rechten Hand ab, seine linke streichelt über Katrins Bauch.

»Ich möchte ein Kind von dir, ein kleines Mädchen«, raunt er ihr ins Ohr und beobachtet, wie sich die zarten blonden Haare auf ihrem Arm aufstellen. In wenigen Sekunden flitzt die Gänsehaut über ihre Arme und Beine, bildet winzige Vulkane mit strohblondem Auswurf. Katrin schlägt die Augen auf und sieht Martin an. Ihre Lippen bleiben geschlossen, nur in ihrem Kopf formt sich ein entschlossenes Nein. Ihr Bauch ist kalt und hohl, kein Gefühl.

Ihre Augen schauen entschlossen, doch das Flakkern im Hintergrund nimmt Martin nicht wahr. Er ist so verliebt, daß er sich in allem mit ihr einig wähnt. Er knabbert zärtlich an ihrem Ohrläppchen.

Katrins Gänsehaut verstärkt sich. Martin lächelt und pustet sanft über die kleinen Hügel. Seine Finger gleiten wieder über ihren Nabel, die weichen Hügel des Bauchansatzes und hinunter zum Saum des Bikinihöschens. Darunter verbirgt sich das Wunder. Er küßt sie und sehnt die Abendstunde auf dem großen Bett herbei, das Licht des Sonnenuntergangs und die fließenden Fenstervorhänge, die im Wind zum Takt der Körper zucken. Das Lachen der Kinder schallt über den Strand.

Die Straßenbahn rattert den Prenzlauer Berg hinauf. Ich sehe aus dem Fenster. Die Häuser sind grau, erste Blätter tänzeln über die holprigen Gehwege. Einschußlöcher und Baulücken dünnen die Stadtfassade aus, wie eh und je. Kastanien und Platanen winken von jedem Stück unbebauter, verwaister Fläche.

Ich werde hier leben. Berlin ist meine Stadt, ich spüre es mit jeder Faser. Nach der Sommerreise mit David kam mir Köln erschreckend provinziell vor. Ich hatte gerade Athen gesehen, Wien und Prag. Ich will in einer großen Stadt leben – und ich brauche noch ein bißchen DDR. Einen Hauch von Grau, kaputten Häusern und Kellerlokalen, den ruppigen Umgangston der Handwerker und Kellnerinnen. Das Lamentieren und ewige Nörgeln ist mir sanfte Hintergrundmusik.

Tim braucht mich nicht mehr, er hat seinen Frieden mit dem Westen, mit Köln gemacht. Eine Freundin gefunden, einen Geldjob angenommen, einen BMW gekauft. Er ist in die Werbung gegangen. Früher haben wir immer gedacht, daß er sein Abi nachholen und mit mir studieren würde. Oder habe nur ich das gedacht?

Ich streiche über die schwarzen Gummirillen, die die Fenster der Straßenbahn abdichten. Wir überqueren die Dimitroffstraße. Ein junger Mann im Parka grinst zu mir herüber. »Wohin willsten?«

»Ich weiß noch nicht, einfach ein paar Leute kennenlernen. Ich such 'ne Wohnung.«

»Komm doch mit, ich geh ins Schliemann. Da kannste Leute kennenlernen.«

Wir laufen die Stargarder Straße runter, er zeigt mir die neuen Cafés. Wir biegen in die Schliemannstraße ein, einige Meter weiter in Richtung Helmholtzplatz liegt ein Laden mit zwei großen Schaufensterscheiben. Hier ist das Schliemann-Café. Olaf, so heißt mein neuer Gefährte, stellt mich seinen Freunden vor. Um die klebrigen Tische schleichen mehrere Hunde. Die Gäste sind schmuddelig, bunthaarig. Ein Bildhauer malt mit wilden Gesten seine neueste Plastik in die Luft. Ich trinke Rotwein. Mein Rucksack steht neben dem Sofa, in dem ich immer mehr versinke. Ich weiß nicht, wo ich schlafen werde, aber ich werde in Berlin wohnen und studieren, da bin ich ganz sicher.

»Liebe Mo,

jetzt haben wir uns schon einen Monat nicht gesehen. Davor noch länger, aber ich habe das Gefühl, daß wir uns wieder nahegekommen sind. Berlin ist klasse. Jetzt bin ich auch nicht so weit weg von Dir wie vorher in Köln. Ich bin ja gar nicht richtig heimisch geworden dort. Eigentlich war ich nur in Köln, weil es meine Freunde dorthin verschlagen hatte. Alles Zufall. Erst Heidelberg, dann Köln. Was wußten wir schon von der Landkarte des Westens?

Ach Mo, was für tolle Veränderungen um uns herum passieren, findest Du nicht? Meine Freunde ziehen jetzt auch wieder ostwärts. Kannst Du Dich an die kleine Katja erinnern? Die mit dem Wuschelkopf? Sie soll in Berlin sein, Bert will auch bald nachkommen. Der war ja der erste von uns in Köln gewesen. Nun geht's wieder zurück, aber Berlin ist jetzt auch was ganz anderes. Stell Dir vor, ich habe meine Bankfiliale im Wedding, gehe dort zum Telefonieren hin und wohne im Prenzlauer Berg. Hab quasi über Nacht 'ne Wohnung gefunden.

Na, und die paar Freunde, die noch in Magdeburg rumhängen, zögern auch schon. Ob wir bald wieder alle hier vereint sind? Aber weißt Du, Mo, manchmal frage ich mich, ob wir denn wirklich noch Freunde sind?

Der einzige, der mir in den Knast geschrieben hat, war Pit. Er hat sich mächtig ins Zeug gelegt, meine Mutter besucht und unterstützt, mir Schokolade und Früchte geschickt. Kannst Du Dich erinnern? Ach nein, da warst Du ja schon wieder draußen, er war beim Prozeß dabei. Stell Dir vor, er ist noch vor mir im Westen gewesen, hat sich im September einfach in Budapest in einen Zug nach München gesetzt.

Und die anderen? Sie haben mich vom Zug abgeholt, als ich aus dem Aufnahmelager in Mönchengladbach getürmt war. Ich habe es einfach nicht ausgehalten. Tims und meine erste Station nach Magdeburg war ja Unna gewesen. Raus aus dem Knast, zwei Tage in der Stadt herumlaufen, orientierungslos und wütend, dann weg. Ich konnte niemanden anrufen, verzeih mir, wenn ich Dir das alles jetzt erst erzähle … Es waren noch Ämterwege zu erledigen, wir hatten als Haftentlassene nicht einmal einen Personalausweis, während Tausende von Magdeburgern die Züge nach Hannover bestiegen. Ich mußte zur Polizei und den Entlassungsschein gegen den Ausweis tauschen, stand in diesem Büro, Schrankwand, Topfpflanzen, gleichgültige Gesichter. Tim war mitgekommen und griff schon nach einem Blumentopf, als die Bearbeiterin mir genüßlich grinsend erklärte, daß für mich eine Arbeitsstelle bei der Verwaltung der Stromwerke bereitstünde und ich nun mit einem Berechtigungsschein die Wohnung in Sudenburg offiziell beziehen dürfte, da der Vormieter endgültig unbekannt verzogen sei. Lachen konnte ich darüber nicht, ich nahm Tim den Blumentopf aus der Hand, den er gerade schleudern wollte, und ging mit ihm hinaus. Ein Zimmer weiter bekam ich anstandslos den Stempel zur Besuchsausreise in die BRD.

Ach, Mo, jetzt komm ich vom Hundertsten ins Tausendste – aber da ist so vieles passiert. Ich konnte das auch im Westen keinem erzählen, die haben beinahe Angst vor Leuten wie mir, so gruselig, deine Geschichte!

Damals, als ich zurückkam aus dem Knast, war ich seltsam gefühllos gewesen. Es hatte sich nichts verändert in Magdeburg. Die Nippesfiguren standen sorgsam abgestaubt vor den Büchern meines Vaters und wackelten wie eh und je leise im Takt der vorbeifahrenden Straßenbahnen.

Das Kinderzimmer war aufgeräumt und freundlich, meine Liege stand bereit. Ich schlich durch die Wohnung meiner Kindheit, und alles war mir fremd. Der Knoten platzte erst, als Sascha aus der Schule kam. Der stürmte durch den Flur, ich saß mit meiner Mutter in der Couchecke des Wohnzimmers und trank Schnaps. Sascha umarmte mich und fragte, du, ich fahr gleich nach Braunschweig, soll ich dir was mitbringen? Ein blondes junges Mädchen stand hinter ihm und hielt die Motorradhelme. Ich schüttelte nur den Kopf. Als sie aus dem Zimmer gegangen waren, brach ich zusammen. Ich hockte mich an die Heizung und heulte.

Im Aufnahmelager in Unna fragte eine Dame vom Amt Tim und mich, wissen Sie schon, wo Sie in der Bundesrepublik wohnen werden? Da sagte Tim, ja, in Köln, bei einem Freund. Die Frau schaute auf mich und fragte zögernd, Sie auch? Ich verneinte. Ich wagte nicht, zu Tim rüberzusehen, meine Augen standen voller Tränen. Ich hörte zum ersten Mal davon. Tim sah mir nach, als ich in einem Bus voller haftentlassener Ostler von Unna nach Mönchengladbach gefahren wurde. Ich winkte nicht, ich sah ihn kleiner werden, und etwas zerbrach in mir.

Komisch, ein bißchen wie bei Micha und Dir, nur später.

Ich hielt es eine Nacht in dem Container aus. Die Wachleute vom Technischen Hilfswerk, in deren Aufenthaltsraum ich die halbe Nacht verbrachte, waren echt verständnisvoll. Wir waren sechzehn in einem Schlafsaal, Männer und Frauen, ein paar Kinder. Die letzten Zonis, die noch zwei Wochen nach Mauerfall in die provisorischen Aufnahmelager kamen. Ich ertrug die Blicke nicht, nicht die anzüglichen Scherze. Ein paar Exknackis hatten flink Türme von Bierbüchsen auf mein Bett gestapelt, als sie merkten, daß ich keinen Typen dabei hatte. Ich flüchtete zu den Jungs vom Wachschutz, die neben den Waschräumen unter Neonlicht Skat spielten.

Am nächsten Morgen rief ich Bert an, bei dem Tim untergekrochen war. Na klar, komm vorbei, hier ist grad ein Ramones-Konzert, wir sind alle da. Blöd, daß du nicht gleich mit hergekommen bist! Da waren sie alle. Eberhardt, Rico, Tim und Bert holten mich vom Zug ab. Bert umarmte mich und vollführte einen kleinen Freudentanz mit mir, Eberhardt drückte mich lange, und Rico grinste schräg. Als wir dann in einer kleinen Kneipe saßen, fragte ich, warum habt ihr nicht geschrieben? Die Antwort war verblüffend, wir dachten, du schaffst das schon! Um Tim haben wir uns mehr Sorgen gemacht. Ach so, und warum habt ihr ihm dann nicht geschrieben? Ach, Nina, wir hatten andere Sorgen, ihr seid durchgekommen, und jetzt seid ihr hier.

Siehst Du, so war das. Ich wollte es Dir erzählen. Jetzt werde ich in Berlin wohnen. David fehlt mir sehr. Ist doch toll, daß ich so schnell 'ne Wohnung hier gefunden habe, nicht wahr?

Meine liebe Mo, jetzt wird alles gut, sei stark.
Ich drücke Dich
Nina«

Das Meer liegt ruhig. Noch haben die Herbststürme nicht begonnen. Einzelne Strandwanderer tauchen ihre nackten Füße in das seichte Wasser. Mo sitzt auf dem Dünenkamm und sieht in die neblig verhangene Sonne. Denkt noch einen Moment über Ninas Brief nach, der in ihrer Tasche knistert. Typisch, daß sie sich nicht eingestehen kann, daß David sie verlassen hat. Mo zieht ihre Strickjacke über und wiegt den Körper sanft mit dem Wind.

Es sind wenige Urlauber in Binz einquartiert. Mo lächelt und schnuppert in die salzige Luft. Sie liebt das Meer, die hellen Blautöne, den grünschimmernden Horizont, die weißen Streifen des Schaums, die am Strand zerschellen.

Eine Gruppe junger Leute kommt vorbeigeschlendert, sie haben offene Weinflaschen in den Händen, und einer kickt mit einem Lederball rum. Der Ball fliegt in Mos Schoß, die erschrocken aufschreit. Dann wirft sie den Ball zurück. Der Junge grinst sie an und macht eine spielerische Verbeugung, tritt zögernd näher. Er ist groß und hager, viel zu leicht angezogen. Seine Arme und Beine sind braungebrannt, die blonden Haare heben sich von der dunklen Haut ab. Er trägt helle Shorts und ein ärmelloses Hemd, eine Hand steckt in der Hosentasche.

Der Ball liegt zu seinen Füßen, er setzt sich mit knabenhaftem Schwung darauf, rollt den Hintern ein wenig und schaut Mo an. Sie streckt die Arme verlegen zwischen ihre Knie und sieht schräg von unten zu ihm hinüber. Ihre langen Haare flattern im Wind, die Haut ist weiß, der Mund kirschrot. Eine Strähne schwarzen Haares bleibt an ihren weichen Lippen hängen, Mo streift sie langsam ab. Der Junge schaut.

Die anderen sind weitergelaufen, ein Mädchen dreht sich um und ruft: »Freddy, komm schon!«

Freddy macht wieder eine verbeugende Geste, zwinkert Mo schalkhaft zu und springt auf. Er greift den Ball und läuft mit großen Sprüngen zum Wasser hinunter. Beim Weglaufen dreht er sich noch einmal um und winkt Mo mit erhobener Hand.

Mos Herz macht einen Satz, sie steht auf, winkt ihm nach und läuft über den Dünenkamm, ist schon auf die Uferpromenade abgetaucht. Sie schüttelt den Kopf und strahlt, hüpft auf den Steinkacheln mit einem Fuß.

Niemand ist da, der sie sehen könnte. Die Villen sehen sehr heruntergekommen aus, überall blättert der weiße Anstrich, Zäune zerfallen, Balkone und Loggien sind gesperrt. Der Ort ist beinahe verwaist.

Mo läuft fröhlich in den Ort hinein, zu ihrer Pension. Villa Meeresruh steht auf dem verwitterten Schild über einer einst weißen Holztür. Mo drückt die Tür auf und betritt einen ruhigen, dunklen Hausflur. Aus der Küche der Wirtin dringt Tellerklappern zu ihr in den Flur. Es riecht nach Bohnen. Sie steigt die Holzstiege hinauf in den zweiten Stock, geht durch einen verwinkelten Flur bis zur letzten Tür, schließt sie auf.

Helle schlägt ihr entgegen, die Wände und der Fußboden sind weiß gestrichen, das Bett trägt einen weißen Überzug. Mo setzt sich auf das Bett, kramt in ihrer Reisetasche. Da ist das Buch, *Sandmeere* von Isabelle Eberhardt. Beeindruckt hatte Mo zunächst der nach innen gekehrte Ausdruck auf dem Gesicht der jungen Frau, die auf dem Cover abgebildet ist. Eine Frau mit einem trotzigen Mund und harten Augen, die über den Betrachter hinweg in die Ferne schauten, dabei eine solche Trauer und Sehnsucht ausstrahlten, daß Mo sich schaudernd angesprochen fühlte. Es handelte sich um ein Tagebuch aus dem beginnenden 20. Jahrhundert mit Skizzen der Autorin, die, als Mann verkleidet, jahrelang durch die Wüsten Nordafrikas gereist war. Ihr Leben, ihre Fluchten, ihre exzeßgeschwängerten Notizen und Alpträume zogen Mo sofort in den Bann. Isabelle, von Zeitgenossen auch die Tochter Rimbauds genannt, lebte kurz und heftig. Mo liest. Ihr entgleitet das Zeitgefühl, sie spürt keinen Hunger.

»Wie ich merke, fange ich mal wieder an, mich im Unsäglichen zu verlieren, in dieser Welt von Dingen, die ich so klar empfinde und verstehe und doch nie auszudrücken wußte. Wie dem auch sei, auch wenn mein ganzes Leben ein einziges Gewebe aus Schmerz und Traurigkeiten war, werde ich es doch nicht verfluchen, dieses klägliche Leben und das traurige Universum – in dem die Liebe neben dem Tod wohnt, in dem alles kurz und vergänglich ist. Denn beide haben mich schon in allzu tiefen Rausch versetzt, allzu süße Ekstase, in zu viele Träume und Gedanken. Ich bedaure nichts mehr und begehre nichts mehr … Ich warte.«

Das Buch gleitet auf den hellen Boden, auf dem inzwischen Schatten spazieren. Die Dämmerung ist gespensterhaft über Mo und ihre Lektüre gekommen und verdunkelt das tränenüberströmte Gesicht. Mo schluchzt nicht, sie weint, als flösse etwas aus ihr heraus. Sie sitzt auf dem Bett und schaut mit blinden Augen auf das kleine Fenster, hinter dem das Meer grau und silbern funkelt.

Die Laternen der Uferpromenade flammen auf, der Wind rauscht sacht. Mo steht langsam auf. Noch rinnen die Tränen in unermüdlichen Bächen ihre Wangen hinunter, aber ein breites Glücksgefühl steigt in ihrem Bauch auf, baut sich behutsam unter dem Herzen warme Höhlen, gluckert hinauf in den Hals, in die Brust, bis sie lacht. Ganz leise, erst kichert sie kaum hörbar, dann lacht sie, stockend, bald ausdauernd.

Mo hat ihr eigenes rauhes Lachen selten gehört. Fast heiser klingt es, so ungeübt ist der Laut. Jetzt hebt sie das Buch auf, legt es behutsam auf den Stuhl neben das Bett und geht in das kleine Bad hinüber, läßt kaltes Wasser über ihre Hände laufen, schlägt sich Wasser ins Gesicht. Prustet, lacht.

Mo sieht sich erstaunt im Spiegel an, ihr Gesicht ist glatt und jung, die Tränen und die Einsamkeit haben noch keine Spuren in die Haut gegraben.

Ich bin hübsch, denkt Mo entzückt, trocknet sich sorgfältig ab, kramt einen dunkelroten Lippenstift aus der Badetasche und malt sich die Lippen an. Sie kämmt ihr schulterlanges Haar, macht sich einen strengen Knoten im Nacken, der die Schmalheit ihres Gesichts und den zarten Hinterkopf betont, und geht zur Tür. Ihr verliebter letzter Blick fällt auf das Buch, von dem Isabelle Eberhardt gegen die Dunkelheit anstarrt. Nunmehr ist sie Herrin des Zimmers geworden.

Mo wandert ein Stück die Hauptstraße entlang, einen Hügel hinauf, auf dem die Kirche des Ortes steht, von Kastanien umgeben. Zur rechten Seite sieht sie den Silberstreifen eines Sees. Auf dem Ausläufer des Hügels, schon nach dem Jagdschloß Granitz hin, steht ein flacher Bau, eine Art Baracke. Davor sieht Mo einige junge Leute stehen, rauchen und schwatzen. Musik dröhnt aus der Tür, Fenster gibt es nicht. Die Wände sind bunt besprüht, das muß die örtliche Disko sein.

Mo tritt mutig näher, zahlt die geforderte Summe am Einlaß und betritt einen langen, niedrigen Raum, an dessen Längsseiten Holzbänke stehen. Einzelne Mädchen und Jungen sitzen dort, zwei junge Mädchen drehen sich auf der großen Tanzfläche in der Mitte. Im hinteren Teil des Klubs, durch die Spiegellampen seltsam verzerrt, kann Mo eine Bar ausmachen. Sie geht langsam weiter, vorbei an den Tanzenden, gelangt an den Holztresen und bestellt bei einem jungen Burschen mit Piratentuch und Goldkreole einen Longdrink. Sie dreht den Strohhalm noch unschlüssig in der türkis schillernden Flüssigkeit, als sie von hinten angeschubst wird. Mo fährt herum.

»Sorry, he, bist du nicht … Na klar, guten Abend, schöne Dame!«

Freddy grinst Mo an und verbeugt sich ein weiteres Mal. Mo lächelt hoheitsvoll und neigt den Kopf.

Ich begehre nichts, denkt sie dabei, ich warte. Ein Gefühl des Friedens und der Stärke überkommt sie.

Es wundert sie selbst nicht mehr, daß sie einfach ihr Glas hinstellt und Freddys Hand nimmt. »Darf ich bitten?«

Mo dreht ihr hellblaues Kleid in die Glitzersterne des Diskolichts und schwebt ein klein wenig über dem Boden. Das sieht aber nur Freddy. An der hinteren Wand der Baracke entdeckt Mo beim Tanzen ein etwa drei mal sechs Meter großes Wandbild, perfekt gesprüht. Ein Bild aus dem Trickfilm *The Wall* nach Pink Floyd, eine riesige Mauer, deren weiße Steine just herausbrechen. Mo lächelt und dreht sich um sich selbst.

Berlin

Mama ist so stolz, Nina ungezogen – Trips statt Seminare – Mo weilt, vorwiegend physisch, in einer Klinik – Katrin erklimmt die Erfolgsleiter – Alles läuft prima – Glas-Beton-Träume – In der Zentrale lauert Tim auf Nina – Geschichten von Stasi-Voodoo und einstigem Mut – Weinen. Kotzen. Schwimmen – Jede für sich

Ich schaue auf den Gingkobaum, der seine Blätter im leichten Sommerwind wiegt. Der Hof der Humboldt-Universität liegt verwaist, nur ab und an huscht noch ein Student aus dem Gebäude. Die letzten Vorlesungen und Seminare des Tages gehen zu Ende.

Herr Sielaff, der betagte Dozent im zerknitterten Anzug, hebt seine Stimme. »Fräulein Adler, wenn Sie sich herablassen würden, der Genealogiekette der Staufer noch ein Sekündchen Aufmerksamkeit zu widmen – ich danke Ihnen!«

Ich wende mich verlegen um, lächele den Dozenten an. Die anderen drei Studenten, die am Geschichtsseminar zur Genealogie teilnehmen, sind in ihre Unterlagen vertieft. Ich schreibe mit. Nur ein paar Scheine noch, dann habe ich Geschichte in der Tasche. Dann kann die Zwischenprüfung kommen. Gut. Sehr gut.

Katrin rollt den Plan zusammen. Siegessicher quittiert sie die anerkennenden Blicke der Männer am Beratungstisch. Sie wird den Zuschlag erhalten, da ist sie sicher. Die Stadt rüstet auf. Das neue Einkaufscenter am Bahnhof wird den Durchbruch bringen. Dann kann sie mit Martin endlich ein eigenes Büro aufmachen.

Sie öffnet die Glastür zur Straße. Der Sommer hat noch nicht richtig begonnen. Grau schieben sich Wolkenbänder über die regenfeuchten Wiesen der Stadt. Noch gibt es viele Wiesen, die zwischen den Kriegsbrachen Wind und Blicken Platz lassen. Katrin läuft zum Domplatz, nimmt die Abkürzung durch die Leiterstraße. Sie weiß von jedem der neuen Häuser, wer sie gebaut und gegen wen er sich damit durchgesetzt hat. Katrin merkt sich alles. Das ist hilfreich, wenn man Erfolg haben will. Martin mokiert sich über ihre kleinen Bestechungen und großen Augenaufschläge, die allerdings ihre Auftragslage beträchtlich verbessert haben.

Martin ist ein Träumer. So weich und melancholisch. Ganz anders als ich. Und wie sehr er sich ein Kind wünscht von mir. Er spricht es nicht mehr aus. Aber seine Augen erzählen es, immer und überall.

Katrin streicht sich energisch eine blonde Strähne aus dem Gesicht. Das beinahe schwarz verwitterte Gebäude zur Rechten beachtet sie nicht. Auch nicht die Gruppe Kinder, die schwatzend aus dem Pfarrhaus der Sankt-Sebastians-Gemeinde treten. Vielleicht kommen sic vom Kommunionsunterricht. Eines der Kinder streift Katrins Rolle mit den Plänen, wütend reißt sie die Rolle hoch und straft den Jungen mit einem Blick, der ihn vor Schreck erstarren läßt.

Heiraten wollte Martin nicht. Katrin lächelt zufrieden. Das habe *ich* durchgesetzt. Diese prunkvolle Feier im Herrenkrug! Neunzig Gäste. Und ich war die Schönste. Mein wundervolles rosafarbenes Kleid, selbst Martin war verzaubert. Sonst hat er immer etwas auszusetzen an meiner Kleidung, Russenmacke, sagt er dazu. Dabei ist er stolz auf meine Figur. Wenn er nur nicht so maulfaul wäre, wenn er einmal ohne Widerspruch akzeptieren könnte, was ich entscheide. Und entscheiden muß immer ich für uns beide. So seltsam, wie Martin die Dinge sieht. Mein kleiner Träumer. Katrin hat den Breiten Weg erreicht. Wie bunt und prachtvoll die Häuser wieder strahlen. Und ich bin dabei. Auf der Siegerseite.

Der kleine Teich liegt still. Kein Wind streicht über das Wasser. Mo beugt sich aus dem Fenster. Ihr Kopf paßt knapp durch die rostigen Gitterstäbe. Sie schaut auf den Park, die verlassenen Wege. Es hat geregnet. Das Gras dampft ganz leicht. Die Frösche kommen aus dem Laub und unter den Seerosenblättern hervor. Sie quaken.

Mo atmet ein. Kiefer, Eiche, Gras, Wasser. Erde. Dumpf, braun, tot. Mo holt noch einmal tief Luft, dann zieht eine Hand sie sanft weg vom Fenster, führt sie zu einem Stuhl im Raum. Mo setzt sich. Willig wie ein Lamm. Sanft ist ihr Lächeln, weiß und weich wie der Nebel, der sie einhüllt. Könnte sie nicht immer mit diesen netten Medikamenten leben? Diesem weichen Gefühl von Geborgenheit, Heimat? Hier empfindet sie ihr Zuhause, hier in dieser Klinik, wo alle nachsichtig sind. Wo ihr das Spazierengehen zur Freude wird, wo sie keine seltsamen Blicke treffen und keine Männer sich nach ihr umdrehen. Niemand belästigt Mo, wenn sie auf den Parkwegen wandelt, keine Hunde streunen um ihre hellen, dünnen Beine. Niemand will ihre Handgelenke sehen und auf sie weisen, mit langen Fingern. Erhobenen Fingern.

Mo dreht sich um, eine verhärmte Frau ist in den Aufenthaltsraum gekommen und schaut kurz zu ihr herüber. »Das Mädchen, das Mädchen«, sagt sie beschwörend. »Ich hab so oft an dich gedacht, mein Kind, mein Kind, mein armes.«

Sie schreitet geisterhaft durch den Saal und entschwindet durch die gegenüberliegende Tür. Mo zittert. Bricht in Tränen aus.

Die Schwester eilt herbei. »Aber, aber, wer wird denn. Das sind doch nur Patienten. Ihre Freundin, Frau Hinrich!«

Mo schüttelt energisch den Kopf. Nein, nein, das ist so nicht. Sie denken alle nur mal nach. Über das Leben, deswegen ist man doch nicht gleich krank. Oder?

Die Schwester hat den Aufenthaltsraum der Klinik verlassen. Wind weht in das geöffnete Fenster. Der Himmel wird dunkel. Es riecht nach Erde und Geschlecht. Mo schnuppert. Riecht so der Samen der Erde, das dunkle Geschlecht eines Mannes? Sie hat schon lange keinen Mann mehr geliebt, kein Glied mehr an ihrem dünnen Körper gespürt, das sich an sie drängte beim Tanz. Oder auf dem Heimweg von einer Disko. Wann war das letzte Mal? Ich würde so gerne, aber dann laufen sie weg. Sie laufen alle vor mir weg. Oder habe ich Freddy fortgeschickt, da auf dem Hügel, als er mich wollte? Ich weiß es nicht mehr.

Vielleicht bin ich schon reif für draußen? Nein, wieder nach Magdeburg in diese kalte, blendende Stadt? Das wäre wohl zu früh. Dann steigt wieder die Lust in mir auf. Wenn es zu früh ist, kommen die Wellen zu schnell, die Wellen, die mich überfallen mit einem Sehnen, das stark ist. Zu stark. Zu dunkel. Laß dir Zeit, Mo, sagt sich Mo. Ich will leben. Ich will träumen.

Der Zug läuft geräuschlos ein. Friedrichstraße. Ich sehe unruhig über die Aussteigenden. Männer mit Aktentaschen, Polen oder Russen mit riesigen Reisetaschen eilen zu den Rolltreppen, Mütter ziehen Kleinkinder hinter sich her. Ein Junkie lärmt herum, schwingt die Arme. Es riecht streng nach dem Fett der Croissantluke. Da, meine Mutter ist aus einem Wagen gestiegen und sieht unsicher den Bahnsteig hinauf und hinab. Ich setze mich in Trab. »Mama, hier bin ich!«

Lili strahlt. »Oh, Nina, das war aufregend. Ich dachte die ganze Zeit, ich verpasse die Haltestelle!«

Ich ziehe meine Mutter mit mir, die Rolltreppe runter. Wir nehmen die Straßenbahn, die von der Humboldt-Universität direkt in den Prenzlauer Berg hinauffährt. Lili ist aufgeregt wie eine Siebzehnjährige.

»Nina, schau nur, die ganzen neuen Häuser, die Läden, oh, wir müssen einkaufen gehen, und da, ist das die Museumsinsel?«

»Ja, Mutti. Da gehen wir morgen hin.«

Meine Mutter hat den Kopf auf eine Hand gestützt und sieht träumerisch auf die große Stadt. An der Ecke Oranienburger Straße zeige ich ihr die bunte Fassade des Tacheles, wo einige meiner Freunde malen oder Bier ausschenken, den großen Monbijoupark, wo wir im Sommer manchmal nachts in das Kinderschwimmbad einsteigen. Nach dem Hackeschen Markt werden die Straßen enger. Neue Läden durchbrechen das Häusergrau, Gerüste verheißen Farbe. Lili guckt hinaus.

Am Beginn der Prenzlauer Allee fixiert sie ein gigantisches leerstehendes Gebäude und wendet sich plötzlich zu mir. »Ich kann dich so gut verstehen. Weißt du, daß ich heute ganz stolz bin auf dich?«

Was ist denn jetzt in sie gefahren?

»Nein, wirklich, Nina, wenn da diese zukünftigen Beamten vor mir sitzen, die in der DDR alle angeblich ganz unschuldig und normal gelebt haben, und ich an dich denke und daran, wie du dich entschieden hast, dann bin ich ganz stolz!«

Ich muß nun doch lächeln. »Mutti, das sagst du denen aber hoffentlich nicht, oder?«

»Na hör mal, die sollen ruhig wissen, daß meine Tochter im Gefängnis gesessen hat, damit die Wende kommt.«

Ich schüttele energisch den Kopf.

»Mutti, ich habe weiß Gott nicht bewirkt, daß die Wende kommt. Ich wollte doch nur weg...«

Draußen gleiten die ersten Häuser der Prenzlauer Allee vorüber. Lili ist verwundert, sieht mich aufmerksam an. »Nein, weißt du, Nina, ich bin froh, daß du dich damals so entschieden hast. Du hättest ja auch in die Partei eintreten können, hättest dich entschuldigen können. Aber du hast für deine Freunde und deinen Weg eingestanden. Das war gut und richtig, auch wenn ich das lange nicht verstanden habe! Und wer heute verbeamtet werden will, der soll Rechenschaft ablegen über sein Verhalten, der soll sagen, ob er bei der Stasi war oder nicht. Die sitzen mir gegenüber und grinsen mich an: Na und, ich war dreimal zur Parteischule, das haben doch alle gemacht. Als ob sie da nicht monatelang darauf getrimmt worden wären, ihre komplette Umgebung auf Linie zu bringen! Das haben zum Glück eben nicht alle gemacht!« sagt sie kategorisch und schaut auf die Straße.

Ich stelle mir vor, wie sie da sitzt, zwei Anwälte

der alten Bundesländer flankieren ihren flammenden Einsatz, Akten liegen geöffnet und beschuldigend auf einem Tisch. Diesem Tribunal gegenüber hockt ein verstockter, selten auch ein reuiger DDR-Angestellter, der in das Pensionssystem des eben noch verdammten Kapitalismus aufgenommen zu werden hofft. Meine Mutter übersetzt den Anwälten die Chiffren der Biografie, die Abkürzungen für Funktionen, Parteien und ihre Lehrgänge, die Zahl und Ziele der ewig überflüssigen und nun ganz und gar gegenstandslosen Sitzungen und Ausschüsse, Kampfgruppeneinsätze und Subotniks. Und dort spricht sie von mir? Von Moral. Richtig und falsch?

Ich verstehe erst jetzt, wie gefürchtet sie sein muß, wie ängstlich die Kandidaten sie mustern müssen und wie haßerfüllt manch einer sein Versagen auf ihre Schultern und ihre beredten Erklärungen schieben muß.

»Mutti, sei vorsichtig, erzähl da nicht zuviel, du sollst doch eigentlich bloß die Anwälte beraten.«

Lili schüttelt sanft den Kopf, wie ein altkluges Kind schaut sie mich jetzt an. Ich verstehe, sie macht das schon. Sie kann nicht anders. Als sie vor ein paar Monaten Morddrohungen erhielt, lachten wir noch zusammen darüber. Jetzt ist mir mulmig zumute. Vor einem Monat hat ein Mann sie auf dem Heimweg von der Straßenbahn überfallen. Lili trug einen großen, breitkrempigen Hut und wehrte so den Schlag ab, zuckte mit dem Kopf nach hinten und griff gleichzeitig zum in der Handtasche bereitliegenden Pfefferstreuer. Der Schlag verpuffte im Filz, und ehe der Mann die Hand ein zweites Mal heben konnte, hatte er eine Ladung Pfeffer in den Augen. Lili haute mit der Handtasche noch auf den sich Krümmenden und lief zur Hausnummer 17, einige Dutzend Meter weiter. Die flugs herbeigeholte Polizei traf niemanden mehr an.

Lili ist inzwischen überzeugt, daß es bloß ein lausiger Krimineller gewesen sei, der in Wirklichkeit bestimmt eine ganz traurige Geschichte habe. So ist meine Mutter. Sie würde mit dem Mann, der ihr so einen Mordsschrecken eingejagt hat, bestimmt Kaffee trinken gehen, wenn sie ihn wiedererkennen würde. Am Ende würde sie die Rechnung bezahlen und ihm zu einem besseren Leben verhelfen. Wie sie es so oft für andere tut. Es ist ein Teufelskreis, sagt Lili oft, erst verlieren sie ihren Ausweis, dann den Arbeitsplatz, dann die Wohnung. Ohne Arbeit keine Wohnung und umgekehrt. Heute heißt es, ohne Konto keine Stütze. Lili erledigt die paar Ämterwege und schafft an einem Tag, was der Betreffende nie mehr schaffen würde, Wohnung, Stütze, Ausweis, Anträge über Anträge, Möbel aus der Fürsorge, warmes Essen dort und Kleidung hier. Sie ist eine Fee.

Die Bahn saust den Berg hinauf. An der riesigen Kastanie auf dem Eckgrundstück der Marienburger Straße steigen wir aus. Von der Haltestelle ist es nicht weit bis zum Kollwitzplatz. Die Platanen verschatten die gleichnamige Straße. Auf dem Spielplatz ist buntes Treiben im Gange. Die Kinder buddeln und schreien, schaukeln und wippen mit scheinbar unermüdlicher Energie. Eltern und Trinker aller Altersgruppen flegeln sich auf Wiese und Bänken. Vor dem Café Westphal stehen Tische und Bänke auf dem Trottoir, Weizenbier und helle Weine schaukeln in Kelchen und Humpen. Das fröhliche Gelärm verebbt, ein paar Meter die

Platanen entlanggeschlendert. An den Häuserwänden sind die alten Aufschriften der Gewerbe zu erkennen, die hier betrieben wurden. Kohlenhandlung, Schuster, Tischlerei. Darunter steht manchmal mit weißer Farbe Luftschutzkeller-LSK, Chiffren der letzten Kriegstage, deutlich zu lesen wie die Einschläge im Putz. Fehlende Flatschen mit fingertiefen Löchern im Zentrum.

Lili genießt das Lichtspiel tanzender Flecken, das durch den Platanenblätterhimmel über uns gleitet. Mein Hauseingang wird von zwei Atlanten flankiert, die unter ihrer Steinlast stöhnen. Muskeln quellen. Ich ziehe sie durch den kleinen Hof, an den Mülltonnen vorbei. Direkt vor den Seitenflügel ist eine Garagenzeile in den Hof gebaut, ein Wartburg mit knalligen Verzierungen steht vor den offenen Türflügeln einer verkramten Werkstatt. Dort bastelt wieder der Sachse. Das Radio spielt dröhnend die Hits der Achtziger. Er zieht die Jeanskappe etwas in die Höhe, als er uns bemerkt.

Meine Wohnung liegt im Hochparterre, ein quadratischer Flur öffnet sich zu Küche, Bad und dem großen Zimmer. Dicke rote Teppiche liegen hier, am Kachelofen lädt eine Holztruhe zum Sitzen ein. Das samtbezogene rote Sofa steht hinter einem ovalen alten Tisch. Dahinter die Bücherwand. Kaum habe ich die Tasche im Zimmer abgestellt, sagt Lili ungeduldig: »Und jetzt zeigst du mir, wo du so hingehst!«

Wir laufen in Richtung Wasserturm. Zwischen den Gehwegplatten wächst Gras. Überall ist der Belag aufgerissen. Leitungen werden verlegt, Rohre ausgewechselt. Telekom und Genossen erobern den Prenzlauer Berg. Das Gehen gleicht einem Slalomlauf.

Vor der Synagoge patrouilliert ein Polizist. Lili grüßt ihn freundlich, er nickt verblüfft herüber.

Die kleine Kneipe ist blau angestrichen, die Farbe leuchtet auf den Platz hinaus, davor steht eine Holzbank, daneben der Bersarin-Kopf. Groß wie ein Faß, gipsern grau.

»Den haben sie zur Eröffnung geschenkt bekommen. Der war ein begeisterter Motorradfahrer, wie Bert, weißt du. Eberhardt hat hier sein Kapital reingesteckt, der Bert hat die Ideen. Er bastelt die tollsten Sachen. Den Fußboden hat er aus einer blauen Pampe gegossen und Geldstücke hinein versenkt. Da greifen nachts immer welche danach. Stell dir vor, du willst 'ne Mark aufheben, und die klebt im Fußboden!«

Lili drückt sich die Nase platt an der großen Scheibe, noch hat meine Lieblingskneipe geschlossen.

»Nina, also was du für Geschichten erzählst, gehst du da oft hin?«

»Na ja, weißt du, das sind ja meine Freunde von früher, ja, schon.«

Lili dreht sich abrupt herum, die Augen weit aufgerissen. Sie ist empört. »Aber Kind, du mußt doch dein Studium machen, das hast du doch immer gewollt. Vergiß doch die alten Zeiten, das hat dich doch … deine Freunde haben dir doch nur Unglück gebracht.«

Sie runzelt die Stirn. Jetzt ist sie wirklich enttäuscht.

»Du wolltest wissen, wo ich so hingeh, ich studiere auch fleißig, och, Mutti, laß mal.«

Ich ziehe sie weg, weg vom Wasserturm, weg von meinem Nachtkiez. Die alte Wut steigt in mir auf. Damals war es ihr peinlich, daß ich keine Arbeit hatte und mit den stadtbekanntesten Säufern herumhing. Heute ist sie selbst darauf stolz, weil es zu meinem Werdegang gehört, den sie jetzt anders sieht.

Nach dem Abendessen, wir haben dicht beieinander auf dem roten Sofa gehockt, legt sich Lili hin. Sie ist total geschafft. Ich habe ihr zuletzt den jüdischen Friedhof an der Schönhauser Allee gezeigt. Den alten Judengang, der noch heute hinter dem Friedhof, entlang den rückwärtigen Häusern der Kollwitzstraße, an die Beerdigungszüge der Juden erinnert, die ihre Toten nicht die Allee entlangführen durften, da sich hier gelegentlich der König zu seinen Ländereien außerhalb der Stadt erging. Lili strich gedankenverloren um die efeuüberwachsenen Gräber und litt. Wie gut ich das kenne, diesen gequälten Blick von ihr, das leise Murmeln. Dann denkt sie sich irgendwelche Geschichten aus, erlebt die Biografien anderer Leute. Am liebsten jener, die grausam verfolgt oder vergast wurden.

Sie schläft vollkommen ruhig, zusammengerollt, das Gesicht liegt weich und kindlich auf meinen selbstgefärbten Kissen. Wie jung sie aussieht, so unschuldig. Ich setze mich auf einen Stuhl zu Füßen des abgesägten Hochbetts und betrachte sie. Lili zuckt im Schlaf, vielleicht läuft sie noch immer über die Felder ihrer Kindheit. Im Traum läuft sie die Wege ab, schlängelt sich durch die dichten Weizenfelder, auf der Flucht vor dem prügelnden Vater oder um die Kohlen aufzulesen, die er nachts aus der Lokomotive der Altmark-Kleinbahn warf. Barfuß, einen Kohlensack über der Schulter, rußverschmiert und lachend. So sehe ich sie, wie sie läuft und dabei ein wenig das eine Bein nachzieht, das mit dem ausgerenkten Hüftknochen, das immer ein wenig kürzer blieb und bis heute schmerzt. So sehe ich sie, als ich ins Bad hinübergehe, um mich zu schminken.

Lilis schwarzer Kosmetikkoffer steht auf dem Hokker, und ich schlage versonnen seinen Deckel auf. Wo sonst ein kleiner Spiegel im dafür vorgesehenen Etui aus Leder steckt, hat Lili ein Heiligenbildchen hineingeklemmt. Die bonbonfarbene Madonna von Lourdes, von einem goldgelben Heiligenschein bekränzt. Etwas debil lächelnd und mit einem Blumenstrauß in den ausgestreckten Händen.

Ich schleiche noch einmal aus dem Haus. Zur Zentrale. Die Nacht ist lau, ich bin unruhig und durstig.

Der kleine Raum ist schon gut gefüllt. Am Tresen steht Tim, grinst, als ich hereinkomme. »He, ich dachte, du bist in Köln.«

»Bin ich ja auch, aber ich wollte mal sehen, was ihr hier so treibt!«

Ich hole mir eine Weinschorle, Suzi, die australische Kellnerin, wogt mit ihrem großem Busen über die Bar.

Der Abend zerfließt, Tim hat was Nettes dabei. Wir setzen uns in die Küche, Suzi zwinkert über die Schulter. Eberhardts Freunde, hier trifft man sich also. Tim fingert kleine Papierquadrate aus seinem Portemonnaie. Reicht sie andächtig herüber. Im Hof, durch dicke Eisenstäbe von uns getrennt, balgen zwei Elstern um irgend etwas. Sie kreischen. Ich lege das kleine LSD-getränkte Blättchen unter meine Zunge, das zweite ist für Tim. Wir sehen uns an. Warten.

»Ich hab Durst«, flüstere ich nach etlicher Zeit, die ich damit verbracht habe, die Elstern zu beobachten, und erschrecke über meine Stimme. Sie klingt fremd, blechern. Tim grinst, bleckt die Zähne. Ich lecke mit der Zunge von innen über meine Zähne. Alles ist seltsam. Die Zähne wackeln. Ich schaue an dem Regal hoch, Teller stapeln sich sauber und weiß nach oben, Tassen, Suppenteller. Alles hell und glänzend. Weiß, das weiß flutet. Es bildet Augen aus, Augen, die mich anlachen. Die Teller sind weich, sie müssen aus Knete sein. Ich habe Lust, einen zu streicheln, aber er wird sich wegbiegen, ich sehe es genau. Das Regal verbeugt sich sacht vor mir. Es glänzt so. Ich halte mir den Kopf.

»Was ist denn los? Gehen wir lieber raus hier.«

Tim führt mich am Tresen vorbei, Suzi droht kichernd mit dem Finger. Wir setzen uns in den Schankraum, das kleine Tischchen neigt sich gefährlich auf die eine Seite, dann wieder auf die andere. Die Tischplatte ist weich, warm. Sie glitscht mir aus den Händen, spielt ihr Spielchen mit mir. Ich halte mich und den Tisch fest. Sehe Tim an. Merkt der denn nichts? Tim grinst wieder. Lacht. Seine Stimme. Wie früher, in meiner Magengegend zieht sich etwas zusammen. Tim, ich greife seine Hand. Erschaudere, ziehe sie zurück. Die Berührung. Sie hat nachgegeben, das war, als tauche man in etwas ein. Ich lache, streichele wieder sanft Tims Hand.

»Das ist alles so neu und doch so vertraut. Wir waren uns sehr nahe, stimmt's?«

Tim nickt, etwas zögernd. Die Bewegung seines Kopfes malt leichte lila Bögen in die dicke Luft. Sein Gesicht verzerrt sich. Eine Braue hebt sich. Alarmzeichen. Ich erschrecke, wenn Tim so guckt, ist man ihm zu nahe gekommen. Auch das kenne ich gut. Als meine Eltern mich damals aus Hohenfels abholten, hat

Lili gleich gesagt, der arme Tim, er ist so merkwürdig, so traurig. Paß gut auf ihn auf, Nina!

Ich war gleich nach der Rückkehr zu Tim gefahren, er war schon drei Tage früher entlassen worden und saß in der Wohnung seiner Schwester rum. Wir liefen durch die Stadt, durch die vertrauten, fremd gewordenen Straßen. Wieder hier. Sechs Monate weggeschlossen, dreitausend Kilometer Fluchtweg, und nun wieder hier. Es war ein langer Weg zum Hasselbachplatz, und noch länger dauerte es, bis wir den Vorhang zur Tür des Weinstudios gehoben hatten.

»Ach ihr, wir dachten, euch haben die Russen gegrillt!« Lachen drang durch die Kneipe. Da war ich froh, Tim neben mir zu haben. Auch wenn seine Fröhlichkeit verloren schien, seine Augen seltsam stumpf waren. Ich hatte doch all das nur mit ihm erlebt, mit wem konnte ich es teilen?

Und Tim, als wir später auf dem Ausziehbett im Arbeitszimmer der Familie Adler lagen und ich mich an ihn schmiegte, Tim zog die Augenbraue hoch und sprach. »Weißt du, ich vertraue dir, ich würde dich immer meine Kinder hüten lassen.«

Ich sehe über Tim hinweg aus dem Fenster. Er war mir so nahe. Und nun sitze ich hier, meine Mutter schläft in meinem Bett, und ich schmeiße Trips. Sitze hier mit Tim. Keinen Schritt weiter.

Tim hat seine Augen auf meine gerichtet. Beugt sich vor, sieht mich aufmerksam an. »Weißt du noch, wie wir in dem russischen Flugzeug Schampus gesoffen haben, beim Rückflug nach Moskau?«

Ich nicke. »Die waren süß, die beiden KGB-Typen

aus Baku! Und wie viele Gorbatschow-Witze die kannten!«

Der Film spult sofort los. Schublade auf, Kassette raus. Eingeworfen. Los. Ich rieche den Fisch und das Fladenbrot. Wir sitzen zu viert in einem Zugabteil, auf der Fahrt von Mindschiwan nach Baku, Tim und ich am Fenster, die behäbigen KGB-Männer an der Tür. Sie packen Fischbüchsen und Fladenbrot aus, Bier. Wir grinsen, essen und nicken uns zu. Nicht so, als ginge es in den Knast. Dann steht die Flasche Wodka auf dem Tischchen, Passagiere lugen ins Abteil und werden vom Schaffner verscheucht. Draußen rauscht der Aras noch ein gutes Stück Weg parallel zu unseren Geleisen, dann biegt er ab. Der Kaukasus entschwindet in neblige Ferne. Die Sonne lockt den Zug ans Kaspische Meer. Morgengrauen. Tims Gesicht spiegelt sich im Fenster, hüpfend, grau, weiß, orange. Mein Gesicht, fahl, kaputt. Wir waren voll drauf, Trip ohne Drogen, seltsam heiter. Als wir in Baku ankamen, umsteigen in einen Wolga. Die Fahrt zum Flughafen. Dort stand die gesamte Reisegruppe herum, betretene Gesichter. Bis auf das Christenpärchen. Die Frau winkte zurückhaltend, und der Mann grinste verlegen. Alle anderen versuchten, uns auszuweichen, die wir blinzelnd und schwankend mit zerrissenen Kleidern in der Flughafenhalle standen, ohne Gepäck, ohne Sorgen. Frei von allem.

Im Flugzeug fanden wir eine Flasche Schampus und ein Fladenbrot in der Tüte, die mir der eine KGB-Mann kurz vor dem Einstieg in die Hand gedrückt hatte. Wir saßen nebeneinander, hinter dem Christenpaar. Wir tranken Schampus. Lachten irre. Es ging nach Moskau. Was würde uns dort erwarten? Es war zum Totlachen.

Zu unserer Gaudi kam die Jugendtourist-Reiseleiterin vorbei, lehnte sich an einen Vordersitz und fragte fauchend durch ihre verschränkten Arme: »Zahlt ihr jetzt noch den Soli-Beitrag, oder was? Soll ich mir die drei Mark pro Nase aus den Rippen schneiden? Ick hab schon eure dämlichen Klamotten zusammenjepackt, ihr seid druff, Mannomann!«

Wir lachten. Lachten das Mädel aus und unseren Schreck der letzten Stunden weg.

In Moskau erwarteten uns Vertreter der DDR-Botschaft. Sie führten uns getrennt zu zwei auf dem Flugfeld geparkten Wolgas und fuhren uns durch die halbe Stadt, zur Botschaft. Ich mußte im Auto auf dem Botschaftsgelände warten, Tim nahmen sie mit hinein.

»Als du in der Botschaft warst, das war komisch. Da waren wir zum ersten Mal getrennt nach der Flucht. Außer bei den Vernehmungen da unten …«

Tim sieht mich nachdenklich an. Hat seinen Kopf auf eine Hand gestützt. Ich weiß nicht, wo sein Film gerade hängengeblieben ist, aber er klemmt. Seine Zähne knirschen, als er den Mund aufmacht. Das Grinsen ist zu krampfhaft, der rechte Mundwinkel zuckt.

»Wir waren frech, wa? Kannst du dir das heut noch vorstellen? Was hast du dem Arsch von der Botschaft damals gesagt, als du warten mußtest?«

Ich versuche, Tims Gesicht mit Blicken festzuhalten. Ich merke den Wein, inzwischen hat Suzi wohl das dritte Glas hingestellt. Meine Hand braucht ewig, um das Glas zum Mund zu führen. Meine Kehle ist so trocken. Ich trinke und trinke und trinke. Brauche endlos lange, um das Glas abzustellen, ohne daß es vom

Tisch rutscht und zerschellt. Ich halte es besser noch ein wenig fest, bis es nicht mehr hin und her schwankt. Aber meine Zunge ist munter und flink, es sprudelt nur so aus mir heraus.

»Na, ich mußte doch mal pinkeln. Und da ist dann so ein Botschaftsheini mitgekommen, da hab ich kapiert, daß wir verhaftet sind. Er guckte mir nämlich beim Pinkeln zu, und ich durfte nicht spülen, er hat erst reingeguckt! Ja, und dann saß ich wieder in dem Luxuswolga, und der Botschafter kam und sagte, Fräulein Adler, Sie hatten Schwierigkeiten mit den sowjetischen Grenzorganen, wir haben das geklärt, Sie dürfen jetzt das Land mit regulären Papieren verlassen. Ich wollte nur nachfragen, ob Sie irgendwelche Wünsche haben. Na, da war ich baff, dachte kurz nach und sagte dann, okay, ich würde gern zum internationalen Buchladen hier in Moskau fahren und mir alle Kafka-Bände, die da sind, kaufen. Ich hab in nächster Zeit wahrscheinlich genug Muße zum Lesen.«

Wow, war ich das eben? Es muß witzig gewesen sein. Tim schlägt sich mit der Hand aufs Knie. Was habe ich nur erzählt?

»Das war zuviel für den, wa? Was hat er da gesagt?«

Moment, Moment, der Faden, wo war er? Ach ja, ich rieche den Mann in seinem Wolljackett, der Achselschweiß dringt unmittelbar in meine Nase, und durch die Armbeuge hindurch kann ich Tim sehen, wie er die Botschaftstreppe hinuntergeführt wird. Sie wollen uns weghaben hier, das Problem delegieren, und zwar sofort. Der Typ beugt sich noch tiefer runter, ich halte die Luft an, er fixiert meinen Blick. Stasi-Woodoo.

»Er hat sich geräuspert, komisch mit dem Kopf

gewackelt und dann gesagt, tut mir leid, der hat heute geschlossen!«

Mann, das war anstrengend, so viel abzuspulen.

Tim nickt und schaut auf den kleinen Tisch. Wie ein Dackel auf der Hutablage eines Trabant. Nick, nick. Mensch, hör auf zu nicken!

»Lange her, ne. Ich weiß nicht, ich hab irgendwie noch keinen Weg gefunden. Bist du da raus, so ganz, meine ich?«

Ich halte mich am Tisch fest. Die Platte faßt sich weich an, gibt den Fingern nach. Ich umschließe meinen Stuhl mit beiden Händen und versuche, mich zu konzentrieren. Tims Frage ist noch nicht bei mir angekommen. Ich sehe in meiner Erinnerung gerade das Autofenster, vor dem Moskau an mir vorbeifliegt. Der Wolga rast hinaus zum Internationalen Flughafen, Tim sitzt ein paar Meter vor mir auf dem Rücksitz des ersten Fahrzeugs. Wir umfahren das Stadtzentrum, und ich denke angestrengt darüber nach, wie und vor allem wohin ich abhauen könnte. Eine Ampel. Wir halten kurz, ich untersuche unbemerkt den Türgriff auf meiner Seite, neben mir sitzt ein Botschaftsangestellter, offensichtlich ein Stasi-Mann. Mein Herz rast, ich gehe in Gedanken den Stadtplan Moskaus durch. Wo ist die bundesdeutsche Botschaft? Irgendwo am Arbat, glaube ich, wen könnte ich danach fragen? Wieviel Zeit bliebe mir … Und Tim? Der Stasi-Mann sieht nun herüber und droht mir mit dem Finger, ich lasse den Griff los. Die Sicherung ist heruntergedrückt, es ist vorgesorgt. Könnte ich das Fenster herunterkurbeln, laut Entführung schreien? Was heißt Entführung auf russisch? Wer würde sich schon darum kümmern, hier im Land der verschwundenen Menschen. Es würde niemanden interessieren und meine Lage nicht gerade verbessern.

Jetzt sind Tims Worte in die verzauberten Windungen meines Hirns gedrungen, langsam wird mir ihr Sinn bewußt. Ich denke an den Traum, den ich noch im Knast hatte, Tim war bereits entlassen, holte mich von einem Flughafen ab. Kam strahlend auf mich zu, und ich sah, daß er noch den Trainingsanzug der Haftanstalt anhatte. Blau-weiß. Aus dicker Wolle. Ich fragte: Tim, warum hast du dich denn nicht umgezogen? Und er sah mich lange und nachdenklich an, bevor er einfach fortspazierte. Im Wegdrehen kam die Antwort: Ich krieg den nicht mehr runter!

Ich sehe wieder Tim an und antworte, Ewigkeiten später. »Nee, so richtich nich!«

Wir sehen beide aus dem Fenster, späte Gäste stolpern herein. Die Gläser kreisen. Ich komme runter, verdammt, was geht jetzt ab. Mich ergreift eine große Traurigkeit. Mitten aus dem Inneren, meinen glitschigen, pulvergeschmierten Weichteilen, steigt sie wogenartig hoch. Ich stiere in mein Glas, ein Jahrhundert vergeht, und mein Mund trocknet aus. Das Glas schaut mich fragend an, und ich erzähle ihm, was ich gerade denke.

»Weißt du, wie das ist, so richtig allein zu sein? Du bist nur ein dummes Glas, aber ich weiß inzwischen, was es heißt, einsam zu sein. Mitten unter Menschen oder allein. Wenn du nachts aufwachst und dich selbst jaulen und heulen hörst.«

Ich flüstere, und als ich endlich aufschaue, ist Tim nicht mehr da.

Er sitzt mir gegenüber, aber er hat mich nicht

gehört. Sein Blick hängt an Suzis Brüsten. Das Glas starrt mich weiter fragend an. Ich gehe kotzen.

Drei. Die braunen Arme teilen gleichmäßig das Wasser. Die Hände berühren kurz den Beckenrand, bevor der Körper eine elegante Drehung vollzieht. Vier. Katrin stößt sich kräftig ab, gleitet mit dem Kopf unter der Wasseroberfläche drei, vier Meter weit, taucht auf, holt genußvoll Luft und taucht wieder ein. Weiter.

Heute schwimme ich vierundzwanzig Bahnen, vielleicht auch sechsundzwanzig. Die Sonne scheint durch die oberen Glasfenster steil in das beinahe leere Bad. Es ist Sommer in Magdeburg. Die meisten Schwimmer und Badelustigen fahren zu den Seen hinaus. Katrin spürt einen leichten Schmerz in den Fingern, die Waden pulsieren. Bei sechs mache ich eine Pause. Untertauchen, ausatmen, eins, zwei, drei, hoch. Einatmen, untertauchen. Schwimmen ist so schön. Vier, fünf. Katrin fühlt die Wärme ihrer Glieder, den flüchtigen Schweißfilm in ihrem Nacken. Sie zählt die Sprossen der Schwimmhalle bis zum nächsten Anschlag. Sechs, sieben, acht, neun, zehn. Sechs. Ach, ich mach doch noch keine Pause. Die Uhr ist gerade auf 12.34 Uhr vorgerückt, drei Minuten für zwei Bahnen. Oder habe ich vergessen, auf die Uhr zu schauen? Nicht möglich. Ich vergesse nie die Zeit. Deshalb gelingt es mir auch einfach nicht, in einem See schwimmen zu gehen. Ich weiß doch so nie, wieviel Zeit für wieviel Strecke vergangen ist, wie viele Bahnen ich geschwommen bin. Nein, das hat gar keinen Sinn. Ich muß genau wissen, wie schnell ich die zwanzig Bahnen à fünfzig Meter geschafft habe, alles andere ist albern. Sieben. Jetzt reicht es.

Katrin keucht und reißt sich die Brille vom Kopf. Sie läßt sich ins Wasser am Beckenrand sinken und bewegt spielerisch die Beine, die Arme auf den Überlaufrand gestützt. Es ist grell hier drin, das hab ich vorher gar nicht bemerkt. Die Halle ist blau gekachelt und lichtüberflutet, das Blau spiegelt sich in verzerrten Fetzen im Wasser. Leere Zuschauerbänke flankieren die gegenüberliegende Seite. Hier saßen wir als Kinder, haben auf den Schwimmunterricht gewartet. Damals war es laut hier drin, die Kinderstimmen überschlugen sich, bis die Lehrer uns gebändigt hatten. Mo hat sich immer geweigert, Kopfsprung zu lernen. Katrin lächelt. So süß, wie Mo in ihrem schwarzen Badeanzug, den sie über viele Jahre trug, am Rande des Nichtschwimmerbeckens stand und ganz langsam, völlig versunken, ins Wasser glitt. Nur bis zum Kinn. Sie wollte nie schwimmen und erst recht nicht springen lernen. Irgendwann gaben die Lehrer auf. Es spottete auch keiner mehr, als Mo die einzige blieb, die kein Schwimmabzeichen verliehen bekam.

Eine Gruppe älterer Frauen betritt schwatzend die Halle. Sie klettern umständlich in das Becken und lassen sich kichernd im Rund nieder. Ihre Badekappen bilden absonderliche Farbtupfer im gleißenden Naß. Katrin muß lächeln. Die Frauen sehen beeindruckt herüber, als sie nun ins Wasser gleitet und mit kräftigen Zügen die Bahn auf dem Rücken durchschwimmt. Sieben. Acht. Katrin setzt die Brille wieder auf und sieht zur Uhr. 12.41 Uhr. Mist, ich bin zu langsam. Sie schwimmt Brust. Neun. Die Sprossen gleiten vorbei.

Martin wird gerade ins Büro gekommen sein. Wie man so lange schlafen kann. Da ist doch der halbe Tag vorbei. Aber ich wecke ihn auch schon lange nicht mehr. Früher habe ich ihm so gerne das Frühstück ans Bett gebracht, seine schönen behaarten Beine gestreichelt, meinen Kopf an sein kräftiges Herz gelegt, gelauscht, wie es schlug. Eine Gänsehaut zieht sich bei diesem Gedanken über Katrins nasse Arme. Er ist anders geworden. Ich bin anders geworden. Nein, ich bin dieselbe, aber wir haben uns voneinander entfernt. Ganz langsam. Sein Ehering liegt manchmal wie eine Drohung auf dem blitzblanken Bord im Badezimmer, wenn ich mir abends die Zähne putze. Eheliche Pflichten. Ich schlafe doch mit ihm, wann immer er will. Manchmal macht es mir sogar Spaß. Aber er ist nicht mehr ganz bei der Sache. Wirkt oft ein wenig abwesend. Als würde er über irgend etwas nachdenken. An jemanden denken. Katrin seufzt und verschluckt sich prompt. Sie hustet und spuckt, hält sich kurz am Überlaufrand fest. Zehn. 12.43 Uhr.

Ein Bademeister hat die Halle betreten und sich in die Fensterbrüstung gesetzt. Er schaut Katrin zu, die nun wieder gleichmäßig und ruhig schwimmt. Wir sind doch ein eingespieltes Team. Ich sehe mich nie nach anderen Männern um. Angebote gibt es genug. Auch peinliche. Letztens das Abendessen mit meinem Chef, da legt er mir plötzlich die Hand aufs Bein, schiebt sie einfach unter meinen Minirock und grinst mich schleimig an. Widerlich! Warum ich nicht gleich aufgestanden und gegangen bin. Aber ich brauche ihn noch, noch ein kleines Weilchen.

Elf. Das Wasser kühlt die erhitzten Glieder. Katrins Herz rast. Die Bahn zieht sich immer mehr in die Länge, Sprosse sechs, sieben, 12.45 Uhr. Acht, neun.

Katrin schwimmt etwas langsamer, holt behutsam Luft, taucht unter, eins, zwei, drei. Anschlag. Drehung, zwölf. Die alten Damen bilden ein Schlange, schwimmen im Millimetertakt zum anderen Ende, die Badekappen schweben auf dem Wasserspiegel. Der Sonnenkegel ist ein Stückchen weiter gewandert und trifft nun die Startblöcke, auf die Katrin zuschwimmt. Dreizehn. Katrin verschnauft, setzt die Brille ab, schließt die Augen. Sie hat nicht auf die Uhr gesehen. Die sanfte Wellenbewegung umschmeichelt ihren Bauch. Katrin hängt sich in die Rinne und läßt ihren Gedanken freien Lauf.

Magdeburg ist attraktiv geworden, ich fühle mich wohl hier. Die Aufträge werden immer gewaltiger, ich muß im Zentrum ein Büro finden, aber nicht in einem der leerstehenden neuen Gebäude. Vielleicht in der Hegelstraße, in einem Gründerzeithaus? Das wäre eine hervorragende Adresse. Sie werden mit ihren BMWs und S-Klassen vorfahren und mich hofieren, mich umschmeicheln, damit ich ihre Einkaufscenter baue, ihre gläsernen Paläste am Stadtrand entwerfe. Die Felder um Magdeburg von ihrem braunen Lehm befreie, die Asphaltflächen und Betonrampen für die Skateboards baue, nach denen die Kids in Olvenstedt und Neustadt dürsten. Ich werde Preise bekommen, und mein Name wird auf allen Großbaustellen ganz oben auf den Schildern zu lesen sein. Katrin lächelt zufrieden und öffnet die Augen. Die Sonne blendet sie. Für einen kurzen Moment taucht sie unter, strampelt mit den Beinen, kommt hoch und sieht dann auf die Uhr. 12.51 Uhr. Flugs die Brille aufgesetzt, vierzehn. Katrin fliegt durchs Wasser, gestählte Muskeln durchpflügen das Becken. Fünfzehn.

Die alten Damen klettern die Treppen hinauf und watscheln zum Ausgang. Nach so viel Bewegung haben sie sich ihren Sahnekuchen verdient. Sechzehn. Der Bademeister kehrt in sein gläsernes Häuschen zurück, bei Katrin ist keine Gefahr im Verzug. Sie hat das Becken für sich. 12.54 Uhr. Siebzehn. Martin wird auf die Uhr im Büro sehen und sich vorstellen, wie Katrin ihre Bahnen zieht. An ihrem Computerbildschirm klebt der Zettel »Bin schwimmen, gegen 13.15 Uhr zurück. K.« Martin wird mit im Nacken verschränkten Armen die Sekretärin beobachten, die Akten auf ihrem Schreibtisch von links nach rechts schiebt, ein loses Blatt in einen Ordner heftet und kurz zu ihm herüber lächelt, dabei den Lippenstift aus ihrer knallroten Plastikhandtasche fingert und sich genüßlich die Lippen nachzieht. Die Sonne wird die Gummiunterlage verlassen haben, auf der Katrins Bleistift neben der Maus ruht, und ihre Hände werden die Wärme der Strahlung aufnehmen, wenn sie sich in zwanzig Minuten an ihren Platz setzt und die Datei »Deutsche Bank« öffnet.

Achtzehn. Martin und die Sekretärin werden in eine schuldbewußte Hektik verfallen, wenn Katrin die Glastür des Büros aufgeschwungen hat, und ihr Chef, der nur auf das leise zischende Geräusch gewartet haben wird, steht in der Tür des Chefzimmers und winkt ihr zu. »Wenn Sie dann einen Moment Zeit haben …« Er wird die gläserne Tür hinter sich zufallen lassen, an seinen gläsernen Schreibtisch zurückkehren und den goldgefaßten Füllfederhalter ungeduldig in den Fingern drehen, bis Katrin durch ein kurzes, selbstbewußtes Klopfen ihren Eintritt verkündet. Neunzehn. Dann wird er sich aufrichten, den Oberkörper straffen, die Füße in den edlen Lederschuhen von der polierten Fensterbank nehmen und sich vornehmen, heute nacht endlich diese Frau zu verführen. Katrin wird ihn anlächeln, und von ihrem blonden Pferdeschwanz wird ein einziger Tropfen auf den weichen Fußboden fallen, ganz langsam. Er wird in tausend glitzernde Bestandteile zerplatzen, und der Chef wird augenblicklich vergessen, was er sie fragen wollte. Zwanzig. 12.56 Uhr.

Martin

Klassentreffen – Nina lernt Martin kennen, Katrins Mann – Es ist Liebe – Eine Nixe und ein Zauberer – Elbwiesen – Psychiatrie am nächsten Tag – Mo wieder weggebeamt – Aber Nina riecht nach Mann – Mo auf Ausgang in Berlin, Knastrundgang – Über allem Martin

Noch ist der Raum leer. Über der langen Tafel in der Mitte liegen weiße Tischtücher, etwa zwanzig Stühle sind darum gruppiert. Durch die hohen Fenster sieht man den Herrenkrug in seiner alten Pracht. Kastanien, Büsche, sanft geschwungene Hügel zur Elbe hin. Ich suche mir einen Stuhl am Fenster, mit Blick auf den Bronzelöwen. Auf dem bin ich schon als Kind herumgeklettert. Ich setze mich gerade hin. Wartend. Wer wird wohl heute hier auftauchen? Außer Mo habe ich niemanden mehr aus der alten Klasse wiedergesehen. Die Gedecke werden aufgetragen, Bestecke ausgerichtet. Ein junger Kellner trägt Schalen voller Weintrauben, Bananen und Orangen herein. Ich lese in einem Buch. Mein langes Haar ist zu einem koketten Gebilde aufgesteckt, mit Spangen und Nadeln. Ich trage meine schillernde blaue Bluse, unter der sich meine Brüste abzeichnen. Die schwarze Hose schwelgt im Schlag vergangener Jahrzehnte. Mein Lippenstift ist leicht schwarz umrandet. Dunkelrot und schwarz. Ich fühle mich schön. Der Kellner bleibt vor mir stehen, einen Schwung Servietten über dem Arm.

»Wenn Sie heute nach der Feier nichts vorhaben, ich könnte ganz unverbindlich frei sein. Und warten«, fügt er hinzu.

Ich blicke langsam auf. Ein junger Kerl. Stoppelbart.

»Wer bezahlt den Kram eigentlich?« Mein Arm weist über die opulente Tafel.

»Ein Architekturbüro, ich hab den Namen vergessen, also, wie gesagt, ich stehe, ähm, zur Verfügung.«

Er enteilt in die Gedärme des Hauses. Ich lächle ihm hinterher.

Die Tür schwingt auf. Ein Mann schaut fragend herein, sieht mich und tritt näher. »Ich … hallo, ist das die Feier … die Klassenfeier?«

Er windet sich und schlingt die Finger ineinander. Er ist groß, hat kurze schwarze Haare und einen Gesichtsausdruck, der nicht hierherpaßt. Weltgewandt und schüchtern zugleich. Scheu und sexy. Ich rutsche unruhig auf dem Stuhl herum. Meine Stimme schnurrt.

»Wenn du zu dem komischen Klassentreffen willst, ja, das ist hier … Ein paar Architekten sollen das bezahlt haben, mir dämmert auch schon, wer dahintersteckt.« Wir kichern beide.

»Martin, sehr angenehm!«

Der Mann streckt mir seine Hand hin, grinst über das ganze Gesicht. Ich ergreife sie und schüttele bedächtig. Seine Hand ist warm und kräftig, sofort springt etwas über. Ich spüre einen Stromstoß, der in Windeseile durch mich hindurchfließt und zu ihm zurückschwimmt. Mir wird ein klein wenig heiß. Ich sehe in seine braunen Augen. Ziehe ihn langsam und sanft zu mir herunter. Martin ist in meine Augen getaucht und sinkt auf den Stuhl neben mir. Er schaut. Ich schaue.

Die Tür schwingt auf.

»Hier bist du, ich such dich überall! Martin! … Nina?!«

Beide schrecken wir auf.

Katrin steht in einem hellen Sommerkleid da, die Fäuste in die Hüften gestemmt. Sie schnaubt. »Ich suche dich!«

»Ich hab's gehört, Liebling.« Martin steht hastig auf, bleibt dabei mit einem Fuß in meiner weiten Hose hängen, wir lachen beide. Ich winke zur Tür hinüber.

»Katrin, altes Haus, hast du all den Kram hier klargemacht?«

Katrins Blick bleibt bewölkt. Sie kommt gelassen näher. Die Arme verschränkt. »Wenn du mich fragen willst, ob ich das Klassentreffen organisiert und bezahlt habe, ja, das war ich. Beziehungsweise das Büro, das ich gemeinsam mit meinem Mann Martin betreibe.«

Sie weist auf Martin mit der Geste einer Königin, die ihre Juwelen präsentiert. Martin steht auf, lächelt mich an und geht auf Katrin zu. »Ist das die Nina, von der du immer erzählt hast? Ihr wart doch Freundinnen?«

»Wir, ich … ach, Martin, Lieber, kümmere dich doch bitte um die Gäste, gerade ist ein ganzer Schwung eingetroffen!«

Sie kommt zu mir herüber, faßt meine Hände. Ich sehe Martin mit Bedauern dem Befehl nachkommen. »Nina, schön, dich hier zu haben. Wir haben dich immer sehr bewundert, weißt du!«

»Wer, ihr?« Ich schaue sie skeptisch an.

»Na, Martin und ich, Mo, alle, die wir hier waren, nach wie vor. Nicht, daß wir nicht hätten weggehen können, aber man ist doch irgendwie verhaftet, verwurzelt, meine ich. Meine Liebe, gut siehst du aus!«

Katrin geht mit funkelnden Augen davon und ruft im Weggehen über die Schulter: »Amüsier dich gut!«

Martin kommt mit einigen ehemaligen Klassenkameraden herein, die ich nicht gleich erkenne. Jörg, Maren, wer ist wohl diese Frau dahinten? Ich wende mich ab, herzklopfend. Ob es richtig war, herzukommen? Eine Frau mit Dauerwelle und den Requisiten einer Fünfzigjährigen spricht mich an. »He, Nina, ich bin's, Heike, erkennst du mich nicht mehr?«

»Doch, doch, hallo, Heike, wie geht's?« Ich zwinge mich zu einem Lächeln und luge zu Martin, der nach kurzer Zeit rüberkommt, sich neben mich setzt. Heike watschelt ab. Wir lächeln und wippen beide mit den Knien unserer übergeschlagenen Beine. Katrin hat die Führung übernommen und deutet auf das überbordende Büfett am anderen Ende des Saals, als hätte sie es eigenhändig dorthin gezaubert. Das Trüppchen junger Greise folgt ihr zwitschernd und jubelnd. Ich nehme eine Flasche Wasser vom Tisch und gieße mir ein Glas ein. Martin verfolgt aufmerksam meine Bewegungen und rückt dann plötzlich zu mir heran. Der Stuhl quietscht auf dem Holzboden, wir sehen beide kurz zu Katrin hinüber, die jedoch damit beschäftigt ist, bewundert zu werden.

»He, Lady, ich hab 'ne Geschichte für dich. Und wenn du sie schon kennst, muß ich dir 'nen Drink spendieren. Okay?«

»Alles klar.«

»Also paß auf!«

Martin rückt noch näher an mich heran. Ich spüre seinen Atem auf meinem Hals und erstarre. Seine Nähe ist elektrisierend. Ich schaue nach unten und sehe gebannt auf den einen braunen Schuh, den Martin leicht angewinkelt vor meinen Stuhl gestellt hat und der im Takt seiner Sätze auf und nieder zu schweben beginnt.

Die Senkel heben und senken sich wie in einem Liebestaumel. Sie beginnen sich zu umschlingen, zu tanzen. Ich sehe immer noch zu und erspähe gerade, wie die Knopflöcher sich einander nähern, mit den Schnürsenkel flüstern und die Falten der braunen Lederhaut beschwichtigen wollen mit ihren brutal geöffneten Mündern.

»Gar mancherlei weiß die Sage zu erzählen von den Wassergeistern der Elbe. So berichtet sie auch von einer Elbnixe, die in Gestalt eines Mädchens erschien, so wunderhold und lieblich, daß eine Jungfrau von solcher Schönheit nicht auf zehn Meilen in der Runde zu finden war. Sie trug gewöhnlich ein Kleid von der Farbe der blauen Elbflut, das unten immer eine Handbreit naß erschien, und dazu ein schilfgrünes Mieder, mit blitzenden Demanttropfen besetzt; zuweilen war sie auch wie die Bürgertöchter gekleidet, nur daß der eine Zipfel ihrer Schürze stets naß war …«

Das Atmen an meinem Hals wird ein wenig schneller, glühender. Ich sehe zu Martin. Er hat die Arme auf die Armlehne meines Stuhls gestützt und sieht mich direkt an, kaum mehr als zwanzig Zentimeter von meinem Gesicht entfernt. Ich erröte. Wende mich ab.

Die Party hat noch nicht begonnen, noch sind wenige Gäste eingetroffen, und das Nachmittagslicht steht hoch über meinem Stuhl. Ein flirrender Sonnenstrahl fällt auf Martins Gesicht, und ich beobachte, wie das Braun seines einen Auges auf einmal erleuchtet wird. Bis tief in sein hellbraunes Inneres, das zu schimmernden Glassplittern zerfällt. Ich schaue und schaue. Martin öffnet die Lippen und beginnt in dem Moment wieder zu sprechen, als der tastende Lichtkegel in seinen Mund hineinfährt und mir einen süßen Abgrund eröffnet, in den ich mich kurzerhand stürzen mag.

»Dieses seltsame Mädchen kam stets an den Markttagen allein auf den Markt, kaufte Brot, Fleisch und Obst ein, legte alles in ein Körbchen, das es am Arm trug, und ging wieder zum Stadttor hinaus, ohne daß man erfuhr, woher es kam und wohin es ging. Einst wagte es ein junger Bursche, der schon immer gar großen Anteil an der holden Erscheinung genommen hatte, der Jungfrau durch das Stadttor zu folgen, als sie abermals mit gefülltem Korb vom Markt wegging, und fragte, ob er sie begleiten dürfte. Sie verneinte und bat ihn, er möge nicht weiter in sie dringen und sie ihres Weges ziehen lassen. Da sich der Jüngling aber nicht abweisen ließ, so sagte sie ihm, daß sie eine Nixe sei und tief unten auf dem Grunde des Elbstroms bei ihrem Vater und ihren Brüdern wohne, für die sie auf dem Markt einkaufen müsse. Dadurch ließ sich aber der Jüngling nicht abschrecken, dann wolle er hinabsteigen von der Erde zu ihr unter die Wellen und dort bei ihr bleiben.«

Martin schlägt einen Absatz auf den Holzboden, daß es klackt. Ich fahre zusammen und reiße mich von Martins Blick los. Er verschränkt seine langen Finger, an denen der Ehering glänzt, und schaut nach unten. Ich warte, mein Wasserglas in den Händen drehend. Die Nähe des anderen ist so stark zu spüren, daß uns millimeterweise die Haut schmilzt. Ich sehe den hauchfeinen Film geschmolzener Haut auf Martins Nacken, als er sich zu mir beugt. Es ist ein hellbrauner, glatter Nacken, auf dem die Haare einen geschwungenen Saum bilden. Ich erschaudere bei dem Gedanken, diese Linie mit den Fingern entlangzufahren. Meine Hände zittern vor Gier nach seiner Haut. Eine Hand bewegt sich sehr, sehr langsam vom Wasserglas auf die Linie zu, die mir jetzt das schönste Werk natürlicher Geometrie scheint, und ich spitze schon die Lippen, um die winzigen Härchen, die den Saum ungebührlich ausfransen, in den Haarwald zurückzupusten. Da hebt Martin den Kopf. Ich zucke zurück. Unter der schelmisch krausen Stirn steigt ein Gesicht zu mir auf, das ich schon immer kannte, das mich seit jeher kennt.

»Das hat die schöne Jungfrau dermaßen gerührt, daß sie ihm versprach, sie wolle ihren Vater und ihre Brüder fragen, ob sie ihn mitbringen dürfe; er solle am Ufer harren und wohl achtgeben, wenn sie ins Wasser gesprungen sei. Wenn nämlich ein Teller mit einem Apfel aus dem Wasser hervorkommen werde, dann sei alles gut, dann könne er getrost nachspringen, und sie werde ihn in ihren Armen auffangen; färbten sich aber die Fluten rot, so sei es um sie geschehen, sie habe dann mit dem Leben das ihm jetzt gegebene Versprechen büßen müssen; denn ihre gestrengen Brüder hätten sie dann umgebracht.«

Ich werde unruhig. Die Dramatik, die sich in Martins Zügen spiegelt, nimmt mich völlig gefangen. Ich möchte seine nackten Arme streicheln, seine Lippen suchen, die so nah vor mir Buchstaben bilden und Worte ausstoßen, den Ton an meinem Ohr spüren, den seine Kehle hervorbringt. Das sanfte Grollen mit den Fingern ertasten, das aus seiner Gurgel rollt und bis über die Zähne hinaus der Luft Impulse gibt.

»Noch einmal blickte sie ihn zärtlich an, dann tauchte sie in die Flut; allein nach wenigen Augenblicken wallte es aus dem Wasser wie Blut auf. Da wußte der Jüngling, was ihr geschehen, und ging tiefbetrübt in die Stadt zurück.«

Martin schaut auf meine Hose, von einem Bein tropft Wasser auf den Steinfußboden. Entzückt sieht er mir ins Gesicht. »Was'n das?«

»Ach, ich hab vorhin ein halbes Glas Wasser verschüttet, ich bin recht ungeschickt… Ich bin keine Nixe, obwohl ich Wasser sehr mag. Ich kannte die Sage noch nicht. Schade, jetzt trinken wir also nicht zusammen?«

Lächelnd drehe ich mein leeres Glas in den Fingern, der Abend ist immer noch nicht offiziell eröffnet. Martin springt auf und eilt zum Büfett. Katrin gestikuliert mit weit ausgestreckten Armen. Ein paar dazugekommene einstige Schulkameraden, die mich weit weniger als die Schnürsenkel dieses Mannes interessieren, plündern Bissen von der Tafel. Hinter Katrins Rükken, die nunmehr in Richtung Park referiert und rudert. Ich sehe verblüfft, wie der Sonnenstrahl jetzt zum Büfett hinüberzittert, Martin verfolgt. Der kehrt mit einer offenen Flasche Wein zurück, die er wie einen Säugling trägt, leicht schaukelnd, dabei summend. Er gießt ein. Wir prosten uns zu. Der Sonnenstrahl verläßt uns endgültig, die Geräusche mehren sich, der Raum füllt sich wohl, Martin und ich sehen nur einander.

Reden sind gehalten, Gesprächsrunden abgesteckt. Die Trinker sitzen beim Bier im Rund, meist schmerbäuchige Männer mit weichendem Haaransatz. Hemden klaffen, weiße Socken blitzen unter viel zu engen Jeans hervor. In einer anderen Ecke reichen die Frauen

Fotos ihrer Kinder über den Tisch, tuscheln miteinander, nippen an den Likören. Locken verschiedenster Tönungen beugen sich über die Beweise des Glücks. Dazwischen die schmale Katrin, glänzendes Blondhaar, halblang, wippend. Geschmeidige Bewegungen. Suchender Blick.

Sie kommt zu mir, ich sitze allein in einem hinteren Winkel, schaue ab und an in den Park. Trinke Rotwein.

»Du, wir haben uns ja eine Ewigkeit nicht gesehen.«

Ich sehe in das helle, offene Gesicht der Schulfreundin.

»Ich bin verheiratet, du hast Martin ja schon kennengelernt, habe mit ihm ein eigenes Büro aufgemacht, und nun bearbeiten wir Aufträge. Meist für die Stadt, es sind noch viele Lücken zu schließen.«

Katrin setzt sich majestätisch auf den freien Stuhl, der noch von Martins Nähe glüht.

»Das stimmt. Aber muß denn wirklich auf jedes freie Stückchen ein Bürohaus oder noch ein Einkaufscenter gesetzt werden?«

Katrin hebt die Brauen. Schmollmund. »Das war klar, Nina, man hat sich ewig nicht gesehen, und du stänkerst gleich wieder. Kannst du nicht irgendwann einfach mal friedlich sein und etwas taktvoller?«

Ich lache auf, das ist ja nicht zu fassen! »Komm mir nicht so, meine Liebe, mit deinem Takt hätten wir ja wohl noch das alte System, oder was für ein Erdrutsch ist in deinem Köpfchen vor sich gegangen? Wie vereinbarst du denn deine früheren Ansichten mit den Gesetzmäßigkeiten des Spätkapitalismus?«

Katrin schnappt nach Luft, will aufbrausen, da

sieht sie Martin, der sich schräg durch den Raum nähert. Gegen die eigene Achse leicht verdreht, wie ein Wolf. Sie lächelt, entspannt sich. »Nina, alte Aufrührerin. Wir sind hier alle etwas gelassener geworden. Und wollen die alten Geschichten gar nicht mehr aufwirbeln. Jeder hat doch dabei Federn lassen müssen. Aber einige haben was aus sich gemacht. Sieh nur, Stefan da drüben, der hat jetzt eine eigene Heizungsbaufirma. Lars, ach ja, Lars kommt später, der ist jetzt selbständiger Monteur. Arbeitet für Messen und Konzerte. Heike hat ein kleines Reisebüro aufgemacht ...«

Martin hat sich etwas abseits niedergelassen und beobachtet uns durch ein Kognakglas, in dem es ölig braun schimmert. Ich werde unter seinen Blicken sofort ruhig, die Aggressivität schwindet. Ich grüße seine Augen, die mich flimmernd anstrahlen. Katrin folgt meinem Blick. Irritiert.

»Und Mo?«

»Mo, ja, ich dachte, sie schafft es noch, aber sie darf nicht raus.«

»Nicht raus, wie, was ist denn ...?« Ich richte mich jäh auf. Ich habe sie seit zwei Jahren nicht gesehen. Schuldbewußt denke ich an mein Versprechen, ich lade dich ein, wenn ich in Berlin was gefunden habe. Das ist lange her. Ich habe es einfach vergessen.

Katrin dreht nachdenklich eine Strähne ihres glänzenden Haares. »Ja, das ist traurig und unverständlich. Mo war schon immer so verträumt. Irgendwo anders. Sie hat jetzt den dritten – ich glaub, es war der dritte – Selbstmordversuch hinter sich. Nun ist sie in der geschlossenen Abteilung. Uchteleben. Sie darf wohl schon wieder spazierengehen, aber meist in Begleitung. Sie nimmt schwere Medikamente, Besuche unerwünscht.«

Katrin sieht zu Martin, der ihr zärtlich und wissend zunickt. Ich trinke mein Glas in einem Zug aus. »Das wußte ich nicht, o Gott, ich hätte, ich habe …«

»Mach dir nichts vor, Nina, wir leben alle unser Leben, du hättest es nicht verhindern können. Und du wärst bestimmt nicht Mo zuliebe hiergeblieben und hättest jeden Abend Händchen gehalten, oder?«

Ich schüttele den Kopf.

Die Tür schwingt auf, Lars kommt herein. Er sieht gut aus, schlank und drahtig, zäh. Den unvermeidlichen Oberlippenbart hat er aufgezwirbelt. Die Augen leuchten fröhlich, als er mich sieht. Katrin eilt auf ihn zu, führt ihn durch den Raum. Lars winkt mir, er muß erst die Runde absolvieren.

Martin kommt langsam zu mir rüber, ich muß mich etwas vorbeugen, um seine Frage beim zweiten Mal zu verstehen.

»Gehen wir ein Stück spazieren?«

Ich nicke, erfreut.

Der Park liegt einsam an diesem Sommerabend. Hier ist die Stadt noch die alte. Ich schlendere über die Wiese zum Löwen, lege meine rechte Hand in sein Maul. Und wie früher kribbelt es in meinem Bauch.

»Was hat es damit auf sich?« Martin ist neben mich getreten.

»Ach, so eine Legende, wenn du ein ehrlicher Mensch bist, frei von Lüge und Niedertracht, dann beißt er nicht.«

Martin grinst. »So einfach also geht das, wir sind alle Engel!« Er steckt nach mir seine Hand in das Maul, aber das Lächeln verschwindet. Die kalten Zähne des Löwen streifen die Finger, und die Augen der Skulptur fixieren den Prüfling. Zögernd nimmt Martin die Hand weg, dreht sich zu mir um. Wir laufen nebeneinander zur Elbe. Über den Damm, einen kleinen Pfad hinunter zum Schilf- und Weidengürtel. Das Wasser schimmert grünlich.

»Bald wird man wieder baden können in der Elbe.«

Martin schaut auf die Silhouette der Stadt. Weit drüben auf der anderen Seite liegt der Binnenhafen der Neustadt. Speicherhäuser recken sich dunkel auf, die Laderampen sind verlassen. Viel wird hier nicht mehr umgeschlagen.

»Studierst du noch?«

Martin hat sich neben mich auf die Buhne gesetzt, die Schlaghose ist vom Wasser benetzt, meine blaue Bluse leuchtet im violetten Abendlicht. Der Wind pocht gegen unsere Wangen und Knie. Drückt wie Hände auf mein Haar, zerrt an losen Strähnen. Ich sehe Martin an, der etwas ganz anderes fragen will. Seine Frage spüre ich in seinem Knie, das leicht an meins gelehnt ist, wie zufällig. In seiner Hand, die neben meiner zum Liegen kommt und deren Wärme die Luft als Leiter erklimmt.

»Ich hab die Zwischenprüfung gemacht und dann zwei Semester vertrödelt. Ich muß arbeiten gehen, das Bafög reicht hinten und vorne nicht. Und dann geh ich auch viel aus ...«

Ich lache Martin über die Ellenbogen hinweg an, und er sieht in meine Augen. Es saugt und zieht, wir blicken uns lange an. Wagen kaum zu atmen. Endlich steht Martin ganz langsam auf, greift eine meiner Hände und zieht mich hoch. Ich schmiege mich an ihn, wir halten uns umschlungen. Hören das Herz des anderen hämmern. Zittern. Suchen die Augen, den Mund. Wir küssen uns. Schieben uns über die buckligen Steine der Buhne. Das Gras ist weich und warm. Der Boden feucht.

Als es fast dunkel ist, erheben wir uns, ziehen unsere Sachen zurecht. Im Hafengelände gegenüber flammen Laternen auf. Grillen zirpen, das Wasser rauscht und gluckert.

Ich flüstere. »Ich weiß gar nichts von dir…«

Martin reckt sich, er gibt mir einen Klaps auf den Hintern. »Los, zurück, Lady, Katrin wird mir die Augen auskratzen.«

Wir laufen den Pfad zum Damm hinauf.

»Ich war bei der Denkmalpflege in Weißenfels, wir haben Kirchen restauriert. So gut es ging, solange das Geld reichte. Es war nicht viel zu tun.«

Hinter den Bäumen taucht das Gesellschaftshaus auf. Der Saal ist hell erleuchtet. Eine schmale Gestalt steht am Fenster und schaut in den Park. Im Hintergrund tanzen Frauen. Martin zieht mich an der Hand zur Seite, wir gehen um das Haus herum.

Als wir in der Tür des Seiteneingangs stehen, der zu den Toiletten führt, dreht sich Martin um. Er nimmt mein Gesicht in seine Hände und gibt mir einen Kuß auf die geschlossenen Lippen. Die Stirn. Drückt mich heftig an sich, legt dann einen Finger auf seinen Mund. Sieht mich noch einmal an, von oben bis unten.

»Richte dein Haar, meine Nixe, und schüttele die Tropfen ab. Ich geh schon rein.«

Er schließt die Flurtür hinter sich und betritt den Saal. Blendendes Licht, Pärchen sitzen in den Ecken, die Säufer lärmen, einige sind gegangen. Katrin schlendert herbei. Ernstes Gesicht. Sie beherrscht sich, nimmt Martins Hand und zupft mit der anderen einen Grashalm aus seinem dichtem Haar.

»Schön, daß du auch wieder da bist. Es drohte langweilig zu werden!«

Der Bummelzug macht seinem Namen alle Ehre. Mein Kopf dröhnt im Takt der Schwellen. Hügel ziehen vorüber, weizengelb oder stechend hell von Rapsblüten entflammt. Die Bahn hält viele Male, bevor sie die Börde verlassen hat und in Richtung Altmark tuckert.

Endlich habe ich den kleinen Ort erreicht. Was will ich hier eigentlich, mich hat niemand hergebeten, ich werde gewiß nicht einmal vorgelassen. Meine Ledertasche baumelt beinahe leer von der Schulter, meine nackten Füße rekeln sich in den Sandalen aus weichem Leder. Ich bin wie ein Schneider losgezogen, tadele ich mich und genieße dieses Gefühl der Sorglosigkeit.

Mein Herz, mein Bauch, all meine Zellen, meine Organe sind durchflutet, erfüllt von Martin. Ich spreche seinen Namen wie eine Beschwörung vor mich her und wirbele den Sand des kleinen Pfades auf, der vom Ort in den nahen Wald führt. Es wird schattig und etwas kühler unter den Bäumen, ich habe Durst. Das Lächeln verschwindet gar nicht mehr von meinem Gesicht, das noch unter den Küssen träumt, die es gestern empfangen hat.

Der Wald ist riesig und schlingt mich in sein grünes Nichts. Der weiche Boden unter den Füßen tut mir gut, der Pfad führt durch eine Schonung, an einem Buchenwald vorbei, wieder in die Kiefernbepflanzung. Ich laufe bestimmt schon ein, zwei Stunden, die Sonne hat den Zenit längst überschritten.

Die Bäume geben plötzlich einen weitläufigen Park mit englischem Rasen frei. Ich erreiche den mannshohen Zaun und klettere vorsichtig hinüber. Jetzt schleiche ich von Buche zu Kastanie, erobere langsam das mir fremde Gelände. Über meine nackten Oberarme ziehen trotz der Wärme des Sommertags leichte Schauer, ich bin übermüdet. Nein, ich bin verliebt! Alles flüstert Martins Namen, das Gras, die schaukelnden, satten Zweige der Bäume, die weiche Weide, die Vögel… Jetzt sehe ich das weiße Haus durch die Bäume schimmern, es ist dreistöckig und hat vergitterte Fenster. Die Armen. Ich schleiche noch ein Stück voran und verberge mich hinter einer riesigen Fliederhecke, die für dieses Jahr ihre duftende Last bereits abgeworfen hat. Ich warte.

Lili hat gestern abend wieder geweint, als ich mich für die Klassenfeier umzog und mit ihr die Achtzehn-Uhr-Nachrichten sah.

Warum mußt du denn so oft Nachrichten gucken, wenn dir das so zu Herzen geht?

Ich muß wissen, was auf der Welt passiert, Nina, sagte sie und wischte sich eine Träne aus den Augen.

Ich verdrehe die Augen.

Manchmal erzählt sie mir, daß sie einen immer wiederkehrenden Traum hat: Sie schleicht sich in Raketenstützpunkte irgendwo auf der Erde und setzt alle atomaren Gewalten außer Kraft. Dann sieht sie mich so verschwörerisch an, als hätte bereits der Traum davon die Welt ein kleines bißchen gerettet.

Jetzt bewegt sich etwas. Aus dem Haus kommt eine helle Gestalt. Noch eine, ganz in Weiß gekleidet. Sie trägt ein Häubchen und weist der anderen den Weg, zeigt auf ihr Handgelenk und steht dann noch einen Augenblick abwartend in der hohen Eingangstür. Die helle Gestalt schlendert traumwandelnd in den Park. Sie kommt mir näher, ich kann Mos Gesicht erkennen! Mein Plan ist aufgegangen. Ich darf sie nicht erschrekken, ich ducke mich etwas tiefer. Die Schwester verschwindet in das Haus, Mo dreht sich noch einmal um, geht dann weiter.

Sie muß meinen Strauch beinahe streifen. Ich bin aufgeregt, lasse noch ein wenig Zeit verstreichen und rufe dann halblaut: »Mo, erschrick nicht!«

Mo dreht ganz langsam den Kopf in meine Richtung und lächelt versonnen, als hätte sie eine längst verlorengeglaubte Melodie gehört.

»Mo, ich bin's, Nina!«

Ich trete langsam aus dem Fliederbusch und winke.

Mo zuckt ein wenig zusammen, nimmt die Hände schützend vor die Brust und starrt mich an. »Nina?«

Ich gehe behutsam auf sie zu. »Mo, hab keine Angst, ich wollte dich sehen, magst du mit mir reden?«

Mo nickt hastig, und allmählich wandelt sich der ängstliche Ausdruck in einen freudigen Schimmer. Ich gehe ihr voraus, wende mich ab und an um. Mo wandelt hinterher. Wir erreichen bald den hinteren Teil des Parks, wo wir weniger Gefahr laufen, entdeckt zu werden. Unter einer Kastanie lassen wir uns nieder, Mo setzt sich dicht zu mir, legt sofort ihren Kopf in meinen Schoß. Ich warte, lasse allmählich eine Hand auf ihr weiches schwarzes Haar wandern und streichele sie sanft. Mo schweigt, mit geschlossenen Augen. Ich beobachte das Spiel des Lichts auf dem grünen Boden.

»Du riechst nach Mann!«

Ich schrecke aus meinen Gedanken auf, sehe zu Mo hinunter. Sie hat die Augen weit geöffnet und blickt mich prüfend an. Ich erröte augenblicklich, versuche die Schenkel aneinanderzupressen.

»Nein, Nina, nicht so, deine Haut, du riechst, du duftest nach Mann!«

Ich streichele Mo wieder über das Haar, das offen auf die helle Strickjacke fällt. Ihre Lippen sind aufgesprungen, die Haut so blaß. Meine Mo …

Ich sehe durch den Park, und sofort ist Martin bei mir. Oh, Martin.

»Ja, du hast recht, ich habe jemanden kennengelernt …«

Mo preßt die Lippen aufeinander.

Hat sie gehofft, ich würde es abstreiten? Ich muß vorsichtig sein.

»In Berlin?«

Ich schüttele den Kopf, verwirrt, dann nicke ich. »Ja, nein, also doch, es war auf der letzten Fahrt von Magdeburg nach Berlin. Er hat mich im Zug angesprochen. Wir haben lange erzählt, und dann hat er mich noch nach Hause gebracht, ich hatte so einen schweren Koffer, weißt du? Und dann, na ja, er hat wieder angerufen, und ich sehe ihn ab und zu …«

Mo sieht mich noch immer direkt an, ihr Kopf liegt schwer auf meinen Gliedern. Was tue ich? Sie glaubt mir nicht, ich sehe es an den kleinen Falten an ihrem Mund, an den ernsten Augen. »Du warst in Magdeburg? Länger? Mit einem Koffer?«

Ich fluche innerlich. Was denke ich mir auch so was Blödes aus.

»Mo, wie geht es dir jetzt eigentlich? Kannst du hier bald raus, oder magst du noch ein wenig hierbleiben?«

Mo schließt die Augen. Regt kein Glied. Die Zeit bleibt stehen. Ich wage kaum zu atmen.

Als Mo die Augen wieder aufschlägt, sind sie dunkel und feucht. Da senkt sie die Lider wieder, meines Blickes gewahr.

Mo erhebt sich, sie steht gerade und schmal vor mir, ihr Schatten fällt auf mein Gesicht. »Laß mal, Nina. Schön, daß du hier warst, aber daß du einen Freund in Magdeburg hast, muß ich erst mal … ich habe lange auf dich gewartet, weißt du. Das macht nichts, mach dir deshalb keine Vorwürfe. Bitte! Und jetzt geh, ich habe keine Zeit mehr …«

Mo macht auf der Stelle kehrt und geht zurück zum Haus, ohne sich noch einmal umzusehen.

Im Zug nach Berlin ziehen die letzten Altmarkdörfer an mir vorüber. Ich sitze stumpf und blind, die Tränen sind beim Lauf durch den Wald versiegt. Die Augen schmerzen. Ich bin müde, unendlich müde. Eine alte Frau mit Kopftuch wartet an einer der vielen kleinen Schranken, die den Zug von den Landstraßen scheiden. Die Sonne neigt sich dem Weizen entgegen. Bald müssen wir die Elbe überqueren, bald die Havel.

Der Sonnenstrahl ist längst über die Mausunterlage hinweggewandert. Katrin arbeitet verbissen, zieht Linien und Geraden, berechnet, schiebt und speichert. Auf einmal hebt sie den Kopf. Etwas ist anders als sonst. Ganz anders. Katrin sieht zu Martin hinüber, dessen heller Holzschreibtisch schräg gegenüber von ihrem mit Blick zum Fenster aufgestellt ist. Er wollte unbedingt den Fensterplatz haben, sie hatten lange darüber diskutiert, ob dieser Umstand der Arbeit abträglich sein würde oder nicht. Martin hatte sich schließlich einfach auf den weichen Bürostuhl gesetzt, die Arme im Nacken verschränkt und aus dem Fenster gesehen. Gewartet, bis die Möbelträger den Tisch genau vor ihn schoben. Nun sieht Katrin seinen Nacken, seinen breiten Rücken im Armyhemd, die Beine in dünnen Stoffhosen und seine schönen, geliebten Hände, die er mal wieder im Nacken verschlingt. Aber etwas ist anders als sonst.

Martin regt kein Glied, zappelt nicht mit den Füßen, wippt nicht auf dem Stuhl. Er summt nicht einmal. Katrins Blick schweift über Martins Kopf hinweg auf die Kastanien vor dem Haus. Die Hegelstraße ist tatsächlich eine prächtige Adresse für ihr Büro, es hat zwar nur zu zwei kleinen Räumen im Erdgeschoß eines Gründerzeitbaus gereicht, aber die Lage ist hervorragend. Zum Hasselbachplatz sind es zwei Minuten Fußweg, Parkplätze gibt es rund um die Uhr direkt vor dem Haus. Die Nachbarschaft von Dom und Ministerien flößt den Besuchern Respekt ein. Die Sekretärin ist nicht zu jung und nicht allzu hübsch, so daß Katrin beruhigt ihre Außentermine wahrnehmen kann. Martin gut aufgehoben weiß. An sich arbeitet er zuverlässig, nicht gerade überschäumend kreativ, aber gewissenhaft. Sie hat kein Problem mit ihm. Aber in den letzten Wochen ist er so schweigsam, so abwesend. Nun schaut sie schon geraume Zeit auf seinen Hinterkopf, und Martin spürt es nicht einmal. Bemerkt nicht, daß es ungewöhnlich ruhig ist an ihrem Schreibtisch, kein Klicken der Tastatur, kein Summen der Programme. Katrin stützt ihren Kopf in die Hände und fühlt die Ohnmacht in sich aufsteigen. Was ist nur los? Martin beschwert sich nie, er lebt einfach klaglos mit ihr, eher neben ihr.

Ich kann ihn nicht mehr begeistern, ich habe ihn schon lange nicht lachen gehört. Wir funktionieren. Vielleicht ist das normal nach ein paar Jahren. Vermutlich geht es allen Paaren so. Ich hätte ihn nicht zu der Heirat drängen sollen, seitdem ist er irgendwie schicksalsergeben. Er ist ein guter Ehemann, aufmerksam, geduldig, hat keine Laster ... Manchmal verschwindet er einfach in den Abendstunden, und wenn er viel später zu mir ins Bett kriecht, riecht er nach Gras, nach Heu, nach lauen Sommernächten und Wiesen. Er sagt nie, wohin er geht und ob er alleine herumspaziert. Bei der seltsamen Klassenfeier, die kein rechter Erfolg war, erwischte er Nina auf den Elbwiesen mit dem Kellner, ich sah es am feurigen Blick des jungen Burschen, daß er Nina so zerknittert haben mußte. Sie war ja völlig verwirrt, als sie endlich wieder auftauchte. Und Martin grinste. Nina hat ihm wohl gefallen. Das war vorauszusehen.

Katrin seufzt und nimmt die Maus in die Hand, also gut, weiter im Text. Wir müssen die Pläne morgen präsentieren, Martin soll endlich das Kellergeschoß mit den Garagen fertigmachen. Jetzt regt sich endlich auch

Martin, er läßt plötzlich die Hände sinken und richtet sich auf, dreht sich zu Katrin um und fragt mit weichem, noch verträumtem Gesicht: »Alles in Ordnung, Nina?«

Mo zieht tief die Luft ein. Die Spree schillert und glänzt. Das Bode-Museum liegt dunkel und mächtig längs des Flusses. Ich lehne am Geländer der kleinen Fußgängerbrücke und sehe Mo von der Seite an. Ihre Haare glänzen wieder. Ihre Magerkeit wird durch das taillierte Kleid noch betont. Die großen Augen wirken durchscheinend. Leer. Ich streiche zärtlich über Mos Wange.

»Du mußt wieder zu Kräften kommen. Wir fahren vielleicht besser nicht hin.«

»Doch, ich will es sehen. Du hast so lange durchgehalten da drin. Ich hab immer noch ein schlechtes Gewissen.«

Ich schaue auf den Fluß. »Quatsch, es kam ja dann doch alles anders. Wie gut, daß du den Rest da drin nicht mehr erlebt hast! Der Strafvollzug war echt die Hölle.«

Wir schlendern durch den Monbijoupark, am Kinderschwimmbad vorbei. Kreischen und Plantschen dringt zu uns heraus. Wir gehen am Gartenlokal entlang, dessen Holzbänke am frühen Nachmittag schon gut besetzt sind. Zum Hackeschen Markt. Auf der kleinen Insel der Straßenbahnhaltestelle stehen einige Studenten. Es sind bereits Semesterferien, aber viele arbeiten für Prüfungen und Hausarbeiten in den Bibliotheken der zentralen Uni-Institute. Ich denke schuldbewußt an die zwei Scheine, die ich letztes Semester machen wollte. Wieder nicht geschafft. Das zieht sich alles verdammt in die Länge. Na ja, wenigstens Latein muß ich im Herbstsemester schaffen. Dreimal habe ich den Kurs schon abgebrochen, peinlich.

In der Straßenbahn nach Hohnhausen hat Mo die Augen geschlossen. Summt ein Lied. Die ersten Neubaublocks ziehen vorbei, erinnern mich an Magdeburg. Diese hier sind höher, stehen geballter. Auf dem Platz der Vereinten Nationen gähnt die Leere des verschwundenen Lenin. Über eine große Brücke fahren wir in die Neubaugebiete, die erst wenige Jahrzehnte alt sind. Früher haben hier noch Schafe geweidet, jetzt tummeln sich orientierungslose Glatzenträger an den Haltestellen. Der Weg zur Haftanstalt führt durch ein Wohngebiet der vierziger Jahre. Die haben direkt nebenan gewohnt. Immer die Autos im Tor verschwinden sehen. War das denn so normal?

An der riesigen Einfahrt klingeln wir. Eine kleine Pforte öffnet sich, der Pförtner gibt in der Gedenkstätte Bescheid. »Frau Adler, Sie dürfen hoch.«

Wir gehen über den ersten Hof der ehemaligen Untersuchungshaftanstalt und holen uns im Büro die Schlüssel. Die grauhaarige Leiterin des Zeitzeugenarchivs lächelt mich herzlich an. »Eine Stunde, Frau Adler, dann gehen die Führungen los. Und, haben Sie mal über das Angebot nachgedacht?«

»Nachgedacht schon, bin aber noch nicht zu einem Entschluß gelangt.«

Ich ziehe Mo mit mir.

»Was für ein Angebot?«

»Ach, ich soll hier Führungen machen, bezahlt wird's nicht schlecht. Die 25 Mark pro Führung könnt ich gebrauchen. Jedenfalls bringt das mehr als die Nachtschichten bei der Post. Aber ich kann das nicht. Vor wildfremdem Menschen, dann noch in großen Gruppen … alles erzählen, nee.«

Mo nickt nachdenklich, dann hält sie mich am Arm fest. »Hast du denen hier alles erzählt, alles, was dir im Knast passiert ist?«

Ich schüttele den Kopf und suche meine Sonnenbrille in der Umhängetasche. Blinzle gegen das Licht. Mo läßt mich los, schlendert voraus.

Wie könnte ich jemandem alles erzählen. Wo ich selbst nicht genau weiß, was mit mir geschehen ist. In der neu eingerichteten Gedenkstätte Hohnhausen habe ich erzählt, wie ich dorthin gelangt bin, was mir in diesen Mauern widerfuhr. Und das war eigentlich das beste, was mir in dem halben Jahr Knast passiert ist. Schlimm wurde es erst später.

Ich gehe langsam am flachen Gebäude der U-Boote entlang, wie die Folterkeller der fünfziger Jahre genannt werden. Ein Innenhof öffnet sich, dreiseitig umstellt von hohen Neubauten. In der Mitte liegt ein Rosenbeet. Mo steht vor den Rosen und schaut. Ich trete zu ihr und zeige auf den gegenüberliegenden Block.

»Da oben war ich drin, Zelle 213, wie mein Paragraph. Ich bilde mir ein, die Rosen durch die Glassteine gesehen zu haben. Es war ja Sommer.«

Wir betreten die Schleuse. Ein Treppchen führt an geöffneten Gittern vorbei in einen niedrigen Flur. Über den Zellentüren, die zum größten Teil offenstehen, verläuft ein dünner Draht an der Wand. Der Signaldraht, wenn er unterbrochen wurde, gab es sofort Alarm. Die Zellen sind schmal, jeweils für ein oder zwei Personen.

Die meisten Holzpritschen stehen noch darin, manche Betten sind original hergerichtet. Ich zeige auf die zweite Zelle rechts vom Flur.

»Hier war ich über Pfingsten drin, die haben uns ja vom Flughafen gleich hergebracht. Wir haben dunkle Brillen aufbekommen, Tim Handschellen, und ab ging's. Ich hab durch einen winzigen Schlitz die Plakate und den Trubel vom Pfingsttreffen der Jugend mitbekommen. Sascha war da. Stell dir vor, der kleine Bruder feiert mit den FDJlern, während seine Schwester in den Knast gekarrt wird.«

Mo schüttelt den Kopf. Heute könnte man darüber lachen. Aber alles wirkt so, als würden die Protagonisten jeden Moment zurückkommen. In der Zelle, die ich fast drei Monate lang bewohnte, fehlen die Betten. Eine Trennwand zieht sich beinahe bis an die Fenster, dazwischen liegt ein schmaler Durchgang.

»Na, so ein Luxus, da mußtet ihr euch beim Pinkeln nicht zusehen!« ruft Mo.

»Ja, das war nett, aber meine Nachbarin war schwer krank, die hatte schon zwei Herzinfarkte gehabt und saß über fünfzehn Monate hier drin. Da gab's dann Vergünstigungen. Wir hatten sogar einen Fernseher!«

»Wow, das wäre in Magdeburg nicht vorstellbar gewesen!«

Ich nicke. Sehe Ilonka, wie beim ersten Mal, als ich zitternd die Zelle betrat. Wie sie auf dem Bett in ihrer Zellenhälfte saß, die Hände ordentlich auf den Schoß gelegt, die weißen Haare aufgerollt und den Anstaltsanzug mit einer Würde tragend, als wäre es ihr bestes Kostüm. Ilonka brauchte knapp eine Woche, um Vertrauen zu mir zu fassen. Dann sprachen wir.

Von Ilonka lernte ich, Frauen zu achten. Ich war die einzige Frau unserer Clique gewesen, die doch keine war. Ich war ein struppiger Bengel mit Wut im Bauch. Die kleinen Mädchen, die zwitschernd und gackernd den verruchten Jungs hinterherliefen, waren mir keines Blickes würdig.

Ilonka hatte mindestens zwei Männer geliebt, drei Jungen geboren und aufgezogen. Der Älteste wurde von einem Lkw totgefahren, den ein besoffener Stasi-Typ gelenkt hatte, der nicht nur freigesprochen wurde, sondern den Gerichtssaal auch mit Fahrerlaubnis verlassen durfte. Der zweite versuchte fünfzehnjährig, mit dem Fahrrad über die Berge des Harzes nach Göttingen zu türmen. Aus der Haft entlassen, begann er zu trinken.

Der Kleinste wurde Koch. Als er in einer Kleinstadt im besten Hotel am Platze die Karriereleiter erkletterte, wurde irgendwann die Parteizugehörigkeit nötig. Nur dann gab's den begehrten Titel eines Meisterkochs. Albert trat zähneknirschend in die SED ein und schickte seine Mutter zum BND. Sie war schon Rentnerin und fuhr regelmäßig rüber. Bald hörte Ilonka in ihrer Küche auf einer speziellen Frequenz Fragen aus ihrem Radio schallen. Wie viele Zahnbürsten würden in Konsum A in der Stadt B verkauft? Wie viele Stühle stünden für den Empfang in C bereit? Es dauerte nur eine paar Monate, bis die Peilwagen dem Pärchen auf die Spur kamen. Als ich in ihre Zelle kam, saß Ilonka schon über ein Jahr. Ein Vierteljahr hatte sie in dem Glauben verbracht, ihr Sohn sei in Freiheit und müsse gedeckt werden. Aber Albert hockte drei Zellen weiter auf demselben Flur und versuchte bei den Vernehmungen seine Mutter zu decken. Als Mutter und Sohn sich selbst zur Genüge belastet hatten, kam es zur Gegenüberstellung im Hafttrainingsanzug. Da hatte Ilonka den ersten Infarkt.

Wir schlendern von der Doppelzelle weg, ich bewege die Spione an den dicken Türen, luge in die Zellen und höre den Lärm der anderen Gefangenen, wie ich ihn damals durch die Mauern vernahm. Ein entferntes Kichern und Grollen, mal ein Schluchzen oder verzweifeltes Aufschreien, bei dem die Vögel im Rosengarten verstummten. Außer Ilonka sah ich drei Monate lang keinen anderen Gefangenen.

Mo ist ein Stück weiter den Flur hinuntergegangen. Sie steht vor dem geöffneten ehemaligen Arztraum, drin steht ein schwarz gepolsterter Stuhl mit darüber angebrachtem Scheinwerfer. Der Stuhl ist nach hinten geneigt. Mos Lider zucken, in ihrem Kopf werden Stimmen laut. Legen Sie sich mal hin, na los, stellen Sie sich wieder hin, Untersuchungshäftling 71, raustreten, antreten, Gesicht zur Wand, Hände an die Oberschenkel, Hände aus dem Gesicht, hab ich gesagt. So, und mal den Bauch freimachen, na los jetzt. Nicht so zimperlich. Jetzt wird es mal kalt, das ist die Röntgenplatte, stellen Sie sich nich so an, blöde Göre, erst wegloofen, dann rumjammern, immer detselbe.

Mo öffnet abrupt die Augen. Nina ist vor einer Zelle stehengeblieben und schaut durch den Spion. Es war nicht gut herzukommen. Ganz und gar nicht. Ich bin noch lange nicht soweit, und Nina auch nicht. Obwohl sie es mal wieder lockerer nimmt, klar. Ich war doch schon immer traurig. Eigentlich hat mir das entsprochen, die Ruppigkeit, die brutalen Männer und Frauen, die mich abtasten, in mich hineinfassen, in meinen Kopf leuchten, meine Knochen an Apparate drücken. Ich lasse mich gerne quälen. Wenn es andere nicht tun, mache ich es am Ende selbst.

Mo geht zu Nina zurück, langsam, behutsam, lautlos schwebt sie den Flur entlang, dem einzigen Menschen entgegen, der etwas mit ihr teilt.

Noch immer markieren die roten Farbstriche auf grünem Linoleum die Stellen, wo sich die Gefangenen mit dem Gesicht zur Wand aufzustellen hatten, wenn sie ein- oder ausgeschlossen werden sollten. Im Flur sind oben an den Decken noch die ampelartigen Installationen zu sehen, deren rotes Licht den Durchgang eines Untersuchungshäftlings signalisierte.

Ich sehe durch einen Spion in eine Zelle mit zwei Pritschen, 216. »Hier, Mo, hier hat Tim gesessen, mit dem Sohn von Ilonka zusammen. Das war die alte Dame, mit der ich ...«

Mo hat mich erreicht und legt ihre Hand auf meinen Arm. Wir sehen abwechselnd in den gelb schimmernden leeren Raum. Hier drin hat Tim versucht, sich das Rauchen abzugewöhnen. Und von Albert englisch zu lernen. Eines Tages erzählte Ilonka, daß ihr Albert mit einem Neuen zusammen sei, der unglaublich viel Knoblauch essen würde, weil er mit dem Rauchen aufhören wolle. Ich hatte gerade in einem der monatlich erlaubten Briefe von Tim gelesen, daß er im Kampf mit dem Glimmstengel auf Dracula-Abwehrmethoden zurückgreifen würde. Alles klar.

Vom Flur des Zelltrakts führt eine Treppe zum Freihof hinaus, wo die Gefangenen in zimmergroßen

Parzellen den Freigang verbrachten. Heute sind die Trennwände herausgerissen. Eine Theatergruppe hat hier ein Stück aufgeführt und den Grundriß verändert. Wir reden nicht mehr. Sind stumm, als wir im Keller die Großküche sehen. Noch immer stehen die Alutöpfe da, die Kannen für Tee oder Kaffee. Wagen voller Plastiktassen, Teller. Uns fröstelt.

Vom Keller aus kommen wir an den Kammern vorbei, in denen die Fotos der ersten Haftstunden geschossen wurden, Fingerabdrücke genommen. Dann verlassen wir den eigentlichen Zellentrakt. Im Vernehmertrakt, auf lautlosen Fluren mit unzähligen Türen, finde ich den Raum, von dem ich glaube, in ihm gesessen zu haben. So viele Stunden. Das Tonband lief mit. Der Vernehmer war jung, freundlich. Hatte Plakate an den Wänden, scherzte mit mir. Er war loyal, erschreckend entgegenkommend. Mir fiel es manchmal schwer, den Feind in ihm zu sehen. Auch das eine gute Taktik! Er beantwortete geduldig und lächelnd meine Fragen.

Wie sehen Sie eigentlich im Urlaub aus, Herr Hoffmann, haben Sie keine Angst, wiedererkannt zu werden?

Hoffmann holte ein Foto aus der Brieftasche, auf dem er kaum wiederzuerkennen war. Dichter Vollbart, dichte Augenbrauen.

Und Ihre Kinder, was erzählen Sie denen, als was Sie arbeiten?

Wieder lächelte er souverän und sprach, ich bin doch Polizist, meine Uniform hängt zu Hause im Schrank! Er war sogar hübsch, der Hoffmann. Ein bißchen, jetzt fällt es mir siedend heiß ein, ein bißchen sah er Martin ähnlich! Ich streiche plötzlich zärtlich über den herrenlosen Schreibtisch, lasse meinen Blick über die offenen Schränke, die verwaisten Regale schweifen.

Mo ist in der Tür stehengeblieben und reibt mechanisch ihre Oberarme. Sie geht noch ein Stück in den Raum hinein, beißt auf ihre Oberlippe, der Blick beginnt zu schwimmen.

»Fräulein Adler, wie haben Sie denn Ihren Lebensunterhalt finanziert?«

Ich habe mich auf den Schreibtisch gestützt und sehe Mo schelmisch an, die gerade auf den Hocker des Untersuchungshäftlings gesunken ist. »So geschickt, daß ich ein leichtes Übergewicht stabil halten konnte«, antworte ich mir und genieße das aufblitzende Lächeln der Freundin.

»Komm, wir verduften.«

Als wir wieder in der Straßenbahn sitzen, fällt mir auf, daß ich das schwere Schlüsselbund noch in der Tasche habe. Es klimpert und liegt kalt in der Hand. Ich schenke es Mo. Die Schlüssel sind lang und haben kleine Bärte, alle vier sind auf einen eisernen Ring gezogen. Zusammengelötet. Mo steckt das Bündel schweigend ein.

Als wir am Bahnhof Zoo stehen, läßt Mo ihre Tasche fallen. Umarmt mich noch einmal. »Danke für alles. Die zwei Wochen bei dir haben mir gutgetan. Wenn ich bloß aus diesem Loch rauskomme… Ich will doch bald entlassen werden!«

»Klar, du schaffst das, Mo! Und bevor du, ich meine bevor es wieder soweit kommt, daß du, ach scheiße, ruf mich einfach an, ich komme und hole dich, okay. Und wenn du wieder Freigang, ähm, Urlaub hast, du kannst immer zu mir kommen!«

Mo nickt, aber ihr Blick wandert schon wieder. Sie steigt in den Zug nach Hannover. Tauben flattern über den Bahnsteig, lassen sich bei den Wartenden nieder. Ich stampfe mit dem Fuß auf. Eine schmutziggraue Taube mit verkrüppeltem Fuß schrammt beim Auffliegen dicht an meinem Kopf vorbei. Ich verziehe das Gesicht.

Mo sieht Nina beim Anfahren des Zuges mit erhobenen Händen dastehen. Abwehrend, das Gesicht vor Ekel verzerrt.

Martin steigt an der Haltestelle Dimitroffstraße aus. Er schultert die Reisetasche und schlendert über die Schönhauser Allee bis zur Ecke Kastanienallee und betritt das Kundencenter der Sparkasse. Er lächelt, seit der Zug Magdeburg verlassen hat. Er wird Nina sehen!

Martin zückt seine Brieftasche und sucht die Bankkarte. Neben ihm steht eine abgerissene Gestalt und starrt mit offenem Mund auf einen Mann am Bankautomaten. Martin weicht unwillkürlich einen Schritt zur Seite, abgestoßen vom Geruch des anderen. Was sucht der hier? Ein Penner, ein Brieftaschendieb? Martin beobachtet aus den Augenwinkeln, wie die zitternde, armselige Figur noch immer auf den Mann am Automaten starrt, als sei der ein Heiliger. Martins Interesse ist geweckt. Er geht ein wenig weiter beiseite, kramt in seiner Reisetasche und traut dem kaum, was er nun beobachtet. Der Mann hat sein Geschäft erledigt, dreht sich langsam um. Er ist vielleicht dreißig Jahre alt, vielleicht auch jünger. Er ist unauffällig, aber teuer gekleidet, der saloppe Anzug ist aus feinem Tuch. Die Haare sind kurzgeschnitten, das Gesicht sorgfältig rasiert. Sein Mund zuckt leicht, als er nun auf den Penner zugeht. Schnell blickt er zu Martin hinüber, der sich in den Anblick seiner Reisetasche vertieft. Der gutgekleidete Mann reicht dem zitternden und noch immer offenen Mundes Starrenden ein Bündel Banknoten. Es sind alles blaue Scheine, ein schmales Päckchen, etwa zehn oder fünfzehn Scheine. Was geht hier vor?

Martins Augen schmerzen von der Anstrengung, seitwärts zu schielen. Jetzt geht er an den freigewordenen Automaten und führt seine Geldkarte ein. In seinem Rücken steht das seltsame Paar und schweigt. Es raschelt. Plötzlich hört Martin ein würgendes Schluchzen, aus tiefster Seele.

»Wie, wem, ich …«

Die Stimme versagt dem Säufer, dessen Alkoholfahne inzwischen den ganzen Raum erfüllt.

»Schon gut«, sagt der Mann mit heller Stimme und klopft dem anderen auf die Schulter. Er geht zur Tür.

»Warte mal, warten Sie doch«, ruft der Säufer jetzt aufgeregt. Er hat die Sprache wiedergefunden.

»Mit wem hatte ich das unglaubliche Vergnügen, mein Herr? An wen kann ich denken, wenn ich mich bedanken will?«

Der Mann hat die Tür erreicht, im Aufschwingen dreht er sich zu Martin und dem Penner um. Seine eine Augenbraue ist erstaunlich hoch gezogen, wie in einer Karikatur. »Ist doch egal, aber wenn's dir hilft, nenn mich Tim.«

Die Tür schließt sich, und der arme Tropf, der nicht mehr arm ist, steht fassungslos im Sparkassenraum.

Martin nimmt sein Geld aus dem Schlitz, verstaut Karte und Geld und setzt sich nachdenklich in Bewegung. Die Tür fällt zu und gibt ein letztes Mal den Blick auf den Beschenkten frei, der noch immer blöde lächelnd im Raum steht. Martin schüttelt den Kopf und läuft zur Kreuzung, Richtung Franzclub. Dann geht er an der alten Backsteinmauer entlang, überquert ein paar Straßen und erreicht endlich die Kollwitzstraße. Er zählt die Nummern, wird immer schneller. Im richtigen Hauseingang zögert Martin. Die beiden Atlanten grinsen ihn an, dunkle Schatten huschen durch das Platanenlaub über ihre steinernen Züge.

Was tue ich hier? Was tue ich Katrin an? Das hat sie nicht verdient. Was war das eben in der Bank? Ein Zeichen? Soll ich zurückfahren?

Martin geht leise und ein wenig widerstrebend auf den dunklen Hof. Er schleicht um die Ecke des Seitenflügels, in dem Nina wohnen muß, und gelangt auf einen weiteren kleinen Hof, der das Hinterhaus von den flachen Garagen trennt. Die Fenster des Hochparterres sind erleuchtet. Viele Pflanzen stehen auf den Fensterbrettern, im Wohnzimmer leuchtet warm das Rot eines Lampenschirms. Martin lehnt sich an die Wand unter dem Fenster, das leicht geöffnet ist. Leise Musik ist zu hören, ein helles Lachen. Nina! Martins Herz beginnt zu rasen, er bewegt sich nicht. Leise schmeichelt der Wind den Kastanien, eine reife Stachelkugel plumpst krachend aufs Garagendach.

Martin hält die Luft an, er spürt die Nähe Ninas, ihre betörende, duftende Nähe. Und richtig, jetzt hört er aus anderthalb Metern Entfernung, dicht über sich, ihre Stimme.

»Was? … Nein, ich habe nur an etwas gedacht, ich komme schon!«

Sie entfernt sich. Martin lauscht angestrengt nach der zweiten Stimme, sein Atem geht wieder etwas ruhiger, das Herzklopfen bleibt.

Ihm zittern die Knie. Wenn er heute nacht nicht wieder nach Magdeburg zurückfährt, hat er ein Problem mit Katrin. Sie wird ihm nicht noch einmal glauben, daß seine seltsame Abwesenheit, körperlich oder geistig, nichts mit Nina zu tun hat. Soll ich alles aufs Spiel setzen? Die Wohnung, die Ehe, das Büro? Hätte ich doch Nina nur früher kennengelernt, vor Katrin …

Aber vielleicht will mich Nina auch gar nicht, wir haben uns schließlich seit der Klassenfeier nicht wieder gesehen. Sicher hat sie einen festen Freund und braucht keinen Provinzdeppen wie mich. Aber ich bin verrückt nach ihr, ich will sie streicheln, küssen, um mich haben, lieben, vögeln …

Martin holt tief Luft, schließt die Augen. Jetzt hört er plötzlich deutlich die Männerstimme aus Ninas Zimmer. Eine junge, helle Stimme.

»Komm, Ninotschka, beruhige dich, wir fahren heute nacht und Schluß!«

Martins Gesicht glüht, Nina muß wieder dicht am Fenster stehen.

»Ach Sascha, immer dasselbe mit dir. Du mußt deinen Dickkopf durchsetzen, nicht wahr?« Kichern plätschert aus der Wohnung über ihm, und Martin hebt die Hand zum Mund, sendet einen Kuß in das rote Zimmer.

Die Hoftür schlägt zu, ich lausche in den Hof und ziehe tief die Luft des warmen Sommerabends ein. Mein Herz klopft. Ich drehe mich zu Sascha um, der erstaunt von dem Joint aufblickt, den er gerade baut.

»Was is denn jetzt schon wieder?«

Ich schüttele den Kopf und krümme mich innerlich vor Sehnsucht nach Martin. Ich halte die Arme verschränkt und gehe langsam auf Sascha zu. Der Joint ist fertig, Sascha reicht ihn mir mit dem Feuerzeug. Wir sitzen beide auf dem roten Sofa und gehen noch einmal die Landkarten und Wege durch. Zuerst nach Köln, dort übernachten. Von Brüssel werden wir dann nach Paris fahren, aber Landstraße, dann über Le Puy in Richtung Montpellier, bis zum Rand der Cevennen. Dort, irgendwo in den letzten Bergketten, liegt die Hütte, die wir für vier Wochen gemietet haben. Wasser muß man von der Quelle unterhalb der alten Schäferhütte holen, Strom gibt es nicht, dafür Zikaden, Grillen, Petroleumlampen, eine offene Feuerstelle und absolute Einsamkeit. Pilze, Beeren und Schafe. So versprach uns gestern der Besitzer dieses Kleinods, der nicht von seiner Arbeit wegkommt, diesen Sommer.

Ich fühle mich besser, das Gras dringt bis in meine Fingerspitzen vor und jagt mir die bekannten Schauer über die Haut. Ich lehne mich zurück, schließe die Augen und genieße den Augenblick. Lachen dringt in mein Ohr, Sascha kichert über die gewundenen Straßen auf der Karte. »Schau mal, eine Katze, und hier, ein Bär!«

Sascha und ich folgen mit den Fingern den roten Spuren, die wir bald befahren werden.

Ferne

Weit weg, Italien soll es sein – Nina hat Berlin satt – Martin erzählt Katrin von fliegenden Kühen und denkt an Nina – Mo reist nach Florenz, eine heikle Frage im Gepäck – Eine Lerche steigt auf – Katrin kann den Sommer nicht genießen, Martin entgleitet ihr

Der Zug rollt ein. Ich bin aufgeregt. Um mich schwirren die Laute einer anderen Sprache. Das habe ich gewollt. Fremd sein.

Ich klettere aus dem Zug. Hitze schlägt mir entgegen. Mein alter Militärrucksack drückt schwer auf die linke Schulter. All mein Hab und Gut für ein halbes Jahr ist darin. Hinter den Gleisen sind Kuppeln und rot-weiß gemusterte Türme zu erkennen. Ich schlendere den Bahnsteig hinab. Höre die rufenden Frauen und Männer, die kreischenden Kinder, die Durchsagen der Lautsprecher und das Quietschen bremsender Züge überdeutlich laut. Der verlockende Duft frisch gebackener Brötchen und kräftiger Kaffeegeruch ziehen von den Bahnhofsbistros herüber. Langsam trete ich durch eine Glastür auf die Straße hinaus. Vor mir liegt in sommerlicher Helle und Glut ein Busbahnhof. Dahinter beginnt die Stadt.

Ich sehe nicht auf den kleinen Falkplan, der irgendwo im Rucksack steckt. Ich tauche in die erstbeste Gasse ein und lasse mich treiben. Gutgekleidete Menschen ziehen und schieben sich durch die Geschäftsstraße. Handys klingeln, Frauen schimpfen und lachen, Männer rufen durcheinander. Meine Füße stolpern über Absätze und Stufen aus glattem Stein. Marmor, Granit. Weiß und schwarz. Die Wände sind rot oder ocker. Fluten von Farben und Gerüchen schlagen über mir zusammen. Nach einigen endlosen Winkelzügen taucht vor mir ein massives Bauwerk auf. Ich sehe Absiden, eine rote Ziegelwand, verzierte Traufen. Eine Kirche. Dem zunehmenden Strom asiatischer Touristen folgend, gelange ich zur sonnenbeschienenen Eingangsfront des Gebäudes. Es ist der Dom. Daneben steht der Campanile, ein wenig abseits das Baptisterium. Endlich kein Schwarzweißfoto mehr. Ich bin da. Am Ziel meiner Träume. Florenz!

Das Universitätsgelände leert sich, die Studenten haben ihre Mikroskope und Computerplätze mit Plastikfolien abgedeckt, die gläsernen Röhrchen blitzen sauber in der Nachmittagssonne. Es ist warm. Auf dem Fensterbrett des Labors sitzt eine Katze und schnurrt. Der Assistenzarzt der Chirurgischen Klinik sieht die Laborergebnisse durch und winkt einen letzten Gruß herüber.

Mo holt sich aus der kleinen Teeküche den Kaffee, der endlich durchgelaufen ist. Sie setzt sich auf das Fensterbrett und sieht nachdenklich der Katze hinterher, die auf den Rasen gesprungen ist. Das Leben kann so schön sein, normal. Eigentlich ist es ein Wunder, daß sie wieder hier arbeiten kann. Aber Laborantinnen werden immer gebraucht, vor allem im Schichtbetrieb. Die anderen Mädchen, die mit Mo damals gelernt haben, arbeiten längst nur noch Tagschicht. Sie haben Männer und Kinder, mindestens eins, wohnen in den großzügigen Altbauten Stadtfelds oder in neuen Häuschen am Stadtrand, in den Elbwiesen oder am Rande der Bördedörfer. Sie behandeln Mo mit vorsichtiger Gleichgültigkeit, die Mo mit freundlicher Ignoranz beantwortet. Sie erzählt kaum etwas, was sollte sie auch erzählen?

Ich werde eine Reise machen, denkt Mo und lächelt in sich hinein.

»Hallo, Simone, schönen guten Tag!«

Mo schrickt herum, von rechts aus Richtung der Nervenklinik ist Ninas Mutter herangetreten. Sie trägt einen weißen Kittel, hat die Hände in den Taschen vergraben. Ihr Gesicht ist so jung und fröhlich, unglaublich, wo sie doch bald fünfzig werden muß. Mo nickt ihr blinzelnd zu. »Nina ist jetzt in Italien, weißt du?«

Mo nickt wieder. »Sie hat mir schon geschrieben … Ich werde sie besuchen!«

Lili strahlt. »Das freut mich aber wirklich, Simone! Da wünsche ich euch viel Spaß! Ich muß weiter, habe noch Patientenklub. Tschüß.«

Sie winkt Mo noch einmal herzlich zu und verschwindet um die Ecke. Auch noch Patientenklub. Wie aktiv Ninas Mutter ist. In der ganzen Klinik ist sie bekannt und gefürchtet. Kein Oberarzt kommt an ihrem Urteil vorbei. Wenn die Behandlung eines Patienten im Klinikbereich abgeschlossen ist, vertraut man oft genug Lilis Urteil, ob er nach Hause entlassen werden kann oder in eine Kur geschickt wird oder in ein Heim … Sie hat schon einige alte Menschen davor bewahrt, von ihren raffsüchtigen Angehörigen entmündigt, in Anstalten weggesperrt zu werden … Vom Patientenklub hat Nina schon als Kind erzählt. Mit dieser Gruppe von vielleicht zwanzig Leuten, die geistige Defekte haben, trinkt Lili einmal im Monat Kaffee, spricht über ihre Probleme oder macht Ausflüge.

Es piept. Mo liest auf dem Display, sie wird zur

Hautklinik gebeten. Sie steigt vom Fensterbrett, nimmt ihre Tasche mit den Laborutensilien und macht sich auf den Weg. Sie schreitet stolz und selbstsicher die Kieswege der Klinik entlang. Ich werde Nina in Italien besuchen, summt sie leise vor sich hin und lächelt ein wenig. Der Brief knistert in ihrer Kitteltasche.

»Liebe Mo,

nun bin ich schon zwei Monate hier, es ist so viel passiert, daß ich gar nicht alles aufschreiben kann. Ich habe einen netten Deutschen aus Nürnberg kennengelernt, bei dem wohne ich jetzt in der WG. Mitten in der Altstadt, Via Guelfa, in der Straße der Welfen. Na ja, eigentlich bin ich ja eine Stauferfreundin, Du weißt schon, Mittelalter, Kampf der Welfen gegen die Staufer, die tollen Burgen der Staufer. Gegenüber ist gleich ein Gemüseladen, daneben ein Metallgeschäft, wo es lustige kleine Metallbecher, Drähte zum Schmuckbasteln und tolle Töpfe aller Art gibt. Ich habe mir über eine Annonce eine Matratze gekauft und eine riesige Bettdecke, jetzt kann ich also Besuch empfangen. Die Matratze kann man am Tage zusammenklappen. Ich gehe viel weg, auch ins Kino. Da kam neulich *Pulp Fiction*, ich fand den aber ziemlich doof, weil ich nichts verstanden habe. Und die Schauspieler standen immer nur irgendwo rum und quatschten. Seltsam, wenn die anderen um einen herum lachen, und man kriegt den Witz nicht mit.

Ich habe mir die Haare schwarz gefärbt. Das ist jetzt viel besser, weil mich die Männer nicht mehr so anmachen. Das ging ja vorher auf keine Kuhhaut, ich glaube, die gucken zu viele Pornos. Immerzu haben sie mir *eh, bionda* (also he, Blonde) hinterhergerufen, und dann kam *sei norvega o tedesca?* (bist du Norwegerin oder Deutsche?). Und dann kamen die obszönen Töne und Schnalzgeräusche, ich sag dir, da kann man nicht mal mehr drüber lachen. Aber jetzt geht es besser. Die Männer sehen ja ganz nett aus, aber immer wollen sie mit einem nur angeben und dann so schnell wie möglich ins Bett. Wahrscheinlich ist das ein Sport bei den Jungs, wie viele Ausländerinnen man knacken kann. Die Nachtbars und Klubs sind ganz lustig, aber ätzend teuer. Ich komme mit dem Stip kaum aus, die Bude kostet ja schon 400 Mark. Ich werde mir bestimmt einen Job suchen. Heute abend gehe ich zu einer Party von einer Engländerin, in Fiesole, das ist der kleine Ort bei Florenz, auf 'nem Berg, von dem aus hat man 'ne prima Sicht. Hoffentlich sind da lustige Leute.

Ich würde mich sehr freuen, wenn Du mal kommst. Kannst auch so lange bleiben, wie Du willst.

Halt die Ohren steif, bis bald!? Übrigens schätzen die mich hier alle auf zweiundzwanzig!

Deine Nina«

Die Räder liegen auf der Deichkuppe, neben dem schmalen Radweg. Das Gras des Deichs ist kurzgeschnitten, die Radfahrrinne tief. Es ist nicht einfach, dem ausgefahrenen Pfad zu folgen, oft bleibt ein Pedal auf der Grasnabe hängen, das Rad gerät außer Kontrolle. Dennoch ist dies einer der schönsten Wanderwege um Magdeburg. Der Deich führt am Kreuzhorst vorbei, entlang der Elbe. Auf der anderen Elbseite sind die ehemaligen Werke südlich der Stadt zu erkennen. Sie vergammeln langsam. Irgendwann drängen wieder

Häuser zum Elbufer hinunter, und endlich ist die Fähre mit ihrem Westerhüsener Anlegesteg zu sehen.

Katrin schirmt die Augen mit der Hand ab. Sie stützt sich mit dem Ellenbogen in die weiche Erde und schaut auf das Wasser. Die Elbe ist sauber, im Ufergürtel sind einige Angler auszumachen. Irgendwo in der Nähe steigt eine Lerche auf, tiriliert jubelnd und löst sich im Blau des Sommerhimmels auf.

Martin liegt auf dem Bauch und liest. Muß er denn überall lesen? Ist immer so ein dämliches Buch wichtiger als ich? Er liebt mich nicht mehr, er bleibt nur aus Mitleid bei mir. Und aus Bequemlichkeit. Katrin richtet sich halb auf, umschlingt die Knie mit ihren Armen. Ihre Wut wandelt sich allmählich in Hilflosigkeit. Ich liebe ihn so, was soll ich machen? Ich darf nicht verbittern, dann verläßt er mich wirklich. Wie schön er noch ist, diese starken Glieder, dieser Hintern. Verträumt sieht sie Martin an, streckt die linke Hand aus, um ihn zu streicheln. Die Hand verharrt auf halbem Weg, ein bitterer Zug umspielt plötzlich ihren Mund.

Wie schön sie ist, denkt Martin, der ihr jetzt das Gesicht zuwendet. Sie trägt das Haar auch heute zu einem Pferdeschwanz gebunden. Sie ist so sauber, gesund und frisch. Wieso kann ich damit nicht einfach zufrieden sein? Martin runzelt die Stirn und legt sein Buch beiseite. Er dreht sich auf den Rücken, läßt Katrin nicht aus den Augen. Die Hände verschränkt er unter dem Nacken, Geschlecht und Brust unter dünnen Stoffen dem Himmel ausgeliefert. »Hast du gelesen, was letztens in Rußland passiert ist?«

Katrin schüttelt den Kopf und entspannt ihre Züge. Er hat es gemerkt. Er liebt mich doch.

Martin schaut in den Himmel. »Also, ich fang anders an. Letzte Woche sind schiffbrüchige japanische Fischer aus den russischen Hoheitsgewässern gezogen worden, die alle einstimmig erklärten, ihr Fischerboot sei von einer herabfallenden Kuh getroffen und versenkt worden!«

Katrin hat den Kopf auf die Oberarme gelegt und betrachtet ihren Mann. Melancholisch. Wie schön er erzählen kann! Er könnte bestimmt gut mit Kindern umgehen. Katrin seufzt leise.

Martin richtet sich etwas auf, sieht sie an. »Glaubst du nicht? Hab doch mal ein bißchen Phantasie!«

Katrin spürt augenblicklich aufgestaute Empörung hochsteigen, wie einen umgelenkten Wasserfall. Die Tränen steigen ihr in die Augen, bloß gut, daß sie eine dunkle Sonnenbrille aufgesetzt hat, bevor Martin mit der Geschichte anfing. Warum muß er gleich böse werden? Ich schwelge hier in Phantasien, und er … Sie reißt sich zusammen, sieht ihn gezwungen lächelnd an. »Also, Kühe, die vom Himmel fallen?«

Martin sinkt wieder in die alte Position zurück, Augen auf den Himmel. »Ja, da war eine russische Truppe unterwegs, Soldaten in einem Armeetransportflugzeug, die hatten Hunger. Daß die Truppen absolut unterversorgt sind, weiß man ja. Und die haben eine Kuhherde auf der sibirischen Steppe entdeckt. Die haben nicht lang nachgedacht. Landen, Kühe in das Flugzeug treiben, das ging ganz fix. Dann flogen sie weiter. Aber was sie nicht bedacht hatten: Kühe in einem stockfinsteren Laderaum geraten in Panik. Angebunden waren sie natürlich auch nicht. Also rannten die Viecher wie irre hin und her …«

Katrin beruhigt sich allmählich wieder. Ich darf nicht so empfindlich sein. Männer ticken eben anders. Aber diese komische Geschichte von den russischen Soldaten, was hat die mit uns zu tun? Martin könnte mir auch mal wieder sagen, daß er mich liebt. Ich sage es ihm viel zu oft. Wenn wir miteinander geschlafen haben, was immer seltener und unregelmäßiger passiert, sage ich es ihm. Jedesmal. Und er lächelt nur versonnen.

Zum Glück hat er mich nie wieder mit dem verhaßten Namen angesprochen, wie damals im Büro. Ich hätte ihm und ihr den Hals umdrehen können. Wenn das beim Sex passieren würde, ich würde ihn auf der Stelle verlassen. Ich sollte mir nichts vormachen, ich will es doch bis heute nicht wahrhaben, daß er sich in sie verliebt hat. Ein Jahr ist das her. Und wenn ich genau darüber nachdenke, hat er mir seitdem nicht mehr gesagt, daß er mich liebt.

»Und weil sie beinahe abgestürzt wären durch das Geschaukel, sind sie weit auf das Meer rausgeflogen, haben die Luke geöffnet und die Kühe einfach ins Wasser fallen lassen. Und eine erwischte genau das Fischerboot. Ist das nicht grandios? Fliegende Kühe über dem Meer?«

»Ja, großartig. Liebst du mich?«

Der Vorlesungssaal ist abgedunkelt, ich halte eine kleine Stabtaschenlampe auf meine Unterlagen gerichtet. Die Dias werden in gemächlicher Folge durch den Apparat geschoben. Das Seminar trägt den verheißungsvollen Titel: *Der Zentralbau im Mittelalter*. Ich halte die Luft an. Brindisi, San Sepolcro, Rotunde mit

Umgang. Wie phantastisch, dazu habe ich wirklich die passende Kopie mitgenommen. Die Templer faszinieren mich zunehmend. Ich lese im schummrigen Licht meine Kopien aus der Universitätsbibliothek, die zum Glück eine stattliche Anzahl deutscher Titel bietet. Zwischendurch schaue ich auf die langsam weiterlaufende Diashow. Al-Aqsa-Moschee. Templum Salomonis. Templum Domini.

Oh, wie gerne ich das alles sehen würde, die Reste jedenfalls. Einmal durch Jerusalem laufen und die Pflastersteine sehen, über die meine Ritter gegangen sind, nach Monaten der Entbehrung, der Schiffsreise oder zu Fuß, zu Pferd, über die Alpen zur Levante, Konstantinopel, oder Venedig, dann Akkon. Sonne, Staub und glänzende Waffen. Schöne Frauen, Spiele, fremde Sprachen. Gotische Bögen und stolze Kamele, Karawanen und Bossenmauerwerk. Orient. Ich komme.

Die kleine Lampe in meiner Hand knistert und erlischt. Die Batterie ist alle, ich stecke sie weg und versuche, die Kopien im Halbdunkel weiter zu entziffern.

»Die Arkaden werden innen von vier Pfeilern und zwölf Säulen, außen von acht Pfeilern und sechzehn Säulen getragen. Der neue Konvent war nicht reich; erst 1141 konnte er das Templum Domini feierlich zur Marienkirche weihen lassen. Die Templer haben diesen Bau niemals besessen …«

Das Licht geht an, sendet Neonblitze durch den Raum. Ich blinzele unsicher. Der Dozent ordnet seine Papiere, schiebt sich seine Brille auf der Nase zurecht. Die jungen Studentinnen mit geflochtenen Zöpfen und aufgesteckten Haaren duften im Vorbeigehen. Wie in meiner Fachschulzeit, denke ich. Eine andere Zeit.

Eine andere Sprache, die jetzt über den Flur und die Gänge des Universitätshofs flirrt. Von den Ausführungen des Dozenten habe ich noch nicht allzuviel verstanden. Mein Sprachkurs hat mich auch nicht wirklich weitergebracht. Das meiste habe ich mir anfangs selbst beigebracht, mit den Lehrbüchern auf den Bänken der Cafeteria oder am Arno.

An den Anschlägen für die Vermietung von Zimmern, Bettplätzen und Fahrrädern vorbei suche ich den Ausgang. Ich schlendere durch die schmalen Gassen vom Universitätsgebäude zur Akademie der Künste. Vor dem Museumseingang der Accademia drängen sich Touristen. Vor allem junge Japaner und Japanerinnen, die den *David* Michelangelos sehen möchten. Souvenirläden mit Gipsabgüssen säumen die Gasse. Motorinis und Fußgänger drängen sich an der Schlange vorbei. Im Hof der Akademie ist es kühl und schattig. Christin, eine feengleiche blonde Belgierin, sitzt vor einer Laookon-Skulptur und zeichnet. Ich grüße herüber. Paolo wartet in der Cafeteria. Gleich beginnt der Filmkurs, heute wird *Das Fenster zum Hof* von Hitchcock gezeigt.

Später Nachmittag. Ich steige mit meinen Einkäufen den Treppenflur mit dem schön geschwungenen Schmiedegitter zu unserem Stockwerk hinauf. Als ich die hohe Tür umständlich aufgeschlossen habe, öffnet sich meine Zimmertür, Licht fällt in den Flur.

Mo fliegt mir entgegen.

»Aber ...« Ich lasse fassungslos die Tüten fallen.

»Nina, ich, na, ich hab's nicht mehr ausgehalten. Da bin ich eben losgefahren, ich hab gestern abend hier angerufen, aber du warst bei Paolo, und da bin ich einfach losgefahren. Anton hat gesagt, du würdest dich bestimmt über die Überraschung freuen. Er hat mich abgeholt!« Mo strahlt über das ganze Gesicht.

Aus dem zweiten WG-Zimmer taucht Antons Blondschopf auf. Mit dröhnender Stimme lacht er, lehnt sich an die Türfassung und genießt mein erstauntes Gesicht.

»Das ist ja … eine schöne Überraschung!« stammele ich. Endlich umarme ich sie.

Die dritte Tür öffnet sich, Roberto schaut heraus und ruft mit seinem lustigen Akzent: »Aha, also seide ihre komplette nune!«

Beim Abendbrot in der kleinen Küche verteilt Anton die Penne con gorgonzola auf vier Teller. Mo sitzt zappelnd neben mir und erzählt. »Diese Berge, die langen Tunnel, ach, war das alles aufregend! Ich bin so froh, hier zu sein! Bei dir!« Ich lächle Mo und die anderen an. Anton und Roberto haben sich in Schale geworfen für den Gast, sie bewirten Mo von zwei Seiten und flirten um die Wette mit ihr. Mo genießt das offensichtlich. Antons Freundin studiert in Hamburg, er ist das zweite Jahr in Florenz, sie sehen sich allenfalls zweimal im Jahr. Robertos Freundin arbeitet in Ulm, er will zu ihr ziehen, sobald er seine Magisterarbeit über Hegel fertiggeschrieben hat. Er nennt ihn zärtlich »Egele«.

Nach dem Essen gehen wir spazieren, ich zeige Mo all meine Plätze, den braunen Arno, gegen den die Elbe Leitungswasser zu führen scheint, die Paläste und Springbrunnen. Die Bars und Cafés. Endlich setzen wir uns an der Piazza Santo Spirito vor eines meiner Lieblingscafés, das Café Spirito. Wir trinken Weißwein, strecken die Füße aus. Es ist warm. So warm wie bei uns Anfang September, dabei neigt sich der Oktober dem Ende entgegen.

Mo schaut träumerisch auf die jungen Leute, die schwatzend und telefonierend flanieren.

»Wie lange kannst du bleiben?«

Mo zuckt die Schultern, sieht mich fragend an. »Paßt es dir denn überhaupt, jetzt, wo du einen Freund, na, den Paolo gefunden hast?«

Ja, gefunden ist die richtige Bezeichnung. Nachdem ich sechs Wochen fremd und wie blind durch Florenz getappt war, lief mir dieser junge Italiener über den Weg. Ich habe ihn gleich bemerkt, bei der Party einer Engländerin aus meinem Sprachkurs. Dort stand er an der Bar, dunkel und anders. Intellektuell, mit seiner dunklen Brille und dem hohen Schädel. Ich hielt ihn für einen Deutschen. Als ich ihn aber auf deutsch ansprach, nach einem umständlichen Anpirschmanöver, fragte er verwirrt *come?*, und ich radebrechte auf italienisch etwas Lustiges. Es muß sehr lustig gewesen sein, denn er hörte nicht mehr auf, sich über mich zu amüsieren. Wir hockten uns in eine Fensternische des alten Gemäuers, eines zur Kunstschule umfunktionierten Klosters mit weitem Blick über die Florentiner Ebene, und scherzten. Auf dem Heimweg, den ganzen Weg nach Florenz hinunter, alberten wir. Paolo sang mir urkomische Interpretationen von Nina Hagen und der Neuen Deutschen Welle vor, die sich anhörten, wie ischliepdischnisch, tuliepztmischnisch. Deutsch klang in seinen Ohren wie ein endloses Gezische.

Wir trafen uns bald wieder. Energisch schleppte er mich von Dom und Baptisterium und von den anderen Touristenattraktionen fort. Wir besuchten Ausstellungseröffnungen und Museen in Bologna und Rom. Dann stellte er mich seiner Mutter vor. Am Nachmittag vor unserer ersten gemeinsamen Nacht.

»Du bleibst, solange du willst, okay!?« Ich streichele Mo über den Arm. Noch einmal werde ich sie nicht enttäuschen. Sie nickt und strahlt, spielt mit ihren Zehen in den roten Sandalen und läßt ihr weißes Kleid sorglos auf dem Boden schleifen. Wir trinken. Die Kirche Santo Spirito wirft den goldenen Schimmer des Abendrots auf den Platz zurück, Touristen rekeln sich auf den Kirchentreppen.

»Hat Martin dich in Berlin besucht?« fragt Mo plötzlich.

Ich fahre auf, Hitze steigt mir ins Gesicht. »Wieso, woher weißt du...?« Ich bin augenblicklich total von Sinnen.

Mo mustert mich gelassen, dann lacht sie. »Nina, du hast doch nicht etwa...?«

Ich schüttele den Kopf, aber meine Röte und Erregung sprechen eine andere Sprache. Hat Martin sich nach mir erkundigt? War er etwa in Berlin? »Wann hast du ihn getroffen? Wie geht es ihm? Wieso Berlin, Mo, sag's doch endlich!« Ich sehe sie gequält an und merke, daß das Verliebtsein in Paolo mit Martin nichts zu tun hat. Ich bin glücklich mit Paolo, aber Martin, Martin – schon beim Gedanken an ihn jagen mir Schauer über den Rücken, die Arme.

Mo kostet ihre Überlegenheit weidlich aus. Sie leert ihr Glas und beobachtet mein Zappeln, meine Verwirrung. »Na, die haben mich doch aus der Klinik abgeholt, die beiden. Das war Ende des Sommers, letztes Jahr. Fand ich ja sehr nett, daß die beiden kamen. Ich hatte keine Kraft, den enttäuschten Blicken meiner Mutter ausgesetzt zu sein.«

Mo dreht ihr Glas in den Händen. Ich könnte sie schütteln, die Worte aus ihr herauswringen. Sie lächelt mich an und schaut dann wieder auf die Kirche, den platanengesäumten Platz. »Als Katrin dann noch mal reinging, meine Papiere zu holen, hat er mich beiseite genommen und gefragt, ob ich deine Berliner Adresse hätte. Er nuschelte ziemlich rum, meinte, er müsse dir schreiben, weil er dir irgendwas mitteilen wollte, wegen der Klassenfeier oder so, ich wollte mehr erfahren, schrieb ihm die Adresse auf…« Mo verstummt.

Jetzt könnte ich sie wirklich erwürgen. »Mo, bitte, was hat er noch gesagt?«

Der Abend senkt sich über die Stadt, die letzten Damen mit ihren kleinen Hunden, die eben noch über den Platz stolzierten, haben sich in ihre Palazzi zurückgezogen, die ersten Grüppchen junger Leute auf dem Weg in die Restaurants und Pizzerias schlendern vorüber. Ein junger Kellner kommt heraus und sieht mich fragend an, noch eine Runde? Ich nicke und sehe Mo an, werde allmählich ruhiger.

Martin hat mir weder geschrieben noch mich besucht. Aber er hat nach mir gefragt. Immerhin.

Mo spielt mit den Ansichtskarten, die sie vorhin gekauft und nun ordentlich vor sich aufgestapelt hat. Sie sieht endlich auf und sagt, als tauche sie aus einem völlig anderen Gedankenspiel auf: »Ja, und dann kam Katrin wieder. Ich habe Martin seit damals nicht mehr gesehen. Und du anscheinend auch nicht.«

Dreizehnter Sommer

Ein paar Jahre später – Einer lebt, eine fehlt – Straßenbahnfahrt durch Magdeburg – Die Elbe – Ein Spaziergang und wieder die Elbe – Nina und Martin – Eine Fata Morgana für Mo, Ballons für Nina, ein fast erfüllter Auftrag für Katrin – Im Finale tauchen Ritter, ein alter Freund mit bitterer Botschaft, eine versunkene Erinnerung und ein Telefon auf – Nina entscheidet sich

Es piept und tickt. Unzählige Schläuche führen aus verschiedenen Apparaturen zum Krankenbett und unter den Decken wieder hinaus. Monitore surren, zacken, giftgrüne Linien schlagen aus.

Ich lasse meinen Blick über das Bett hinweg auf die Kastanie vor dem Fenster gleiten, kein Lüftchen bewegt sich draußen. Der Mann im Bett sieht hilflos aus. So nackt, rasiert, aufgeschnitten, zugenäht. Ganz blaß. Unter dem OP-Hemd zeichnet sich am Hals die rosa Tinktur ab, mit der der Oberkörper eingerieben wurde. Langsam dreht sich sein Kopf ein winziges Stück.

Mein Vater öffnet die Augen. Verwundert, suchend. Ich drücke vorsichtig seine linke Hand, die von Nadeln zerstochen ist. Mein Herz hüpft. »Papi, du hast es geschafft!« flüstere ich, lächle den aus der Narkose Erwachenden an. Er schweigt, aber seine Augen beginnen zu leuchten. Feucht. Geschafft, das Leben geht weiter.

Ich streiche über das Laken, es riecht nach Reinigungs- und Desinfektionsmitteln. Im Hintergrund huschen weiße und rosa Gestalten an den spanischen Wänden entlang. Die Glastüren der Intensivstation öffnen und schließen sich lautlos, automatisch. Das Herzzentrum der Medizinischen Akademie ist ein High-Tech-Wunder. Mein Vater schläft wieder ein. Lächelnd. Ich lege den Spiegel und eine archäologische Zeitschrift auf den Nachttisch und schleiche hinaus.

Die Gebäude der Akademie sehen aus wie frisch hingezaubert. Alles ist renoviert, mit Glaseingängen und Loggien verschönert. Dreißig Meter weiter liegt hinter einem kleinen Rasenrondell das neu eröffnete Gebäude der Nervenklinik. Das war früher die Frauenklinik, hier kam Sascha zur Welt. Kurz vor den Stufen, die zum Eingang hinaufführen, war die große Pfütze, in die ich fiel, als ich meinen Bruder das erste Mal besuchen kam.

Ich atme tief durch, habe keine Kraft, hinüberzugehen. Dort hätte Lili jetzt gearbeitet, sie hatte sich schon auf die neuen Räume gefreut. Langsam gehe ich auf den Zentraleingang zu. Noch immer ist das kleine Backsteingebäude der Ausgangspunkt aller Wege. Wie eine winzige Bahnhofshalle wirkt der Raum, es gibt einen Fahrkartenschalter der Magdeburger Verkehrsbetriebe. Einen Blumenladen und einen Zeitungskiosk. Die Halle ist schnell durchquert, ich trete auf die Leipziger Straße. Gehe zur Haltestelle.

Wie immer fährt hier die Linie Nummer 9 ab, Richtung Neustädter See, einmal durch die ganze Stadt. Die Wagen sind schmaler, bunter als früher. Die Leute sehen besser gekleidet aus, überall Farbtupfer. Ich schließe die Augen, lehne mich an die Scheibe, die meine Stirn kühlt. Bekannte, viel zu kleine Straßenzüge ziehen an mir vorbei. Aus fast geschlossenen Augen nehme ich die Haltestellen wahr, Hasselbachplatz, da war das Weinstudio, Breiter Weg, in dem Barockhaus war das Café Liliput. Da vorn die Marietta-Bar. Am ehemaligen Sportkaufhaus Olympia steige ich aus und gehe die Einkaufsstraße hinunter, die jetzt nicht mehr Karl-Marx-Straße heißt. Ich habe die Nummer 17 erreicht.

Zwei Hausnummern weiter war noch bis vor wenigen Jahren der blaßrote Fleck zu sehen. Wo das Blut der Mutter von Marina aus der Parallelklasse getrocknet war. Ihre Mutter ist einfach so gesprungen. Eines Tages. Nachmittags. Wir kamen gerade vom Hort. Uns Kinder aus den anderen Aufgängen haben sie schnell weggeschickt. Nur Marina nicht. Eine Frau nahm sie mit, den Arm um ihre Schulter gelegt. Wie bei einer Erwachsenen.

Die Glastür schwingt auf. Aus dem Kellergeschoß dringt angenehme Kühle in den Hausflur. Ich fahre mit dem Fahrstuhl nach oben. Schließe die Tür auf. Alles wie immer. Ich stelle das Bügelbrett auf und suche Wäsche zusammen, Schlafanzüge, Taschentücher für meinen Vater.

Plötzlich muß ich losheulen. Die Anspannung war so groß. Die Angst, den Vater auch noch zu verlieren.

Das Telefon klingelt. Ich hocke vor dem Heizkörper im Wohnzimmer, unter der bauschigen Tüllgardine. Das Telefon klingelt weiter. Ich schleppe mich in den Flur. Irmela ist dran, Lilis alte Freundin.

»Ja, alles gutgegangen … Fünf … Das haben sie erst bei der OP gemerkt. Nun hat er eben fünf Bypässe.« Ich schniefe, lausche in den Hörer.

»Ich wollte dir noch mal was sagen, Nina, deine Mutter hatte sich ausdrücklich gewünscht, euch nicht mehr zu sehen. Sie wollte nicht, daß ihr sie so krank seht, dein Bruder und du. Du hast ihren Wunsch mißachtet …«

Ich lege behutsam den Hörer auf und gehe. Die Glastür schwingt, die Passage zum Nordsee-Fischbrötchenverkauf stinkt nicht. Ich setze die dunkle Sonnenbrille auf. Schlängele mich am verbarrikadierten Haus der Lehrer vorbei. Die Bauzäune sind mit Werbung und Veranstaltungspostern plakatiert. Ich gehe an der Wilhelm-Pieck-Schule entlang. Die gelbe Farbe ist nun völlig verwittert, abgeblättert. Die Fenster gähnen schwarz, es sind Ferien. Das Gebäude der Bibliothek in der Weitlingstraße ist schon renoviert, vom Giebel leuchten weiß die Stuckelemente der Freimauer. Die sind mir früher nie aufgefallen. Ich überschreite die Jakobstraße, gehe am ehemaligen »Gastmahl des Meeres« vorbei, jetzt ist ein chinesisches Restaurant in den Räumlichkeiten, zur Elbe hinunter. Hinter der Magdalenenkapelle führt die Fußgängerbrücke wie eh und je in weichem Schwung zur Anlegestelle der Weißen Flotte.

Ich sitze lange am Ufer. Die Elbe ist klar. Kaum noch Kähne und Kutter. Es riecht nach Vanilleeis. Das Gras drängt immer noch zwischen den Katzenköpfen hervor. Ich verschränke die Arme und fühle die Haut meiner Schultern weich unter dem dünnen Stoff des T-Shirts. Noch bin ich jung. Gesund und unversehrt durch die Zeiten gekommen, dem Unglück entschlüpft. Von der Schippe gesprungen. Zehn Jahre sind vergangen, zehn Jahre seit dem Knast, all dieser Aufruhr …

Mein Herz ist still. Ruhe in mir, auch Leere, es fehlt so viel, ging so vieles kaputt. Die Kraft reicht gerade, die eigene Kugel am Rollen zu halten. Warten, Schwebe. Als endlich die Laternen auf der Werderseite aufflammen, kann ich die Schleier tanzen lassen.

Alles wird gut werden. Mein Vater wird gesund. Beim Einschlafen höre ich aus der Ferne Fetzen der Bahnhofsdurchsagen bis in den Breiten Weg flattern.

Der nächste Tag beginnt licht. Ich bin beinahe fröhlich. Krame frische, nicht gebügelte Wäsche zusammen und fahre zur Akademie raus. Am Hasselbachplatz muß ich umsteigen. Ein Mann will in die Bahn steigen, aus der ich gesprungen komme.

»Nina!«

Ich schaue auf. Es ist Martin. Wie ein Lichtstrahl durchzuckt es uns, ich strecke ihm sofort die Hand entgegen. Er nimmt sie, führt mich von der Bahn weg, auf den Fußsteig. »Wie ich mich freue«, sagt er und strahlt.

Ich schnappe nach Luft, weiß nicht, wo beginnen, was sagen. Leute drängeln sich an uns vorbei, die Bahn fährt ab. Martin hält meine Hand fest. »Komm, ich hab erst um zwölf den nächsten Termin, wir laufen ein Stück, okay?«

Ich nicke.

Wir gehen über den Fahrdamm, nehmen die Straße in Richtung Buckau. Die Lücken der Kriegsschäden sind hier endgültig geschlossen, Beton und Glas. Gleißendes Licht. Es geht sich leicht neben Martin, die Füße schweben über ebenes Pflaster.

Ich mustere Martin unauffällig von der Seite. In der linken Hand schwenkt er eine Aktentasche. Die braune Hose mit den Seitentaschen und das Safarihemd passen nicht nach Magdeburg, nicht zu einem Architekten. Sein Gesicht wirkt jungenhaft, verschmitzt. Die kurzen schwarzen Haare stehen wirr auf seinem Kopf. Martin sieht mich an, greift wieder nach meiner Hand.

»Wir haben uns lange nicht gesehen, seit dem Sommer …« Martin spricht es nicht aus. Wir haben uns zuletzt kurz vor der Operation meiner Mutter gesehen. Dann war alles nur noch traurig. Es dauerte noch bis in den vorletzten Winter hinein, daß Lili starb. Ich hatte Katrin und Mo nicht anrufen, sehen wollen. Das Band trug nicht. Ich seufze.

Wir haben den ehemaligen Pionierpark erreicht, eine schöne, hügelige Wiesenlandschaft zur Elbe hin. Vorn an der Straße steht der Schinkel-Pavillon, der in meiner Kindheit Haus der Jungen Pioniere hieß. Was bin ich durch diese Stadt gelaufen, Wein im Blut, Tränen auf den Wangen, Blumen sammelnd, Blumen zertretend. Im entfernteren Teil des Parks, weit hinter dem Pavillon auf einer anmutigen Wiese, habe ich in einem anderen Leben Eberhardt in die Liebe eingeführt, auf einem der nächtlichen Heimwege nach Buckau.

Martin spielt mit den Fingern meiner linken Hand, und ich sehe auf den Park, die flüchtig erschauten Bäume, Zeugen auch meiner Triebe. So schmeckt also eine Frau, hatte Eberhardt gesagt, als wir aus dem feuchten Gras aufstanden, und mich verliebt angesehen.

Die steinernen Fundamente der Brücke, die von hier aus einst zum Rotehornpark hinüberführte, ruhen noch immer in der Wiese. Gegenüber liegt das Museumsschiff »Württemberg« mit seinem schrägen schwarzroten Schornstein. Die Stadthalle und der Aussichtsturm wirken verlassen. Kein Sommergetümmel.

Wir reden nicht.

Ein Stückchen weiter flußabwärts ist die Fähre zu sehen, die von Buckau hinüber zum Park gleitet. Hinter der Kirche, die auf dem höchsten Berg thront, führt ein gepflasterter Damm zu einem tümpeligen Seitenarm des Flusses, zu den Elbwiesen und Dämmen hinab. Hier gibt es seit Jahrzehnten eine kleine Eisdiele. Die Waffeln sind jetzt spitze Tütchen, keine flachen Muscheln mehr. Die Sprache ist geblieben, die Luft voll Mückengesurr und dem Geruch nach Teer, Bootshäusern und Öl. Wir kaufen uns cremiges Softeis. Martin leckt genüßlich, grinst mich mit verschmiertem Mund an. Das Eis schmeckt gut.

Über Gleise und den algenbewachsenen Seitenarm des Flusses führt nun eine schmale Fußgängerbrücke zum Elbestrand, zum Lokal Mückenwirt. Ich lehne mich an Martin, wir beugen uns über das Geländer der schwingenden kleinen Brücke, schauen dann nach links auf das Zentrum, hinüber auf den großen, sattgrünen Rotehornpark, weiter auf die Parkspitze, wo sich Stromelbe und Alte Elbe trennen, um sich hinter dem Werder, ein paar Kilometer flußaufwärts, wieder zu vereinen. Die Sonne kitzelt uns. Das Wasser glitzert.

»Hast du hier mal gewohnt?« fragt Martin.

»Hmm, ein Stück weiter hinten, in einer Seitenstraße … ich kenn hier, glaub ich, alle Kneipen und bin hier unten oft Rad gefahren.« Ich zeige auf den Weg, der sich in die Wiesen schlängelt. »Und einmal, während einer Party bei mir, sind wir hier runter ans Ufer und wollten ein Boot klauen, nach Hamburg abdüsen.«

»Wie weit bist du denn gekommen?«

»Gar nicht.«

Ich drehe mich Martin zu und betrachte den Saum seines Nackens, den er preisgibt, seinen Kopf tief über das Geländer gebeugt. Wie gerne würde ich ihn jetzt küssen, diesen Nacken, diesen Mann. Wie gerne.

»Das war ein Motorboot, ich hab sinnlos an dem Zündschloß rumgefummelt und dann das Boot einfach abgestoßen.« Ich mache eine Handbewegung auf die

Elbe hinaus. »Aber Erik saß drin. Ganz stoisch, er hat keine Hand gerührt.«

Ich schüttele den Kopf. Martin bewegt sich nicht. War es wirklich so, habe ich einmal ein Leben geführt, in dem es mir egal war, ob einer meiner Freunde auf die offene Elbe raustreibt, in die Arme der Polizei, der Grenzer?

»Eberhardt stand wie immer in sicherer Entfernung und brüllte mir zu, hol ihn zurück, los, hol ihn zurück!«

Martin sieht mich erwartungsvoll an, hebt den Oberkörper und streicht mit den Fingern seiner rechten Hand über meine Unterarme, beginnt, mit meinen Fingern zu spielen. Er ist groß, ich sehe zu ihm auf, wie er die Sonne verdunkelt, und lasse es geschehen, bewege sanft die Finger.

»Und dann hab ich gerufen, komm, Erik, wirf mir die Leine zu, ich hol dich wieder ran. Er war schon ein, zwei Meter abgetrieben und wäre jeden Moment von der Strömung erfaßt worden. Da ist er endlich zu sich gekommen, hat mir die Leine zugeworfen. Ich hab ihn rangezogen. Aus.«

Ich habe keine Angst gehabt, damals. Jetzt erinnere ich mich. Sehe an Martins lichtumwobenem Kopf eines Engels vorbei auf das entrückte Gesicht Eriks. Adrenalinjunkie, würde man heute vielleicht sagen. Na und, dann hat's halt gerade noch geklappt. Ist ja nichts passiert. Ob Martin das versteht, wie ich mal war?

»Wir haben noch aus einem Boot ein Ruder mitgenommen und in meiner Wohnung verheizt, das war ein Spaß. Ein paar Bücher und meine sämtlichen Mitgliedsausweise haben wir gleich mit verbrannt. Eberhardt hat geschimpft wie ein Rohrspatz!«

Martin sieht auf sein Handgelenk. Die Uhr spiegelt das Sonnenlicht. Mir wird heiß. Jetzt wird er gehen. Sich besinnen. Ich hab zuviel blödes Zeug erzählt. Er denkt jetzt an Katrin.

»Ich sag den Termin ab, wart mal bitte einen Moment.« Er holt das Handy aus der Hosentasche. Breit lächelnd geht er ein paar Schritte von mir weg.

Ich sage nichts. Ich rühre mich nicht.

Er haucht einen Kuß in die Luft und formt »meine Nixe« mit den Lippen. Ich halte mich am Geländer fest und sehe mir beim Rotwerden zu. Von den Fußspitzen bis zur Nase.

Mo kauert an der gemauerten Böschung. Sie blinzelt gegen das Sonnenlicht des frühen Nachmittags. Der Wasserfall führt noch erstaunlich viel Wasser. Es ist hell und klar. Gluckert und strömt. Es riecht nach Fisch und Feuchte. Die Bootshäuser liegen still. Verlassen. Mo schaut auf den Fluß.

Sie trägt ein verwaschenes helles Kleid, das ein wenig zerrissen ist. Ein langer Fetzen hängt von der Hüfte bis zu den Knien seitlich herab. Ihr Haar ist zerzaust, ungekämmt. Langsam richtet sie sich auf. Hebt die Augen, die ganz klar und hell leuchten. Durchsichtig und rein. Aber sie sehen nicht. Sie sehen nicht die neue Fußgängerbrücke, die mit farbigen Sehnen den Elbarm überspannt, den Rotehornpark mit den Appartementblocks auf der Cracauer Seite verbindet. Dort, wo einst ein Restaurant Bockwurst und Brötchen feilbot, das Lachen von Kindern herüberschallte. Sie sieht nicht die glasgepanzerten Fenster der Eigentumswohnungen, klinisch sauber getrennt von Fluß und Gras, Fisch und Feuchte.

Mo schnuppert. Sie riecht braunes, öliges Wasser und erhitzten Gummi. In ihre Züge kommt ein Leuchten. Die scharfen Falten beiderseits des Mundes glätten sich. Ihre Augen glänzen.

Kanuten üben die Abfahrt, der Trainer schaut mit vor der Brust verschränkten Armen vom oberen Flußlauf herüber. Ein Kanute ist ins Wasser gekippt, trudelt etwas flußabwärts und kommt fluchend auf der anderen Seite wieder hoch.

Mo winkt ihm, läuft leichten Schrittes ins Wasser. Er winkt zurück, ruft ihr etwas zu. Sie kann nichts verstehen, aber er ruft sie zu sich, das sieht sie deutlich.

Sie haucht. »Ich komme, ich komme ja schon!«

Und schreitet ins Wasser. Es geht ihr bis zur Hüfte, das helle Kleid saugt sich voll. Die dünnen Arme in der Strickjacke winken ins Leere. »Ich komme.«

Ich bleibe auf der Brücke stehen und nehme die Sonnenbrille ab. Aus dem Parkgelände der Bundesgartenschau steigt ein Heißluftballon nach dem anderen auf. Sie haben grelle Farben. Sie sind wunderschön.

Ich halte Martin am Arm zurück. »Warte, ich will sehen, wie sie über den Dom ziehen!«

Langsam steigen die Ballons, wie an einer unsichtbaren Schnur aufgezogen, hintereinander höher in Richtung Innenstadt. Die Elbe gleißt.

Ich setze die Sonnenbrille wieder auf und schaue auf den Dom, das Kloster Unser Lieben Frauen, die nunmehr kalkweißen Türme der Johanniskirche. Gänsehaut überzieht meine Arme. Die ersten zwei Ballons haben die Domspitze erreicht. Das Steinkreuz auf einem der Türme ist bis hierher zu erkennen. Es sieht so aus, als berührten die Ballons diese hohen Steinfinger der Stadt, die an den Himmel tippen. Es dauert eine Weile, bis die kleine Kolonne über den Dom geschrammt ist und sich in der Ferne verliert.

Martin lehnt am Geländer und sieht auf die Alte Elbe hinab, die unter der Brücke ein flaches Sommerrinnsal bildet. Ich scharre unwillig mit dem Schuh auf dem Beton der Brücke. Martin wendet sich mir langsam zu, wir schlendern weiter. Der Jahrtausendturm im Elbauenpark mutet seltsam an. Ein gläserner Zukkerhut, eingewickelt in eine begehbare Spirale. Wie ein Märchenturm, denke ich, und mir fällt der Nachmittag wieder ein, an dem die ganze Stadt von schwarzen Rauchschwaden bedeckt war, weil ein auf diesem Gelände befindliches Reifenlager in Flammen aufgegangen war. Jetzt ist hier eine große Gartenlandschaft entstanden. Gleich hinter dem alten Elbarm wachsen die Grasflächen bis an das ehemalige Kasernengelände der sowjetischen Truppen heran. Ich staune. Wie makellos und unwirklich das alles ist. Wir müssen noch eine Kreuzung passieren, dann können wir zum Elbauenpark hinübergehen. Mir fallen die Glaskästen an der anderen Straßenseite auf.

»Welches Haus hat denn Katrin gebaut?«

Martin schlenkert die rechte Hand in ungewisse Richtung. »Dort, das Bürohaus!«

Als er meinen fragenden Blick sieht, zeigt er auf den zweiten der uniformen Neubauten.

»Aber das ist doch auch wieder nur ein Glas-Beton-Palast«, entfährt es mir.

Martin runzelt die Stirn.

»Sorry, aber ich finde das eben langweilig, immer diese Glasfassaden, dahinter beliebige Säulen aus Beton, und dann steht das Ding zur Hälfte leer!«

»Zur Hälfte wär' gut«, murmelt Martin und zieht mich weiter.

Wir spazieren in Richtung Herrenkrug. Eine schnurgerade Straße führt zu den Elbauen und Pferderennwiesen, auf denen sich schon die Bürgerschaft vergangener Jahrhunderte vergnügte. Das Wirtshaus Herrenkrug wurde im 17. Jahrhundert erbaut und erlebte zur Zeit des Jugendstils eine prachtvolle Erweiterung. Noch die Weihnachtsfeiern der städtischen Betriebe fanden in meiner Kindheit im dortigen Festsaal statt. Heute sind es die Hochzeiten und Klassentreffen. Hier haben wir uns kennengelernt.

Ich fühle Martin neben mir und sehe diese letzten sieben Jahre schmelzen, verzischen. Und dann sehe ich auf einmal mich als Kind, ich fahre mit dem Rad diese Straße entlang. Der Lenker ist zu groß, meine Arme können ihn kaum halten. Das Rad schlenkert, die Straße ist leer. Ich bin weit rausgefahren, dieses Mal. Ich hab Durst und Hunger, und wenn ich gleich nach Hause komme, wird meine Mama da sein, mir kühle Limonade hinstellen, mich an ihre Seite ziehen und kurz drücken, mir eine Strähne aus der Stirn streichen.

Martin schreitet schweigend neben mir her. Ich schlucke. Schaue mich um. Wir haben die Bundesgartenschau hinter uns gelassen. Die mäßig befahrene Straße trennt den alten Park vom ehemaligen Kasernengelände mit seiner grauen Mauer.

Früher sind wir oft hier rausgefahren. Mit den Eltern im Škoda, mit Freunden in der Straßenbahn Nummer 6, gut zwei Kilometer vor die Stadt. Am großen Haupttor der Kaserne durften auch die Magdeburger passieren, wenn sie im Russenmagazin einkaufen wollten. Hier gab es die herrlich kitschigen geknüpften Wandteppiche mit röhrenden Hirschen darauf. Und Fransen dran, in Grün, Braun und Ocker. Die Hippies nähten sich ihre Umhängetaschen daraus, auch Hirschbeutel genannt. Ich war eher scharf auf die Honigbären, aus deren Hut man dünne goldene Fäden drücken konnte. Ansonsten war das Gelände, wie die anderen drei, vier Kasernenviertel in der Stadt, tabu. Wenn mal etwas passierte, ein junger Russe eine Frau vergewaltigte oder einen Trabant nebst Insassen plattfuhr, erzählte man sich unter Gänsehautschauern von den Zinksärgen, in denen die Übeltäter die Kaserne oder die Krankenhäuser verließen. Richtung Heimat. Zwei Jahre dienten die kindlichen Soldaten in Magdeburg. Kahlgeschoren, mager und traurig standen sie irgendwo in der Stadt, auf dem Land oder im Wald an Wegen und Kreuzungen herum, um Kolonnen einzuweisen und Straßen abzusperren.

Wenn Lili einen frierenden oder schwitzenden, auf jeden Fall unglücklichen jungen Russen im Nirgendwo stehen sah, gab sie ihm immer etwas, ein übriggebliebenes Brötchen, einen Apfel oder grad geklaute Kirschen. Meinen Vater brachte dieses Ritual zur Weißglut.

Das Villenviertel, in dem russische Offiziere die Häuser heruntergehaust hatten, strahlt nun in hellen Farben. »Weißt du noch, wie die immer mit den Farbautos an den russischen Häusern und Mauern langgefahren sind? Mit der Riesenfarbdüse? Sch-sch, einmal drüber, und danach war alles rosa oder grün?«

»Ich erinnere mich nur an Grau«, sagt Martin und sucht meine Hand.

Er sieht mich von der Seite an, tastet das grüne Sommerkleid, die schwarzen Sandalen, meine braunen Beine, meine Handgelenke, meine Arme mit Blicken ab. Ich bleibe stehen, lächle ihn an. Martin ergreift meine Hände, sieht mir zum ersten Mal voll ins Gesicht, streicht eine lose Strähne hinter mein Ohr.

»Jetzt hast du bald keinen Grund mehr, nach Magdeburg zu kommen.«

Mein Lächeln erstirbt.

»Ich meine, so oft.«

Ich wende mich ab, gehe ein Stück auf den Park zu und setze mich unter eine Buche, stütze die Ellenbogen auf die Knie und sehe durch die leicht geöffneten Hände Martin auf mich zukommen.

»Ich mein ja nur, jetzt, wo dein Vater … es wird schon …«

Ich schneide sein Zögern mit einer heftigen kurzen Geste entzwei. Still.

Martin steckt die Hände in die Hosentaschen seiner Shorts. Es ist brütendheiß.

»Ich muß zurück«, sagt Martin nach einer Weile.

Ich stehe auf. Wir gehen zur Endhalteschleife der Straßenbahn. Es ist noch immer die Linie 6. Wir fahren zurück in die Innenstadt, stumm.

Wenig später stehe ich im Mitropa-Abteil des ICE nach Berlin. Ich trinke ein Bier und sehe die Börde an mir vorüberrauschen, noch einmal streift der Zug den Herrenkrug und die Elbwiesenlandschaft.

Das ratternde Gleiten beruhigt mich. Die Türme des Doms sind schon nicht mehr zu sehen, links taucht kurz das Schloß Leitzkau im Panoramafenster auf.

Als der Zug in den Bahnhof Zoo einfährt, bilden die aufflammenden Lichter Schleier in meinen fast geschlossenen Augen. Berlin, endlich. Ich unterdrücke den letzten Tränenschwall und laufe zur U-Bahn hinunter.

Das Wasser wird immer weniger. Wenn der Sommer nicht bald nachläßt zu dörren, wird die ganze Ernte verderben. Die Elbe ist kaum noch zu sehen, so tief liegt sie in ihrem Bett. Die letzten Tage Hitze haben riesige Mengen zum Verdampfen gebracht. Katrin wendet den Blick vom Fluß. Die Männer schieben ihre Stühle zurück, lächeln ihr knapp, aber anerkennend zu.

Der Sitzungssaal leert sich. Nun muß nur noch die letzte Rate überwiesen werden, dann ist dieser Auftrag endgültig abgeschlossen. Katrin streicht sich zufrieden über den dünnen Stoff ihrer Kostümjacke.

Ihre Haare sind straff zurückgebunden, die Wangenknochen ragen aus dem blassen Gesicht. Sie blinzelt ins helle Mittagslicht, als sie das gläserne Gebäude gegenüber des Jahrtausendturms verläßt.

Ob ich gleich ins Büro zurückgehe? Ich könnte an der Elbe entlangschlendern, vielleicht über den Werder? Martin mag ich gar nicht sehen. Er ist wieder mal ganz schräger Stimmung. Redet tagelang nicht mit mir. Mit den Hunden spricht er mehr als mit mir seit Jahren.

Katrin schirmt ihre Augen mit der rechten Hand ab. In der Ferne ahnt sie den verkümmerten Wasserfall, die flache, ruhige Oberfläche des Elbarms. Das Wasser dümpelt. Grünlich, mit leichtem Braunstich.

Ich seufze. Der Monitor knarrt. Wieder festgefahren. Hoffentlich ist die letzte Seite nicht verloren. Ein Stapel Kopien verrutscht, die bunt markierten Blätter flattern auf den Boden. Ich sehe aus dem Fenster, stütze die Arme auf. Der Kastanienbaum wiegt seine fetten Stachelkugeln. Morgensterne. Aus dem Wartburg vor dem Fenster dringt Radiomusik herein, leichter Wind streicht über die Fotos an der Pinnwand.

Ich träume. Die Zeichnung von der Kreuzfahrerburg wölbt sich sacht. Scheint zu leben. Beinahe kann ich die schweren Rüstungen klirren hören. Drin stekken Ritter, die den Burgberg erklimmen und unter der Hitze des Heiligen Landes stöhnen. Im Nacken die Sarazenen. Die Zisternen erschöpft, die Mauern untergraben. Ich schließe die Augen. Die Burg steigt vor mir auf, Mauerreste ragen gen Himmel, Blick an Syrien vorbei zum Mittelmeer. Was zum Teufel haben sie dort gewollt? Glücksritter, Schatzsucher. Der Pfad ist auch heute noch schwer zu erklimmen, die Hitze brütet schon im März. Die nordischen Ritter gehörten nicht hierher.

Welche Anmaßung. Die Heilige Stadt besitzen zu wollen. Kamen daher und meuchelten. Strotzten und schwelgten knietief im Blut erschlagener Juden, Christen, Aramäer, Sarazenen. Im Namen des Vaters und des Sohns … Das Pflaster der Burgen mit Blut getränkt. Abgeschlagene Köpfe, aufgepflanzt, hohnlachendes Zahnfleisch, noch vor dem Morgengrauen erbleicht, zerfressen, abgenagt. Was grinst ihr so, ihr Toten? Was treibt ihr für Totentänze auf den heiligen Bergen der Levante? Sinnlose Samen haben die Franken ergossen über diese Ebenen. Nimrod, Subeibe, Stolzenberg, der starke Berg, Montfort, du elendes Zeugnis verirrten Deutschtums, römischer Reichsritterträume. Deutscher Orden, deutsche Ritter, schwitzend unter den Sommersprossen, nach baltischen Winden euch verzehrend hörtet ihr die anderen. Wie sie gruben, die Mauern mürbe machten in den Jahren, die Rufe im Berg verhallten, keine Esel, nichts, niemand aus Akkon, der euch noch helfen konnte, kein Stein, der auf dem anderen blieb, kein Knochen, ihn übers Meer zu tragen. Aus. Vorbei. Vergeßt es.

Es bleiben nur kleine Kreuze. In der Grabeskirche zu Jerusalem, über Jahrhunderte in die speckige Wand gekratzt. Kleine Kreuze mit regelmäßigen Armen, innen schlank, nach außen erweitert. Das Innere flach, rot ausgemalt. Sie haben überdauert. Die Ritter, die Pilger verwesen. Steine zerbröseln zu unlesbaren Karten eines ungleichen Krieges. Kreuzzüge, Terror und Dilettantismus.

Und Akkon, die letzte Festung der Kreuzfahrer. Da stockte der Atem, da stand noch Stein auf Säule, in den feuchten Kellergewölben der Templer. Geschwungene Bögen des Orients, von Kindesbeinen bekannt aus den Fahrten der Digedags. Saschas Augen, staunend wie damals vor den *Mosaik*-Heften, den zwergenhaften Weltreisenden nun etliche Schritte näher gekommen. Seine Locken im Wind auf der Burg Nimrod, der Fremdenführer mit geschulterter MP, Ritter allesamt, bis heute.

Ich stoße mich ab, rolle mit meinen Stuhl weg vom Tisch, von den Bildern. Schweiß klebt in meinem Nakken. Ich muß meine Gefühle von dem Stoff lösen. Die Magisterarbeit verlangt mir alles ab. Was habe ich alles vertrödelt. Dann noch die Prüfungen. Es nimmt einfach kein Ende.

Ich raffe mich auf. Starte den Laptop und ordne die Blätter. Ich werde es schaffen. Ich gehe in die Küche. Tee kochen. Es klopft. Im dunklen Flur erkenne ich ihn nicht gleich. Er wippt in seinen Cowboystiefeln bedächtig vor und zurück.

»Max!«

Er kommt zögernd näher, langsam nur öffnet sich sein Gesicht, bekannt und vertraut hinter neuen Falten und Jahren. Ich ziehe ihn herein.

»Na sag mal, wie hast du mich denn gefunden?«

»Nina, laß dich ansehen!« Max greift nach meiner Hand. »Schön, du bist noch schöner geworden!«

Ich fühle Hitze in meine Wangen steigen. Langsam kommt es bei mir an, Max ist da! Mein alter Freund, Saufkumpan, Bettenbauer, Fatalist. »Du siehst auch gut aus!«

Wir halten uns weiter bei den Händen und gehen in mein Zimmer, Max läßt sich auf das Sofa fallen.

»Ach Nina, es ist so schön, dich zu sehen!«

Er trägt einen Ehering, sein Haar ist aus der Stirn gewichen, der Bauch voller. Aber immer noch Lederhosen, jugendliches Grinsen, gestreifte Hemden. Er schaut sich um, mustert die Bücher, die Skulpturen und Bilder. Die Wohnung ist vollgestopft mit phantastischem Kram, Flohmarkttrödel und Kunst. Max entspannt sich. »Bei dir hat sich ja nicht viel geändert seit Magdeburg.«

Ich schmolle. »Ich hoffe, doch.«

Wir trinken Tee. Sehen uns an.

»Ich kann hier nicht mehr lange leben, die Wohnung ist so dunkel. In Italien war so viel Licht.«

»Du warst in Italien? Länger?«

»Hmm, zwei Jahre. Hab erst über Erasmus studiert. In Florenz. Na ja, studiert. Ich hab dort meinen Freund kennengelernt, Paolo. Da war's mit den Seminaren erst mal aus. Dann habe ich seinetwegen verlängert und bin noch ein bißchen geblieben.«

Ich kichere, Max sieht mich aufmerksam an.

»Na, wir sind rumgezogen, haben uns Städte, Kirchen, Paläste und Ausstellungen angesehen, Partys gefeiert, sind ans Meer gefahren. Er hatte seine Sippe überall verstreut wohnen. War ideal. Ich konnte nach zwei Monaten Italienisch. Hab das alles sehr intensiv erlebt, es war geil.«

Max wartet einen Moment, kneift ein Auge zusammen. Wippt mit der Fußspitze. »Und, wo ist er jetzt?«

Ja, wo ist er jetzt? Ich verziehe das Gesicht, schaue aus dem Fenster. Zuviel gewollt, zu intensiv ...

Paolo war hier, wollte mit mir leben, aber ich habe alles kaputt gemacht. Zu gut machen wollen. Zuviel übersetzt, geredet, geholfen. Er war nicht abgereist, nicht angekommen, hing in fremdem Niemandsland und verstand nicht. Aber nicht das ist es, was mir fehlt. Paolo ist längst abgelegt, in der hellgelben Erinnerungsschachtel Florenz, mit einem roten Bändchen verschnürt, nur vertrocknete Rosenblätter fallen mitunter raschelnd heraus und reiben für Sekunden an der Haut der Zeit. Ein anderer Name, ein anderer nackter Arm, Haare auf einem Oberschenkel, ein gewisser kleiner Finger, der sich in meinen verhakt. Das fehlt mir.

Ich sehe Max an und räuspere mich. Flüstere beinahe. »… ging in die Brüche, er wollt ja erst mitkommen nach Berlin, aber er hat's nicht ausgehalten ohne sein Italien. Da ging dann auch die Liebe kaputt.« Ich kraule den Rücken der Katze, die sich auf meinen Schoß gelegt hat.

Max ist dran. Und während er erzählt, versinke ich. In meinem Sofa, in meinen Erinnerungen. Und obwohl alles anders geworden ist, klingt ein Lied durch, das mich erreicht. Max ist noch da, schön zu wissen.

Später sitzen wir in einem kleinen Café um die Ecke, Max dreht sich eine Zigarette, bläst Luftkringel in die Höhe. Der Kaffeeautomat zischt und gurgelt. Die Nachmittagssonne klettert über Sofas und Tische.

»Ich bin vor allem hier, weil ich dir was erzählen muß. Ich studiere jetzt doch Psychologie. Das geht hart zur Sache. Man muß auch mit sich selbst klarkommen. Vor allem eigentlich. Na ja, ich wollte dir erzählen, daß ich dich damals beinahe besucht hätte im Knast.« Max macht eine weit ausholende Geste, grinst.

Ich schüttele den Kopf. Verstehe nicht.

»Von der anderen Seite, meine ich.«

Ich sehe dem wabernden Rauchkreis hinterher und denke an Rauchzeichen. Symbole. Was meint er? Andere Seite. Sind wir nicht in einem Café, eines Donnerstags nachmittags im Sommer, in Berlin? Sind wir in Kubins Alptraum gelandet? Holt einer das Schachspiel raus?

Ja.

Max räuspert sich. »Ich war Stasi-Spitzel.«

Ein weiterer Rauchkreis steigt auf.

»Es gibt da nicht viel schönzureden. Bei der Fahne haben sie mich gekriegt. Erpreßt. Ich mußte ein paarmal in einen Raum kommen, in dem immer die Stasi-Offiziere saßen, wenn sie Spruze rekrutierten. Da hat mich einer gesehen, der gekeult hat draußen ...«

»Stop, stop, ich versteh nur Bahnhof!« Ich hebe abwehrend die Hände und meine nicht die Spruze und Keulen. Ich brauche sofort Zeit. Das will ich verstehen. Akustisch ist die Sache klar. Ich tauche in Max' Augen und sehe ein Rufen, das ich schon einmal gehört habe, eine Hysterie, die auch ich tief in mir trage. Ich grabe in dem Schuttberg der wahren und erfundenen Erinnerungen, den jeder in sich aufwirft. Der stößt Lava aus oder brodelt, alles gefährlich.

»Okay, also bei uns in der Einheit gab es ein Zimmer auf dem Flur, in dem die Stasi ihre Werbeversuche machte. Das wußten alle. Versteh doch, du gehst in den Raum, sitzt da rum, keiner kommt rein, nach einer Stunde sagt durch die Nebentür ein Offizier, Sie können gehen. Und dann gehst du raus auf den Flur. Und da ist immer einer, der die Flure bohnert, also keult, der erzählt es dann allen. Und nach dem dritten Mal bist du so weichgekocht, daß es auch schon fast egal ist, ob du mit denen sprichst oder nicht.«

Da fällt's mir wieder ein, es war in einer Höhle. Die ganze Familie machte eine Bergführung mit. Sascha und ich trödelten der Gruppe hinterher. Auf einmal waren alle weg, und das Licht ging aus.

»Na ja, ich hab jedenfalls mitgemacht. Hab einen verpfiffen. Das wollt ich dir erzählen.«

Mir war, als ob die Zeit aus dem Takt gerät. Sich dehnt.

Der Kellner sieht herüber, während ein neuer Milchkaffee in die weiße Schale gluckst. Die Asche von Max' Zigarette fällt in den gläsernen Aschenbecher. Lautlos. Zerstiebt in graue Einzelteile. Ich starre darauf, unfähig, Max anzusehen. Den Blick zu heben.

Ich hielt Saschas kleine Hand in meiner. Tiefe schwarze Nacht um uns, so schwarz wie niemals sonst. Wir im Nichts, mitten in der Erde, tief unten, allein. In mir stieg die Angst auf. Wir im Nichts. Schwarz. Aber Saschas Hand fest in meiner. Nicht warm, nicht kalt, nicht einmal schweißig. Einfach da. Wie immer.

Max wartet. Dann fährt er fort. Sein Stimme klingt kratzig, angerauht. »Der ist abgewandert, hat also meinetwegen Knast bekommen. Ein paar Monate oder so. Mensch, Nina, ich fühl mich so beschissen!«

Mein Blick ist weiter an den Tisch genagelt. Ich male Kreise in eine Wasserlache.

Max. Unmöglich.

Ich beugte mich herunter und suchte mit der freien Hand Saschas Gesicht. Kniete vor meinem Bruder, den ich nicht sah, und streichelte ihm über die Haare. Voller Panik, gedrosselter Hysterie. Und plötzlich drückte Sascha mir die Hand: »Du brauchst dich nicht zu fürchten, Nina. Ich weiß, wie wir rauskommen. Wir folgen einfach den Kabeln, guck mal, da ist doch Licht.« Ich hebe den Kopf. Es gelingt mir, ruhig zu wirken. Meine Stimme klingt gelassen. Beinahe gelangweilt.

»Was willst du? Willst du von mir Absolution erhalten? Weil ich im Knast gesessen habe, weil ich auf der anderen Seite war?«

Meine Stimme war doch nicht so überzeugend, Max schaut mich nachdenklich, beinahe ängstlich an, zündet sich eine neue Zigarette an. Laß das mit den Rauchkringeln, du Angeber.

Da ist Licht. Ein kleiner dünner Faden Licht glänzte auf den Kabelsträngen, diesem Bündel aus vielleicht fünf oder sechs schwarzen Kabeln, die ein weit entferntes Licht reflektierten. Geduckt, den Kopf mit einer Hand schützend, ging ich langsam vorwärts, den Blick auf die Kabel gerichtet, Sascha an meiner Hand. Weiter vorn, endlich, hörten wir Lilis Stimme. Wir flogen Lili in die Arme. Der Bergführer schüttelte blaßgesichtig den Kopf.

»Ach, Max, warum hast du mir das erzählt?«

Ich verschränke die Arme und sehe weg. Hinaus, bloß weg von diesem bleichen runden Gesicht, das mir einmal so vertraut war. Hinaus.

Es dämmert, die Geschäfte haben längst geschlossen. Immer mehr junge Menschen ziehen durch die dunkelnde Stadt. Trinker und Kinder verziehen sich in ihre Bleiben.

Max wartet. Endlich löse ich die Arme, den Blick.

»Ich kann dir da nicht helfen, auch wenn mich das alles traurig macht, aber eigentlich bist du noch der alte für mich. Ich bin dir nicht böse, Max, ob ich nun im Knast war oder nicht. Wir hatten gute Stunden, gute Zeiten miteinander. Das zählt. Aber Vergebung oder so was mußt du dir von dem Typen holen, den du reingeritten hast. Such ihn.«

Nie war der Weg am Kollwitzplatz vorbei bis in meine Wohnung so lang. Nie kam mir all das so abgeschmackt vor, leer, tot. Aufgesetzt, mein Heim, mein dürftiges Leben, mein lächerlich einsames Dasein. All das, was mich so lange getrieben, beschäftigt hat. Es ist vorbei. Nicht mehr wichtig.

Ich sitze da und warte. Die Nacht umhüllt mich.

Es ist Sommer in Berlin. Die satten Äste der Kastanie rauschen.

Es dauert eine halbe Ewigkeit.

Ich will schon auflegen, da fragt eine müde Frauenstimme, aus dem Schlaf geweckt: »Ja, was ist denn. Wer da?«

»Ich bin's, Katrin. Nina. Gib mir bitte deinen Mann.«

Glossar

ABV: Abschnittsbevollmächtigter der Deutschen Volkspolizei, der als Ansprechpartner für ein bestimmtes Gebiet diente.

Baikal-Amur-Magistrale (BAM): über 3000 Kilometer lange Eisenbahnverbindung in Sibirien; Aufbaukollektive aus der DDR nahmen am Bau teil.

Bersarin, Nikolai (1904–1945): erster russischer Stadtkommandant Berlins.

Digedags: die drei knollennasigen Hauptfiguren (1955–75) der *Mosaik*-Hefte haben längst Kultstatus.

FDGB: Freier Deutscher Gewerkschaftsbund.

FDJ: Freie Deutsche Jugend.

Grünes Gewölbe: Schatzkammermuseum im Residenzschloß in Dresden.

Intershop: Geschäfte mit Westwaren, die mit DM bezahlt werden mußten.

Mosaik-Hefte: Comiczeitschrift in der DDR; das erste *Mosaik*-Heft mit den Digedags erschien im Dezember 1955; der Begründer ist Hannes Hegen (eigentlich Johannes Hegenbarth; geb. 1925).

nl-konkret-Hefte: Sachthemen-Reihe aus dem Verlag Neues Leben, Berlin.

Parteischulen: In Parteischulen wurden von der SED Parteimitglieder »auf Linie getrimmt«; es gab parteieigene Studien- und Bildungseinrichtungen, die regelmäßig besucht werden mußten.

Propusk: (russisch) Passierschein oder Zugangsberechtigung.

RFT: Rundfunk- und Fernsehtechnik.

RGW: Rat für gegenseitige Wirtschaftshilfe (gegründet 1949, aufgelöst 1991); Organisation mit Sitz in Moskau, die die gegenseitige Abstimmung und Hilfe zwischen den Wirtschaften der sozialistischen Länder unterstützte.

schto gramm: (russisch) 100 Gramm; entspricht einem großen Becher Wodka, und wer den mittrinken darf, gilt als aufgenommen in die Gemeinschaft.

SERO: Sekundärrohstoffe, gleichzeitig Bezeichnung für das Annahmesystem, das die wiederverwendbaren Wertstoffe sammelte.

SU: Sowjetunion.

Subotnik: unbezahlter Arbeitseinsatz am Wohnort oder im Betrieb an arbeitsfreien Tagen.

Tatrawagen: Straßenbahnen der Bauart Tatra, hergestellt in Prag.

VP: Volkspolizist.

Weitere Bücher aus dem
SchirmerGraf Verlag

Lena Gorelik

Meine weißen Nächte

Roman. 273 Seiten. Leinen mit Schutzumschlag und Lesebändchen

Was tun, wenn man eine sehr emotionale, sehr russische Mutter hat, die mindestens einmal täglich anruft, um sich zu erkundigen, ob man auch genug gegessen hat? Wenn man eine wunderbare, aber schrecklich vergeßliche Großmutter hat, die nur in ihrer Sankt Petersburger Vergangenheit lebt? Und einen reizenden Bruder, der gerade beschlossen hat, sich dem Buddhismus zuzuwenden?

Eigentlich wäre Anja schon damit ausgelastet, ihre Beziehung zu Jan auf die Reihe zu kriegen und sich vielleicht einen Job zu suchen. Aber Anjas Familie ist omnipräsent, auch wenn sie ein paar hundert Kilometer entfernt wohnt. Als eines Tages ihr Exfreund auftaucht und ihr einen Job in einem russischen Reisebüro vermittelt, sind plötzlich auch die Erinnerungen an ihre russische Kindheit wieder da …

In ihrem erfrischenden Debütroman macht Lena Gorelik auf hinreißend komische, leise melancholische Weise deutlich, daß sich das Leben mit einer doppelten Identität ganz offensichtlich nicht darin erschöpft, seinen deutschen Freunden zu erklären, daß Puschkin nicht nur ein Wodka, sondern auch ein Dichter war.

»Unbedingt lesen!« *Jüdische Allgemeine*

»Ein absolut hinreißendes Buch.« *bücher*

János Székely
Verlockung

Roman. Aus dem Ungarischen von Ita Szent-Iványi. 812 Seiten. Leinen mit Schutzumschlag und Lesebändchen

»Von der Donau her wehte ein lauer Wind, der Blumenduft und ein paar Fetzen einer fernen, fast unwirklichen Musik mit sich führte. Es war alles wie ein Traum …«

Béla kann sein Glück kaum fassen, denn noch scheint diese Welt im Luxushotel, wo er seit kurzem als Liftboy arbeitet, unerreichbar für ihn: ebenso verführerisch wie gefährlich, bevölkert von Spionen, korrupten Gestalten aus der Halbwelt und gleichzeitig den Reichen, Schönen, die nur nachts zu leben scheinen …

Gerade erst ist Béla seiner Kindheit entronnen, die er als eines von acht Pflegekindern bei der berüchtigten Tante Rozika auf dem Dorf verbrachte; wo er auf Stroh schlafen und für sein Essen arbeiten mußte. Als Béla mit vierzehn in die Budapester Vorstadt zieht, ist sein Entschluß gefaßt: Er will die Armut hinter sich lassen und sie erobern, diese märchenhafte andere Welt. Als im Hotel eines Nachts die geheimnisvolle schöne Gattin Seiner Exzellenz nach ihm klingelt, glaubt Béla seine Stunde gekommen.

»Ein herrlicher Abenteuerroman aus dem Ungarn der zwanziger/dreißiger Jahre … Ein Buch voller Lebenswut …«
Magazine Littéraire

Ludovic Roubaudi
Der Hund von Balard

Roman. Aus dem Französischen von Gaby Wurster. 268 Seiten. Leinen mit Schutzumschlag und Lesebändchen. 2. Auflage

»Eigentlich hatten wir nichts, Marco, Tony, der Belgier und ich: keine Papiere, kein festes Dach überm Kopf, keine Kohle, keine Vergangenheit. Wir lebten frei nach Descartes: Cogito ergo sum. Was uns verband, war Sinn für Humor, der Job unter der Zirkuskuppel auf dem ehemaligen Werksgelände von Citroën, für den wir nichts als ein paar Armmuskeln brauchten, und dann und wann eine saftige Schlägerei, die wir regelmäßig im Polimago oder bei Mama Rose mit Rotweinpunsch begossen.

Bis uns eines Tages Weisnix zulief: ein räudiger, halbverhungerter Köter, mit wachem Blick und sympathischem Gesicht. Wir alle kapierten auf Anhieb, daß er etwas Besonderes war: ein echtes ›Subjekt‹, ein geborener Zirkushund. Plötzlich ging es nur noch um eines: unseren Traum vom eigenen Zirkus Wirklichkeit werden zu lassen.«

»Dieser Roman ist so schön und so traurig wie ein Lied von Edith Piaf.« *Le Monde*

»*Der Hund von Balard* trifft mitten ins Herz.« *Elke Heidenreich in der Sendung »Lesen!«*

»Man wünscht sich mehr solche Bücher.« *Neue Zürcher Zeitung*

Olivier Adam
Am Ende des Winters

Erzählungen. Aus dem Französischen von Carina von Enzenberg. 157 Seiten. Leinen mit Schutzumschlag und Lesebändchen

Der Überraschungsbestseller aus Frankreich, dort gefeiert als literarisches Ereignis. Adams Helden sind Nighthawks, einsame Schwärmer, die alle ahnen, daß es das Glück gibt, irgendwo, und daß sie nur die Hand danach ausstrecken und es festhalten müssen.

Es ist der zarte Lichtstreif am Horizont, das Streicheln über den Kopf eines schlafenden Kindes, der vage Traum vom Familienglück, der diesen Geschichten ihre einzigartige Emotionalität und Wehmut und Wärme verleiht. Ihre Helden stehen nicht am Rande der Gesellschaft, sondern mittendrin, sie ahnen, daß es so etwas wie Glück gibt, aber auch, wie flüchtig und zerbrechlich es ist.

»Geschrieben mit einem Zartgefühl, so sanft wie fallender Schnee.« *Le Nouvel Observateur*

Xu Xing
Und alles, was bleibt, ist für dich

Roman. Aus dem Chinesischen von Rupprecht Mayer und Irmy Schweiger. Mit einem Nachwort von Irmy Schweiger. 275 Seiten. Leinen mit Schutzumschlag und Lesebändchen

Eine Mischung aus unverstandenem Genie, das eigentlich nur in seinem Element ist, wenn es mit einem hübschen Mädchen flirtet – und Jack Kerouac: So stilisiert sich der Ich-Erzähler dieses witzig-poetischen Romans. Auf der Suche nach dem Wahren und Schönen läßt er sich durch die postmaoistische Pekinger Kunstszene treiben und trifft dabei nur auf Möchtegern-Kafkas, Pseudo-van Goghs und Alkoholiker.

Er beschließt, in den gelobten Westen zu seinem Freund Xi Yong zu reisen, der sich irgendwo in Deutschland im chinesischen Restaurant seiner Tante ausbeuten läßt. In dem romantischen deutschen Städtchen angekommen, in dem sich Xi Yong inzwischen Hals über Kopf in eine blauäugige Brötchenverkäuferin verliebt hat, lernt er den Westen aus einer ziemlich chinesischen Perspektive kennen …

»Das Buch ist ein Feuerwerk an Einfällen, an Witz, an präziser Beobachtung … ein Fund, eine Entdeckung.« *Neue Zürcher Zeitung*

»Es ist eine Mischung aus frecher Naivität à la *Huckleberry Finn* und politischer Respektlosigkeit à la *Simplicissimus,* die Xu nicht nur seinen Romanfiguren schenkt, sondern auch in seinem eigenen Leben zu wahren sucht.« *DIE ZEIT*